구원의
날

구원의
날

정해연 장편소설

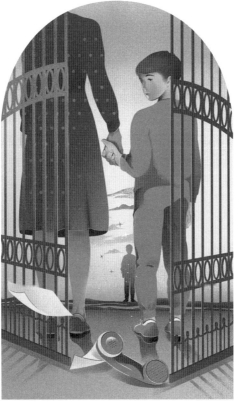

시공사

1

저녁놀이 강에 스몄다. 노가 수면을 칠 때마다 철퍽거리는 소리가 유난히 크게 울렸다. 남자는 자신의 서툰 노질이 여자에게 들킬세라 신경을 썼지만, 노의 널찍한 부분이 자꾸만 강의 표면을 쳐 물이 튀었다. 내색하지 않는 여자가 고마울 뿐이었다.

벌써 배를 빌린 지 한 시간이 넘었다. 이미 선착장으로 돌아가야 하는 시간은 지난 뒤였다. 그렇잖아도 늦게 배를 빌리는 남자에게 보트장 주인은 6시 전까지는 돌아와야 한다고 했다. 금평에 위치한 이 선착장은 산 사이에 있어 더러 해가 빨리 지문데는 이유였다. 그때만 해도 강에는 놀이용 배가 몇 대 떠 있었다. 하지만 지금은 한 대도 보이지 않았다.

남자가 모는 배는 산에 조금 더 가까워졌다. 실수는 아니었다. 더 어두컴컴한, 그래서 자신 없는 얼굴이 조금은 가려질 곳으로 가고 싶었다. 유속이 빨라지는 구간에 접어들자 배는 노를 열심히 젓지 않아도 자연스럽게 흘러갔다. 그는 땀을 닦는 척하면서 노를 살짝 놓았다. 손이 얼굴로 향할 때 입고 있는 상의 주머니를 스쳤다. 작은 물건이 강한 존재감으로 그의 손에 걸렸다.

남자는 오늘 여자에게 프러포즈를 할 생각이었다.

"이제 슬슬 돌아가야 하는 거 아냐?"

맞은편에 앉은 여자가 조심스레 말했다. 그녀의 목소리는 모르는 사람이면 눈치채지 못할 정도로만 가볍게 떨리고 있었다. 모르는 척할 뿐, 그녀 역시 오늘 분위기로 뭔가를 느끼고 있는지도 몰랐다.

좋은 여자였다. 그녀와는 교회에서 만났다. 주말마다 고령의 할머니를 휠체어에 태우고 오는 여자에게 처음부터 호감이 있었다. 여자가 긴 머리를 한데 묶고 화장기 없는 얼굴로 눈을 꼭 감고 기도를 할 때마다 슬쩍슬쩍 훔쳐본 것도 여러 날이었다. 그녀가 성경 공부 모임에 들어간다고 하여 따라 들어가 인연을 만들었다. 사귀자고 고백하는 데만 해도 1년이 걸렸다. 그에 비해 결혼 결심은 단번에 섰다. 이 여자다, 그런 직감이 있었다.

조용하고 분위기 좋은 곳에서 고백할 생각으로 금평 여행을 계획했다. 물론 오늘 그녀와 강 아닌 강을 건널 생각도 했다. 심장이 쿵쿵 뛰면서 얼굴이 달아올랐다.

쿵!

배가 크게 흔들렸다. 여자가 얕은 비명을 질렀다. 정신을 차리고 보니 배가 산기슭까지 흘러와 부딪친 것 같았다. 다른 생각에 빠져 있느라 실수했다. 얼굴이 달아올랐다.

"아, 미안."

남자는 노를 저으려고 손잡이를 눌렀다. 그런데 노가 들릴 생각을 하지 않았다. 강바닥 어딘가에 걸린 것 같았다. 머리에서 땀이 흘렀다.

"어떻게 해?"

문제가 생긴 것을 눈치챈 여자가 물었다.

"괜찮아. 뭐에 걸린 것 같은데 뺄 수 있어."

최대한 당황하지 않은 척하면서 노의 손잡이 부분을 힘껏 눌렀다. 그럴 때마다 배가 출렁거렸다. 여자가 신음하며 배의 양쪽 부분을 잡았다. 남자는 아랫입술을 살짝 깨물었다. 이런 분위기를 원한 것은 아니었다. 갑자기 화가 불끈 나 손잡이를 힘껏 양옆으로 흔들었다. 그때 남자는 알지 못했다. 그가 생각지 못한 어떤 것이 진실의 수면 위로 떠오르려고 한다는 사실을 말이다.

"어, 됐다."

다섯 번째로 힘을 줘 흔들었을 때, 노가 위로 들렸다. 어디에 박혀 있었는지 부유물들이 부옇게 올라왔다. 분위기고 뭐고 일단은 이곳에서 벗어나야 할 것 같았다. 괜히 여기서 분위기를 잡다가는 또다시 노가 박히는 상황이 올지도 모른다.

"저게 뭐야?"

남자가 앉은 쪽 배 옆에서 뭔가 허연 것이 떠올랐다. 발견한 것은 맞은편에 앉아 있던 여자가 먼저였다. 여자는 시력이 좋지 않았다. 눈을 가늘게 뜨고 그곳을 향해 상체를 기울였다. 남자도 뭔가 싶어 뒤를 돌아본 순간, 여자를 향해 보지 말라고 소리치려 했다. 하지만 여자의 비명이 더 빨랐다.

"꺄아아아악!"

산기슭에 부딪힌 여자의 비명이 길게 이어졌다. 노에 걸려 떠오른 것은 아주 오랜 시간 동안 물고기들에게 뜯어 먹혀 백골화된 두개골이었다.

그것은 아주 작았다.

2

개울가에 올챙이 한 마리, 꼬물꼬물 헤엄치다,

카오디오에서 아이의 목소리가 나오자 운전석에 앉아 있던 예원의 표정이 부드러워졌다. 흘러나오는 음악은 일반적인 동요 음원은 아니었다. 아들 선우가 부르는 노래를 녹음한 것이었다. 여섯 살 때여서 그런지 목소리에서 아기의 느낌이 물씬 풍겼다. 옆에서 웃는 소리는 예원의 것이었다.

앞다리가 쏙, 뒷다리가 쏙, 똥통에 빠져버렸네.
뭐야, 똑바로 안 부를래, 이 녀석!

혼내는 척하는 자신의 목소리에서 행복이 굴렀다. 이어서 두 사람의 웃음이 쏟아졌다. 벌써 3년이 지났지만 똑똑히 기억하고 있는 날이었다. 회사에 있는 남편 선준에게 들려주자고 합심해 휴대폰의 녹음 기능을 켰었다. 선우는 계속해서 장난을 치며 노래를 불렀다. 두 번이나 녹음에 실패했지만 세 번째도 마찬가지여서 예원은 선우에게 달려들었다. 아이의 작은 몸을 품에 안고 장난스럽게 엉덩이를 두들겨주었다. 선우는 예원의 목에 매달려 까르르 웃음을 토했다. 그때 베란다에서 들어오던 짙은 햇빛까지도 또렷이 기억하고 있다. 그것이 벌써 3년이나 된 일이라니, 문득 실감이 나지 않았다.

그때 예원의 눈앞으로 차 한 대가 진입했다. 흰색 중형 승용차의 표면에 반사된 햇살이 예원의 눈을 찔렀다. 흠집 하나 없이 관리된 차는 애지중지한 티가 났다. 차는 예원이 주차한 앞줄의 빈자리에 멈춰 섰다. 한 번 뒤로 후진했다가 다시 전진했을 때 차의 시동이 꺼졌다.

예원은 차에서 시선을 떼지 않은 채 휴대폰을 들었다. 단축 번호 1번. 통화 버튼을 누르자 신호가 갔다. 한 손으로 오디오의 볼륨을 줄였다.

눈앞의 차에서 한 남자가 내렸다. 40대 중반으로 보이는 그는 몸에 붙는 흰색 골프 티셔츠를 입고 있었다. 티셔츠 위로 남자의 두툼한 근육들이 여실히 드러났다. 면바지에 운동화를 신은 남자는 내리다 말고 전화기를 꺼내 들었다. 발신자를 확인하는 남자의 미간이 살짝 찌푸려졌다.

예원이 들고 있는 전화기 너머에서는 계속 신호가 가고 있었다.

남자가 거칠게 운전석 문을 닫았다. 그리고 손가락을 들어 화면을 옆으로 쓱 밀었다.

-고객이 전화를 받지 않아 음성 사서함으로…….

기계의 안내 멘트를 들으며 예원은 전화를 끊었다. 눈앞의 남자는 혐오스러운 것이라도 보는 양 휴대폰을 잠깐 노려보더니 그대로 바지 주머니에 넣어버렸다. 그러고는 어딘가를 향해 걸어가기 시작했다. 예원의 눈썹 끝이 꿈틀거렸다.

예원은 꽂아두었던 차 키를 비틀었다. 그녀의 낡은 봉고 차가 요란하게 진동했다. 시야에서 점점 사라지는 남자를 노려보던 예원은 곧장 정면을 보았다. 사이드브레이크를 내리고, 드라이브를 D에 놓았다.

주저 없이 액셀러레이터를 힘주어 밟았다.

차가 앞으로 튀어 나감과 동시에 정면에 있던 차를 들이박았다. 조금 전 남자가 내린 차였다. 굉음이 공간을 뒤흔들었다. 예원의 몸이 앞으로 크게 들썩였다. 충격으로 주차장에 주차된 여러 대의 차량에서 도난경보장치가 요란스럽게 울려대었다.

"이런 미친!"

남자가 뒤를 돌아보고는 경악했다. 그가 엉망이 되어버린 자신의 차로 달려가는 동안 정문을 지키고 있던 의경 역시 달려왔다.

달려온 남자는 악을 써댔고, 의경이 그를 말렸고, 여전히 여기저기서 도난경보장치가 울어댔다. 그 아수라장을 건물에 박힌 '영인 경찰서' 마크가 내려다보고 있었다.

3

–이선우 군으로 추정되는 시신이 발견됐습니다. 유류품 확인 부탁드립니다.

한 시간 30분 전에 전화를 걸어 온 남자의 침착한 목소리가 귀를 떠나지 않았다. 신호에 걸려 차를 멈춰 세운 선준은 바짝 말라 갈라진 아랫입술을 질끈 깨물었다.

아들 선우가 사라진 지 3년이었다. 교통사고로 자신이 입원한 사이 선우가 실종되었다. 영인강에서 불꽃놀이 축제가 열린 날이었다. 사람도 많았고, CCTV도 많았다. 경찰도 돈을 요구하는 전화가 없는 것으로 보아 단순히 길을 잃은 것 같다고 말했다. 그래서 금방 찾을 수 있을 거라고 생각했다. 무엇보다 당시 여섯 살이었던 선우는 엄마 아빠의 휴대폰 번호나 집 주소를 외우고 있었다. 아들의 실종이 3년이나 지속될 줄 그때의 선준은 상상하지도 못했다.

전화를 걸어 온 경찰서는 금평이라고 했다.

영인에서 금평까지는 차로 한 시간 30분이나 걸렸다. 아무리 선우가 불의의 사고로 전화번호나 집 주소를 기억하지 못하는 불행이 닥쳤다고 해도 영인에서 잃어버린 아이가 금평까지 갔을 리는 없다. 그러니까 당연히 오늘 연락받은 시신은 우리 아이가, 선우가 아닐 거라고 생각했다. 그러면서도 불길하게 일렁이는 심장을 어찌할 수는 없었다.

처음 있는 일은 아니었다. 어느 보육원에 들어온 아이가, 병원에 실려 들어온 어떤 아이가, 지하철역 노숙인들 사이에서 발견된 아이가 선우 같다는 제보는 여러 번 왔었다. 그때마다 선준은 한달음에 달려갔다. 하지만 실망이 매번 그를 무릎 꿇렸다. 그러니 이번에도 아닐 거라는 마음을 가슴 한편에 밀어 넣었다. 백골로 발견됐다는 유골이 선우일 수는 없었다. 선우여서는 안 되었다.

선준의 차가 금평 경찰서 앞마당으로 진입했다. 날카로운 소리와 함께 차를 세운 선준이 운전석에서 뛰어내렸다. 선준은 빠르게 건물 안으로 들어갔다.

그에게 전화를 걸었던 경찰관은 형사과 박진우라고 했다. 형사과는 1층에 있었다. 복도를 통해 형사과로 들어갔다. 디귿자 책상이 붙어 있는 형사과 사무실 안에는 몇 명의 남자들이 여기저기 앉아 있었다. 사무실은 조용했다. 선준이 문 여는 소리에 시선이 한 번에 쏠렸다.

"여기 박진우……."

경위라고 했는지 경사라고 했는지 잘 기억이 나지 않았다. 출입문에서 가까운 책상에 앉아 있던 남자가 자리에서 일어섰다. 30대 중반으로 보였고 키가 크고 몸이 다부졌다. 형사라고 하기에는 눈빛이 서글서글했다. 그는 조금 굳은 얼굴로 선준을 향해 다가왔다.

"이선준 씨?"

선준은 고개를 끄덕였다. 박진우가 머리를 꾸벅 숙여 인사하면서 명함을 건넸다. 경위였다. 요즘 형사들은 명함도 있구나, 맥락 없이 그런 생각을 했다.

박진우 경위는 미소를 짓지 않았다. 지금부터 자신이 하려는 말이 선준에게 얼마나 무거운 이야기가 될지 알고 있는 듯했다. 선준도 억지로 웃지 않았다. 박진우 경위가 선준을 사무실 구석에 있는 원형 테이블로 안내했다.

"커피 드시겠습니까?"

"아뇨."

한 시간 30분을 운전해 달려왔기에 피곤하기도 했지만 커피를 달라는 소리가 나오지 않았다. 언젠가부터 계속 이랬다. 커피를 마시거나, 밥을 먹거나, 잠을 자는 모든 일상적인 것들이 자신이 해서는 안 되는 일처럼 느껴졌다.

선준을 앉혀두고 박진우는 정수기로 갔다. 돌아온 그는 선준에게 종이컵을 내밀었다. 맑은 물이 들어 있었다. 아무 말 없이 그것을 들어 마셨다.

"잠시만 기다리십시오."

박진우의 말에 선준이 가볍게 고개를 끄덕였다. 그는 사무실 밖으로 나갔다. 선준은 테이블에 멀뚱히 앉은 채 주변을 돌아보았다. 적막한 사무실은 컴퓨터 팬 돌아가는 소리까지도 들릴 듯했다. 형사로 보이는 다른 사람들은 모두 자신의 앞에 놓인 컴퓨터에 얼굴을 박고 있었다. 선준에게는 관심이 없는 것 같기도 했고, 관심을 두어서는 안 된다고 생각하는 것 같기도 했다.

처음 발견된 것은 두개골이었다. 수색 끝에 몸체와 다리 일부가 발견됐다. 목걸이는 갈비뼈에 걸려 있었는데 목에 걸고 있었던 걸로 추정된다고 했다. 잠시 후 돌아온 박진우의 손에는 봉투가 들려 있었다. 박진우는 그것을 선준의 앞에 내밀었다.

"유골과 함께 발견된 목걸이입니다."

선준은 말없이 그것을 내려다보았다. 귀에서 이명이 들렸다. 커다랗고 뜨거운 것이 목구멍을 치받아 숨을 쉴 수 없었다. 간신히 입을 여는데 입술이 파르르 떨렸다.

"신원은……."

"뼈의 발육이나 치아 상태로 5에서 6세 정도로 판단됐습니다만, 육안으로 확인이 어려워 국과수로 넘겼습니다. 유전자 검사를 해야 하는데, 오랫동안 강에 잠겨 있었던 터라 현재 상태로는 제대로 채취될지 불투명하다고 하네요. 다행히 유류품이 있었고, 실종자들을 검색하는 과정에서 선생님께서 신고하신 실종 당시 선우의 소지품과 비슷한 듯하여 연락을 드린 겁니다."

선준은 다시 비닐봉지에 들어 있는 목걸이를 확인했다. 나무를 조각한 십자가 모양의 목걸이였다. 나무는 오랜 시간 물에 불어 제대로 된 형태를 갖추고 있지 못했다. 썩어서 여기저기 떨어져 나가 있기도 했다. 하지만 목걸이 아랫면에 인두로 지진 클로버 모양은 사라지지 않았다.

선우가 실종되기 전, 예원은 공방에 다닌 적이 있었다. 아이를 키우며 직장을 다니는 것이 버거워 회사를 그만둔 뒤 예원은 우울증을 앓았다. 선우를 어린이집에 보내기 시작하면서 시간이 생기자 선준은 취미를 만들라 권했고, 예원이 찾아낸 것은 나무 공예였다. 그때 예원은 나무로 십자가 목걸이 두 개를 만들어 왔다. 하나는 선준의 차 룸미러에 걸어주었고, 하나는 달라고 떼쓰는 선우에게 주었다. 자신만의 브랜드라며 예원은 장난스럽게 십자가 아랫면에 클로버 모양을 넣었는데, 그 그림이 지금 자신의 눈앞에 있었다.

선우가 걸고 있던 목걸이가 맞다. 아니, 맞는 것 같다, 라고도 선준은 말할 수 없었다. 자신이 그런 말을 하는 동시에 이 지독한 악몽이 현실이 될까 봐 두려웠다. 머릿속에 떠오르는 모든 불온한 생각들을 부정하고 싶었다. 그는 클로버 모양에서 눈을 떼었다.

선준은 울지 않았다.

"유전자 검사 결과는 언제 나옵니까?"

목걸이가 자신의 아이가 차고 있었던 것이 맞다, 아니다를 말하지 않는 심정을 박진우는 이해한 것 같았다. 그는 잠시 선준을 쳐다보고는 무겁게 입을 열었다.

"상태가 좋지 않아서 유전자를 채취하는 데만도 최소 일주일 이상 걸립니다."

선준은 조금 어지러웠다. 깊게 눈을 감았다가 뜨며 말했다.

"유전자 검사 결과가 나온 다음에 다시 연락을 주십시오."

대답 없이 박진우가 고개를 끄덕였다. 목걸이는 실종된 이선우의 것이 맞다, 라고 생각하고 있을지도 모른다. 얼굴이 하얗게 질린 선준이 쓰러지지 않기만을 바라고 있을 것이었다. 선준은 양다리에 힘을 주어 일어섰다. 어지러웠지만 비틀거리지 않았다. 그는 뜨거운 것이 터져 나오려는 자신의 속을 달랬다. 지난 3년, 별의별 일이 많았지 않은가. 그럼에도 모두 지나갔다. 이번에도 역시 지나갈 것이다. 선준은 계속 그런 생각들을 되뇄다.

"저……."

일어서서 나가려던 선준이 몸을 돌렸다. 아까까지만 해도 각자 컴퓨터에만 시선을 박아 넣고 있던 형사들이 선준을 보다가 황급히 등을 돌렸다. 보지 않은 척하는 것이다. 그들에게로 시선을 잠깐 주었다가 다시 박진우를 보았다. 그에게는 다른 사람들의 행동 하나하나에 반응할 기력조차 없었다.

"연락을 주실 때는 꼭 저한테 주십시오. 이번에 연락하신 번호로요. 아내한테 전화하시면 안 됩니다."

실종 신고를 할 때 보호자의 연락처로 자신과 예원의 연락처를 모두 등록시켰다. 이번 연락도 그것을 보고 한 것이었다. 하지만 다음 통보만큼은 예원이 아니라 자신이 받아야 했다. 아니다, 선우는 죽지 않았다. 그렇게 확신하고 있지만 그 확신 밑에서 도사리고 있는 무언가가 선준에게 그런 생각이 들게 했다. 이 통보는 자신이 받아야 한다고.

"알겠습니다."

박진우를 뒤로하고 경찰서를 나왔다. 차에 올라타자 몸이 한순간에 무너졌다. 그는 기진해진 몸을 핸들에 기댔다. 긴 한숨이 입에서 터져 나왔다.

일주일.

3년도 버텼지만 이번 일주일은 도저히 버티지 못할 것 같았다. 벌써부터 영원처럼 길게 느껴지는 그 시간을 어떻게 감내해야 할지 두려웠다. 당장 오늘 밤부터 그는 불면의 시간을 보내야 할 터였다. 예원이 알게 해서는 안 된다. 그들에게 있어 지난 3년은 희망이 부재했다면 버틸 수 없는 시간이었다.

하지만 그의 걱정은 기우였다. 그는 예원의 눈치를 보느라 애쓰거나, 목걸이에 대해 떠오르는 부정적인 생각을 밀어내느라 고생하지 않아도 되었다.

그에게 걸려 온 한 통의 전화 때문이었다. 예원이 선우 실종 사건의 담당 형사 차를 고의로 부숴 유치장에 감금됐다는 내용의 전화였다.

4

영인 경찰서 주차장 안쪽으로 승용차 한 대가 빠르게 들어와 파열음을 내며 멈춰 섰다. 시동을 끄자마자 선준은 다급히 내렸다. 본관 안으로 급히 발걸음을 옮기던 그가 우뚝 멈춰 섰다. 왼쪽 옆으로 엉망이 된 흰색 승용차가 레커차에 끌려 나가고 있었다. 차량의 후미가 완전히 찌그러진 채였다. 사람이 탔다면 다치고도 남았을 상태였다.

뒤쪽으로 눈에 익은 봉고 차가 서 있었다. 아내 예원이 끌고 다니는 차였다. 차 곁면에는 잃어버린 선우를 찾는 전단지가 덕지덕지 붙어 있었다. 얼핏 선거 홍보 차량처럼 보이는 봉고 차는 앞면이 움푹 들어가 있었다. 그것이 뜻하는 바는 명확했다. 긴 한숨이 비어져 나왔다.

1층에 있는 형사과로 들어갔다.

"열어, 열라고! 이거 안 열어?"

철창을 내리치는 소리와 함께 새된 고함이 들렸다. 예원의 목소리였다. 형사과의 몇 명은 인상을 찡그리고 있었고, 아예 귀를 틀어막은 사람도 보였다. 선준이 안으로 들어서자 고개를 든 양 형사가 그를 날카롭게 노려보고는 등을 돌려 앉았다.

그 와중에도 예원의 고함은 계속됐다. 선준이 온 것도 모르는 듯했다. 선준은 멀거니 서서 유치장을 보았다. 우리에 갇힌 짐승처럼 예원이 눈을 희번덕거렸다. 오래 입어 잔뜩 늘어난 흰색 티셔츠에는 3년 전 선우의 사진이 크게 프린트되어 있었다. 그녀의 가슴께에는 '아들을 찾습니다'라는 빨간색 글씨가 박혀 있었다. 사선으로 멘 낡은 가방은 깡마른 몸이 휘둘릴 정도로 컸다. 그 가방 안을 가득 채운 것이 무엇인지 선준은 보지 않아도 알았다. 선우를 찾는 전단지였다. 지난 3년, 예원은 선우를 잃고도 매 순간 선우와 함께 살고 있었다.

예원과 눈이 마주쳤다. 그녀의 눈에 살기가 번뜩였다. 그런 예원을 보며 선준은 자신의 감정이 무덤덤함에 놀랐다. 이제는 화도 나지 않았다. 그는 몸을 돌려 양 형사를 보았다. 이미 선준의 연락처 정도는 알고 있는 양 형사를 향해 명함을 내밀었다.

"차 수리하시고, 비용이랑…… 합의금, 연락 주세요."

기가 막힌다는 듯 양 형사가 하! 숨을 크게 뱉었다.

"지금 현행범으로 잡히고 합의를 하자고요? 형사랑?"

그때 유치장 쪽에서 깡깡거리는 소리가 났다. 예원이 가방으로 있는 힘껏 유치장을 두드리고 있었다. 그녀는 으르렁거리듯 외쳤다.

"나 잘못한 거 없어. 우리 선우 안 찾는 저 무능한 새끼들 내가 죽여! 죽인다고!"

양 형사가 고개를 절레절레 저었다. 그는 유치장을 보며 소리 쳤다.

"아줌마! 공무집행방해, 재물 손괴, 살인미수에…… 어, 그래! 협박까지 추가야!"

"그럼 넌 도둑이야! 밥도둑! 이 새끼들아!"

양 형사가 황당하다는 얼굴을 선준에게로 돌렸다.

"저거 봐요, 저, 저! 내가 불쌍해서라도 넘어가고 싶은데, 뒤통수가 따가워서 못 넘어간다니까? 집에 갈 때 후려칠까 봐?"

불쌍, 이라는 단어가 선준의 귀를 긁었다. 예원은 계속해서 뭔가 소리를 치고 있었는데 이젠 귀에 잘 들어오지도 않았다. 날카로운 통증이 관자놀이를 두드렸다. 혈류 속에 통증이 도사리고 있다가 공급되는 듯 일정한 속도로 선준을 괴롭혔다. 지쳤다. 통증을 참아보려 선준은 눈을 지그시 감았다가 떴다. 그의 이마에 깊은 주름이 가 있었다.

그는 아주 차분하게 말했다.

"그런 구속하세요. 법정에서 보겠네요."

선준은 주머니에서 잘 접힌 서류 한 장을 꺼내 들어 양 형사의 책상 앞에 놓았다. 양 형사의 고개가 그쪽으로 기울어졌다. 영인 대학병원 정신과에서 발행한 정신병원 입원 소견서였다.

분노조절장애가 심해지고 있어요. 지금은 가급적 예원 씨를 자극하는 것과 분리해야 해요. 예원 씨의 경우 그게 선우고요. 아이를 찾는 것도 중요하지만 예원 씨를 위해서라도 입원 치료를 받으시는 게 좋을 것 같아요. 잘못하면 극단적인 선택을 할 수도 있어요.

전에 없을 정도로 조심스러운 의사의 말을 들은 것이 불과 이틀 전이었다. 그 사이에 이런 일이 벌어질지도 몰랐지만, 소견서를 이렇게 사용하게 될 줄도 알지 못했다. 멍하니 자신을 올려다보는 양 형사를 향해 선준이 말했다. 경고도 아니었고 흥분하지도 않았다. 비아냥은 더더욱 아니었다. 그냥 지쳐서 이렇게밖에는 말할 수 없었다.

"심신상실자한테 형량을 얼마나 때릴진 모르겠지만. 입원이든 입건이든 저한테 무슨 차이겠어요."

양 형사의 표정이 점점 기가 막힌다는 듯 질려갔다. 옆에 있던 형사들도 고개를 절레절레 저었다. 하지만 선준은 움직이지 않고 양 형사를 보았다. 지금은 이것 말고는 달리 할 수 있는 것이 없었다.

양 형사가 거칠게 유치장의 문에 열쇠를 꽂아 넣었다. 철컹거리는 소리와 함께 문이 열렸다. 차의 수리비를 주는 선에서 합의하기로 한 뒤였다. 예원이 벌인 일이 위법하지 않은 건 아니었지만, 완전히 이해할 수 없는 일도 아니었다. 그에게도 딸이 있었다. 그 딸을 잃어버린다면 자신 역시 어떻게 변할지 알 수 없었다.

3년 전 선우가 실종되었을 때는 대대적인 인원이 투입되어 수색에 총력을 기울였다. 하지만 협박도, 단서도, 흔적도 없었다. 시간이 지날수록 미제로 남을 거라는 불안감이 짙어졌다. 3년이 지난 지금 자신이 담당 형사라는 것은 명목뿐이었고, 수사팀도 없는 상황이었다. 일정 주기로 경찰이 뿌리는 실종 어린이 찾기 전단지에 선우의 이름이 올라가는 것이 전부였고, 양 형사에게는 선우 외에도 많은 사건들이 떨어졌다.

예원과 선준 부부에게 안타까움과 미안함을 가지고 있다. 하지만 매일같이 전화를 해 소리를 질러대고, 자신을 찾아와 소란을 피울 때면 그 마음이 사라졌다. 더군다나 오늘 같은 일이 벌어질 때마다 기가 막혀 말도 나오지 않았다. 전화를 받지 않는다고 차를 박아버리다니. 정말로 제정신이 아니다.

철창의 문을 열어주자 예원이 그를 노려보며 바깥으로 나왔다. 미안한 기색이 전혀 없었다. 아주 당당한 태도였다. 선준은 예원이 나오는 것을 보고 아무 말 없이 휙 돌아 나갔다. 예원은 그런 선준을 따라 나가다가 문득 걸음을 멈추었다. 또 무슨 짓을 벌일까 싶어 양 형사가 움찔했다.

예원의 관심사는 양 형사가 아니었다. 그녀는 형사과 벽에 붙은 게시판 쪽으로 다가가 가방을 열었다. 가방 안에서 전단지를 꺼내 게시판에 붙이기 시작했다. 가방 안에는 전단지를 붙일 수 있는 테이프까지 마련되어 있었다. 붙여도 되느냐는 물음 한번 없었다. 전단지를 붙인 뒤 손으로 쓱 훑은 예원은 지체 없이 형사과를 나갔다.

폭풍 같은 시간이었다. 양 형사도 맥이 쭉 빠졌다. 선준의 침착하리만치 무덤덤한 태도도 이해가 갔다. 그는 지친 것이다.

양 형사는 전단지를 올려다보았다. 예원이 입고 있는 티셔츠에도 박혀 있는 선우의 사진이 왼쪽에 있었고, 오른쪽으로는 부부가 사비를 들여 의뢰한 현재 추정 모습이 인쇄되어 있었다. 오른쪽 어깨에 큰 점이 있다는 특징을 굵은 글씨로 부각시켜놓았다. 얼굴은 변할 수 있지만 점이나 흉터 같은 특징은 시간이 지나도 없어지는 일이 드물다.

그가 멍하니 전단지를 쳐다보고 있자, 눈치를 본 신입 형사 하나가 얼른 다가왔다. 그는 양 형사와 게시판 사이에 서더니 전단지를 떼어내려 팔을 뻗었다. 양 형사가 버럭 소리를 질렀다.

"떼지 마!"

신입 형사가 불에 덴 듯 놀라 전단지에서 손을 뗐다. 양 형사는 입술을 일그러뜨렸다.

"누굴 죽이려고."

전단지를 뗀 것을 알면 이번에는 차를 박는 수준에서 끝내지 않을 것이었다. 어쩌면 이번엔 그의 얼굴을 죄 뜯어놓을지도 모르는 일이었다.

"잠깐만! 잠깐!"

예원이 뒤에서 불렀지만 선준은 계속 주차장을 향해 걸어 나갔다. 그의 인내심에도 한계라는 것은 있었다. 무슨 짓을 해도 병이니까, 라는 이유로 그냥 넘어갈 수는 없었다. 주차장 앞에서 선준은 걸음을 멈추었다. 홱 뒤로 돌아 성큼 예원에게 다가섰다. 말도 없이 예원의 손에 들린 봉고 차 열쇠를 낚아챘다. 그는 예원을 쳐다보지도 않은 채 휴대폰으로 어딘가에 전화를 걸었다.

"정세야, 부탁 하나만 하자. 지금 영인 경찰서 와서 내 차 끌어다 회사 주차장에 세워놔줘. 그건 나중에 설명할게. 미안하다."

그는 보안업체 S 시큐리티에 근무하고 있었다. 회사와 가정에 CCTV를 설치하고 관리하는 팀이었다. 회사 차량 겉면에 '가정을 지키는 기업 S 시큐리티'라는 마크가 붙어 있었다. 퇴근 시 회사에 돌려놔야 하는 규정이 있지만, 이대로 예원을 운전시킬 수는 없었다.

"나 입원 안 해."

선준이 눈을 치켜떴다. 예원은 고집스럽게 입술을 앙다물고 선준을 노려보았다. 선준은 양손으로 얼굴을 문질렀다.

"입원 안 하면? 이번에는 무슨 짓을 저지를 건데?"

"입원하면? 우리 선우 찾는 전단지는 누가 돌리고 실종자 모임에는 누가 나가? 우리 선우는 누가 찾냐고?"

"내가 찾아! 내가!"

폭발하듯 선준이 소리를 질렀다. 예원이 빤히 그를 보았다.

"언제? 꼬박꼬박 일하고, 꼬박꼬박 일급 받고, 시간 되면 승진하면서?"

선준은 말문이 막혔다. 그녀는 그 어느 때보다 똑바른 시선으로 그를 노려보았다. 자신을 향한 예원의 원망은 알고 있었다. 다른 실종자 가족들은 생업을 모두 내려놓고 잃어버린 아이를 찾는 일에 매달렸다. 가정이 엉망이 되어도 그들은 절대 희망의 끈을 내려놓지 않았다. 하지만 선준은 선우를 잃어버린 후 1년간 휴직했을 뿐 다시 회사에 나가고 있었다. 그런 선준을 예원이 마음속

깊이 경멸한다는 건 알고 있었다.

뭐라고 해야 할까, 뭐라고.

"그럼 이혼하는 수밖에는 없어."

순간 예원의 눈썹 끝이 파르르 떨렸다. 예원은 이혼을 원하지 않았다. 다시 되돌아올 선우를 기다리는 것은 온전한 가정이어야 한다고 생각했다. 이혼이 그녀에게 협박이 될 것을 선준은 잘 알고 있었다.

5

　예원의 입원이 결정된 곳은 희망 정신요양원이었다. S 시큐리티의 고객사라서 원장과는 안면이 있었다. 영인대학병원 정신과의 입원 소견서를 들고 찾아간 선준에게 희망 정신요양원 민서진이 도움을 주기로 했다. 이것으로 살얼음판 같은 삶이 어쩌면 조금 나아질지도 모른다. 선준은 그렇게 믿고 싶었다.

　선준은 눈을 들어 자동차의 룸미러로 뒷자리를 보았다. 예원은 창밖을 내다본 채로 입을 다물고 있었다.

　걱정하지 마, 섶우 찾는 일은 내가 계속할게.

　그 말이 목구멍 언저리에서 서성거렸다. 어차피 돌아올 것은 원망뿐임을 알고 있기에 입 밖으로 내지는 않았다.

　선준의 차가 요양원의 정문에 도착하자 경비실에서 사람이 나왔다. 선준과는 안면이 있는 심명훈이었다. 선준은 앉은 채로 그에게 살짝 고개를 숙여 인사했다. 심명훈은 흘깃 뒷자리를 확인하고는 쓴웃음을 보였다.

　"이따 차나 한잔하고 가라."

"내일 작업 때문에 올 거니까 그때요."

알았다는 듯 심명훈이 경비실로 돌아가 버튼을 하나 누르자 육중한 철문이 천천히 양쪽으로 열리기 시작했다. 문이 완전히 열리기를 기다렸다가 선준은 차를 안으로 몰았다.

예원은 뒤를 돌아보았다. 그녀와 세상을 격리라도 하듯 눈앞에서 철문이 거친 비명을 지르며 닫혔다.

"병실은 여깁니다."

요양원 총무가 병실의 문을 열며 말했다. 검은색 바탕에 갈색줄의 체크무늬 카디건을 입은 총무는 사람 좋은 웃음을 지어 보였다. 흰색과 회색 투톤으로 칠해진 병실 안은 생각보다 깔끔했다. 여섯 개의 병상마다 나무로 된 개인 사물함이 붙어 있었다. 창가에 모여 있던 여자 환자 세 명이 예원 쪽을 보았다. 뭔가 경계하는 듯한 눈빛에 예원은 불쑥 화가 났다. 내가 왜 여기 있어야 하나, 지금 이러고 있을 때가 아닌데, 하는 생각이 다시 한번 그녀를 괴롭혔다.

"여기 벽 쪽 침대를 쓰시면 됩니다."

입구에서 좌측 벽면에 붙어 있는 빈 침상을 총무가 가리켰다. 예원의 침상 말고도 빈 침상이 두 개 더 있었다.

예원은 자신이 환자라는 것이 잘 실감 나지 않았다. 반면 선준은 가지고 온 짐을 벌써 옷장에 정리해 넣고 있었다. 예원의 눈에는 한시라도 빨리 떨어지고 싶은 사람처럼 보였다.

"그럼 정리하고 계세요. 생활에 필요한 사항은 조금 이따 간호

선생이 와서 설명할 겁니다."

총무가 나간 뒤에도 선준은 짐을 정리하느라 정신없었다. 예원이 챙긴 짐 가방은 두 개였다. 하나의 짐을 정리하고 다른 가방을 열었다. 안에 들어 있는 물건을 내려다보던 선준은 낮은 한숨을 내쉬고는 도로 가방의 지퍼를 닫았다. 가방째로 옷장 아랫단에 집어넣었다. 그동안 예원은 한 마디도 하지 않았다.

잠시 뒤 간호사복을 입은 두 사람이 들어왔다.

남자 한 명과 여자 한 명이었다. 두 사람 모두 간호사복을 입고 있었는데 똑같이 생긴 상의에, 하의만 각각 바지와 치마라는 점이 달랐다. 남자 간호사의 가슴팍에 간호부장이라고 새겨져 있었다.

"짐 정리가 끝났으면 보호자분께서는 이만 돌아가주십시오. 다른 환자들의 안정을 위해서요."

남자의 목소리는 딱딱했다. 선준이 예원을 쳐다보았다. 잠깐 시선이 마주쳤지만 선준은 아무런 말도 없이 병실을 나섰다. 예원은 그런 선준의 뒷모습이 시야에서 사라질 때까지 한참이나 노려보았다.

"이걸로 갈아입으시면 됩니다."

간호부장이 옆에 선 간호사에게서 환자복을 건네받아 예원에게 내밀었다. 예원은 오늘도 선우의 사진이 박힌 티셔츠를 입고 있었다. 예원은 그가 내민 환자복의 바지만 받았다.

"이것만 입을게요."

"규정입니다. 입으세요."

간호부장이 다시 상의를 내밀었다. 예원의 미간이 구겨졌다.

그녀는 대답하지 않고 다시 옷을 밀어냈다. 뒤에 서 있던 간호사가 예원의 손을 잡고 옷을 쥐여주려 했다.

"환자복으로 입으셔야 해요."

"놔!"

예원이 거칠게 간호사의 손을 밀쳤다. 밀쳐진 간호사의 손이 철제 침대 난간에 부딪혔다. 간호부장은 굳은 얼굴로 두 사람의 행동을 가만히 지켜보고 있었다. 한동안 입을 굳게 다물고 있던 그가 짧게 말했다.

"규정이 안 통하면 의학적 방법으로 통제됩니다."

그 말에 마치 협박이라도 하듯 간호사가 옆에 내려놓았던 철제 보관함을 집어 들었다. 주사기가 들어 있다고 보여주는 것 같았다. 예원이 짐승처럼 두 사람을 노려보았다.

적막이 흘렀다. 간호부장은 꿈쩍하지 않은 채 예원에게 둔 시선을 돌리지 않았다. 예원은 아랫입술을 질끈 깨물었다. 결국 간호사의 손에서 환자복을 받아 들었다.

그제야 간호부장이 병실을 나갔다. 간호사는 예원이 옷을 갈아입을 때까지 나가지 않을 생각인 것 같았다. 할 수 없이 티셔츠를 벗어 침대에 놓고 환자복을 들었다. 그제야 간호사가 예원이 벗어둔 옷을 들고 밖으로 나갔다. 닫힌 문에 침이라도 뱉고 싶었지만 예원은 픽, 조소를 지으며 돌아섰다. 쓰레기통은 입구 반대편 벽면에 붙어 있었다. 손에 든 환자복을 구겨 성큼 걸어가 쓰레기통에 쑤셔 넣었다. 그녀는 그대로 자신의 침상으로 가 아까 선준이 집어넣었던 짐 가방을 꺼냈다.

안에는 선우의 사진이 프린트된 티셔츠가 가득 들어 있었다. 그중에 한 장을 꺼내 입었다. 세 명의 환자가 막다른 길에 몰린 가젤처럼 몸을 떨며 지켜보고 있었다. 예원은 그들을 향해 턱을 치켜들고 흐트러진 머리칼을 쓸어 넘겼다.

6

다음 날, 업무차 희망 요양원에 간 선준은 심명훈을 만나기 위해 보안실을 찾았다. 보안실은 1층 가장 안쪽이었다. 관계자 외 출입 금지라는 푯말이 문 앞에 붙어 있었다. 선준이 노크를 하자 안에서 가벼운 목소리로 응답이 들려왔다. 회색 페인트를 칠한 나무 문을 밀어 열고 들어갔다.

"어서 와."

심명훈이 그를 맞이했다. 경비팀인 그는 격일로 정문 근무와 보안실 근무를 번갈아 했다. 오늘 희망 요양원의 CCTV 점검을 온 길에 그를 찾은 것은 비단 어제 차 한잔하고 가라는 말 때문만은 아니었다. 답답한 가슴을 어디에라도 열어 보이지 않으면 터져버릴 것 같았기 때문이다.

심명훈은 열세 대의 CCTV 모니터 앞에 앉아 있었다. 모니터에는 병원의 정문과 1층 로비, 그리고 각 병동의 복도를 비추는 화면이 떠 있었다. 심명훈이 선준을 사무실 중간에 놓인 원형 테이블로 안내했다.

"예원 씨는? 만나보고 왔어?"

종이컵에 담긴 믹스 커피를 작은 스푼으로 휘휘 저으며 심명훈이 물었다. 그가 내미는 종이컵을 받아 양손으로 쥐었다. 따뜻한 온기가 언 손을 녹였다.

"아뇨. 오히려 너무 자주 와도 안정되는 데에 도움이 안 된다고 원장님이 그러셔서요."

선준의 맞은편에 앉으며 심명훈이 깊은 한숨을 내쉬었다.

"네가 힘들겠다. 사람 사는 일이 참……."

"그래도 여기에 입원시켜야 제가 일하러 왔을 때라도 좀 들여다볼 수 있죠."

심명훈이 고개를 끄덕였다.

"대단해. 나라면 자네처럼 못 할 거야. 그래도 자네 몸도 좀 챙겨. 안색 안 좋다."

선준이 자조하듯 쓰게 웃었다.

"자식은 어디서 살았는지 죽었는지도 모르고, 마누라는 정신병원에 가둬놓은 놈이 안색 좋으면 그게 더 대단한 거죠."

커피 잔 안으로 시선을 던져 넣었다. 안 봐도 심명훈의 안쓰러운 눈길이 자신을 향했단 걸 선준은 알고 있었다. 지난 3년간 매일같이 받았던 시선이다. 이제는 그것이 무겁다.

선우를 잃어버린 후 예원은 무너졌다. 혼자 아이를 데리고 나갔다가 잃어버린 것이기에 그녀를 짓누르는 자책의 무게는 더 컸을 것이다. 시간이 지날수록 두 사람을 지탱하고 있는 바닥의 균열은 심해졌다. 그래도 그는 희망을 갖고 있었다. 아직 선우를 찾지는 못했지만 예원의 치료가 끝나면 모든 것이 안정을 찾을 수 있을 거라고 여겼다.

무거운 대화가 이어지자 선준은 억지로 웃으며 다른 화제로 돌려보려 고개를 들었다. 그때 심명훈의 뒤쪽에 있던 모니터에 시선이 박혔다.

"뭐죠, 저 사람?"

"누구?"

심명훈이 고개를 돌렸다. 선준이 가리킨 화면 안에서 예원이 어떤 중년 여성과 실랑이를 벌이고 있었다. 두 사람은 종이 한 장의 끝과 끝을 쥐고 서로 놓지 않고 있었다. 선준이 벌떡 일어섰다. 그 종이가 무엇인지 그는 알 것 같았다. 불길한 예감이 머리끝을 찔렀다. 선준은 그대로 보안실에서 뛰쳐나갔다.

"놔, 놓으라고!"

예원은 쥐고 있는 전단지의 끝을 놓치지 않으려 손끝에 힘을 주었다. 눈앞에 있는 여자의 탁한 눈알이 데구루루 굴렀다. 여자는 히죽거리며 웃고 있었다.

"싫어, 내 거야!"

완전히 미친 여자였다. 이런 병원에 들어오는 게 아니었다.

곧 크리스마스라는 것을 깨달은 것은 복도에 화려하게 장식되고 있는 크리스마스트리 때문이었다. 로비에서 크리스마스 기념 음악회를 한다는 현수막도 보았다. 생각해보니 이쯤 되면 봉사자들이 많이 올 것 같았다. 게시판에 전단지를 붙여야 한다고 생각했다. 선우의 사진이 박힌 티셔츠를 싸 온 가방 안에는 전단지도 들어 있었다. 가지고 오길 잘했다. 선우의 사진을 보는 사람은 많으면 많을수록 좋았다.

전단지를 게시판에 붙일 때였다. 한겨울인데도 불구하고 환자복의 소매를 걷어 올린 여자가 예원의 전단지를 가로챘다. 한 손에 흰 종이로 접은 비행기가 들려 있었다. 이건 비행기 접는 종이가 아니라고, 처음엔 조용히 말해줬지만 엉망인 제 머리만큼이나 여자는 마구잡이로 달려들었다.

"내 거야!"

여자가 비명을 지르며 전단지를 쭉 잡아당겼다. 종이가 찢어지는 날카로운 소리가 예원을 멈칫하게 했다. 예원의 눈 끝이 파르르 떨렸다. 전단지의 반쪽은 여전히 예원의 손에 있었지만, 나머지 반쪽은 엉망이 된 채 여자의 손에 들려 있었다. 선우의 얼굴이 반으로 잘렸다. 구겨진 종이 안에서 선우는 마치 울고 있는 것처럼 보였다.

눈이 뒤집혔다. 그것도 모르고 여자는 찢어진 종이는 필요 없다는 듯 바닥에 내팽개쳤다.

퍽!

여자가 뒤로 벌러덩 넘어지며 나가떨어졌다. 여자의 코와 입에서 피가 철철 흘러나왔다. 예원의 주먹 끝이 빨갛게 물들었다. 로비를 지나다니던 사람들이 뒤로 물러서며 두 사람을 보았다.

안내석에 앉아 있던 직원이 책상 밑에 붙어 있던 경보 벨을 눌렀다. 귀를 찌르는 듯한 소리가 병원 안을 울렸다. 심명훈이 로비로 뛰어들었을 때 예원은 여자의 배 위에 올라타 쉴 새 없이 주먹을 내지르고 있었다.

"예원 씨! 예원 씨!"

심명훈이 예원의 팔에 매달렸다. 그사이 경보 벨을 들은 간호사와 의사가 달려 나왔다. 푸른 옷을 입은 보호사들이 심명훈을 제치고 예원의 어깨를 뒤로 젖혔다. 예원이 여자에게서 떨어져 나가며 뒤로 나자빠졌다. 보호사들은 그대로 예원을 눌렀다. 예원은 거칠게 몸을 뒤흔들었지만 깡마른 그녀가 세 명이나 되는 보호사의 제압에서 벗어날 수는 없었다. 팔이 바닥에 내팽개쳐지고 몸이 눌렸다. 달려 나온 의사가 예원의 옆에 무릎을 꿇고 앉더니 들고 있던 주사기를 팔에 박았다. 성난 짐승처럼 예원은 더욱 몸부림을 쳤다.

조금 떨어진 곳에서 선준은 붙박인 듯 서 있었다. 자신이 보고 있는 것을 믿을 수 없었다. 선우의 전단지가 여기저기 뒹굴었다. 제압하는 사람들 사이에 얽힌 예원이 내지른 성난 고함이 병원을 울렸다.

예원은 무너지고 있었다. 이제 우리가 딛고 선 땅이 조금은 안정될지도 모른다는 선준의 희망도 무너지고 있었다.

선준은 그대로 돌아섰다. 다시 보안실로 들어가 두고 온 가방을 집어 들었다. 출입문으로 향하던 그가 우뚝 멈춰 서서 뒤를 돌아보았다. 로비를 비추는 CCTV 화면이 보였다. 엎어진 자세로 제압당했던 예원이 어느새 고개를 빳빳이 들고 있었다. 그녀는 마치 카메라 너머에서 선준이 자신을 보고 있는 것을 안다는 듯 충혈된 눈으로 이쪽을 노려보고 있었다.

'그대로 갈 거야? 날 이렇게 버려두고?'

이를 갈며 그렇게 묻는 것 같았다. 저런 사람에게 선우일지도 모르는 시신이 발견되었다는 얘기는 절대 꺼낼 수 없었다. 서주은 그대로 보안실을 빠져나갔다.

7

"꼬물꼬물 헤엄치다, 앞다리가 쑥, 뒷다리가 쑥, 똥통에 빠져버
렸네."

이것은 꿈일까? 몽롱한 의식 너머에서 선우의 노랫소리가 들
렸다.

예원은 정신을 차리려고 애쓰면서 자신이 누워 있는 곳이 어디
인지를 가늠하기 위해 정신을 모았다. 몸이 잘 움직이지 않았다.
팔다리가 무겁고 욱신거렸다. 그제야 생각이 났다. 자신을 누르
던 수많은 손들. 그 와중에 주사를 맞고 정신을 잃었다. 선준을 본
것도 같았는데 병실에는 그가 없었다.

다시 노랫소리가 들렸다. 예원은 눈을 번쩍 떴다. 꿈이 아니었
다. 정말로 어디선가 노랫소리가 들려오고 있었다. 믿을 수가 없
었다. 장난처럼 선우가 부르던 그 가사 그대로였다. 선우만이 부
르던 선우의 노래였다.

예원은 몸을 일으켰다. 눈앞이 희끄무레해지면서 몸이 흔들렸

다. 급격한 어지러움이 그녀의 머리를 잡아챘다. 정신을 차리려 고개를 저었다. 와중에도 노랫소리는 계속해서 들렸다.

침대에서 일어나 슬리퍼를 맨발에 꿰었다. 철제 침대를 붙잡으며 간신히 문밖으로 향했다. 복도로 나가자 노랫소리가 더 선명해졌다. 뜨끈한 기운이 눈시울을 적셨다. 다시 들을 수만 있다면 목숨을 내놓아도 아깝지 않을 만큼 갈망하던 노래였다.

어디지. 어디서 들려오는 거지.

복도에 보호사들과 환자들이 지나쳐 갔지만 목소리의 주인공은 없었다. 예원은 복도를 걸으며 양옆의 방을 훑었다. 그렇게 활동 치료실 옆을 지나가고 있을 때였다.

거기에 있었다.

네모난 테이블이 여러 개 놓인 치료실에서는 많은 환자들이 종이를 접거나 그림을 그리고 있었다. 치료사들이 가끔 환자와 환자 사이를 오가며 이런저런 말을 걸었다. 몸을 흔드는 사람, 손톱 밑의 살을 이로 물어뜯는 사람들이 있었지만 강제로 못 하게 하지는 않았다. 그들은 환자들의 주의를 자신들에게로 돌리는 방법을 알고 있었다.

안으로 들어가자 더 많은 테이블이 보였다. 예원은 눈을 크게 떴다. 안쪽의 한 테이블에 남자아이가 앉아 있었는데, 노래는 그 아이에게서 들려온 것이었다. 젊은 간호사 하나가 아이의 입에 마이크를 대고 있었다. 옆에서 환자복을 입은 사람들이 박자에 맞춰 손뼉을 쳤다. 선우의 모습을 찾을 수 있을 것처럼 예원은 아이를 뚫어지게 쳐다보았다. 몇 살쯤 되었을까? 아홉 살, 열 살?

아니, 아홉 살일 것이다. 아홉 살이어야 했다.

손끝이 덜덜 떨렸다. 자꾸만 힘이 빠지려는 다리 때문에 입술을 깨물었다. 천천히 아이에게로 향하는 예원의 존재를 아무도 눈치채지 못했다. 예원에게는 아이만 보였다. 다른 것은 모두 암흑이나 다름없었다. 오로지 아이를 향해 예원은 걸었다.

그때였다. 밖에서 들어온 보호사 하나가 아이의 어깨를 살짝 잡았다. 아이의 노랫소리가 끊겼다. 동시에 길을 잃은 것처럼 예원의 발도 우뚝 멈췄다.

"로운아, 엄마가 보러 오셨어."

로운이라고 불린 아이가 고개를 번쩍 들었다. 아무 표정도 없던 얼굴에 생기가 돌았다. 아이는 말을 건 보호사의 손을 잡고 활동 치료실 밖으로 나갔다.

'엄마⋯⋯.'

예원은 그 말을 여러 번 되뇌어보았다.

면회실엔 휑한 공기가 감돌았다. 사무실 두 개를 터서 넓힌 공간에는 여러 개 놓인 테이블이 무색할 정도로 사람이 없었다. 벽에 붙어 서 있는 두 개의 자판기에서 이따금 팬 돌아가는 소리만 날 뿐이었다.

"이제 로운이 자해 증상 많이 사라졌어요. 집에서 가까운 정신 건강의학과에서 통원 치료 받으시는 게 어떠세요?"

원장 민서진은 맞은편에 앉은 정주희에게 따뜻한 어조로 말했다. 로운을 입원시킨 지는 1년이 가까워져갔지만 민서진이 그녀를 본 것은 세 번뿐이었다. 입원 초기와 달리 시간이 지날수록 면회 수가 줄어드는 것은 씁쓸하지만 어쩔 수 없는 일이다. 그러나 못해도 명절이나 크리스마스 같은 특별한 날에는 찾아오려고 하는 보호자들이 대부분이다. 반면 정주희는 보호자 면담이 필요하다고 전화를 해야만 병원을 찾아오곤 했다. 그때만 마치 숙제를 치르듯 로운과의 짤막한 면회가 이뤄졌다.

정주희는 스물네 살이었다. 로운을 열여섯 살에 출산한 셈이었다. 남편은 없는 것으로 기록되어 있었다. 정주희는 물끄러미 테이블의 한 지점을 응시했다. 퇴원해도 된다는 말에도 기쁨 같은 감정은 조금도 담겨 있지 않았다. 한참 만에 정주희가 말했다.

"꼭, 데려가야 하나요?"

민서진은 말문이 막혔다. 대학병원에서 의사 생활을 거쳐 정신요양원의 원장이 되기까지 수십 년 동안 많은 사연을 가진 환자들을 만나왔다. 정상적이지 못한 가족 관계에 있는 사람들도 물론 있었다. 하지만 아동 환자의 경우, 부모에게서 이런 되물음을 들어본 적은 없었다.

"어머님, 그게 무슨……."

그렇게 말할 때 누군가 노크했다. 민서진은 말을 멈추었다. 문이 열리고 보호사가 로운을 데리고 왔다. 성마른 시선으로 휴게실을 둘러보다가 정주희를 발견하고는 기계처럼 히쭉 웃는 로운이 안쓰럽게 느껴졌다. 동시에 정주희에게 화가 치밀어 올랐지만 지금 할 얘기는 아닌 듯했다.

오늘은 일부러 로운과 면회를 시키려고 부른 것이었다. 최근

들어 로운은 엄마의 부재에 더 스트레스를 받는 양상을 보였다. 이제 로운에게 자신의 치료는 필요치 않았다. 아이가 필요로 하는 것은 가정에 있었다. 언제고 다시 정주희와 면담을 진행해야 겠다는 생각을 하며 민서진은 자리에서 일어섰다.

"로운아, 엄마가 보러 오셨네."

로운이 테이블로 다가왔다. 정주희는 조금 전 민서진이 자신을 곤란하게 하는 말을 했을 때처럼 테이블 구석을 뚫어지게 응시하고 있었다. 아이를 안아준다든가 하는 일은 없었다. 민서진은 낮은 한숨을 쉬며 보호사에게 눈짓을 했다. 보호사가 로운을 정주희의 맞은편에 앉혀주고 바깥으로 나갔다.

"아이와 많은 대화를 나누시는 게 지금으로선 가장 좋은 치료예요."

대답 없는 정주희를 두고 로운에게로 고개를 돌렸다.

"엄마랑 좋은 시간 보내."

로운 역시 별다른 대답이 없었다. 민서진은 억지로 웃음을 지어 보이며 면회실을 빠져나갔다.

문이 닫혔다. 로운은 엄마를 보았다. 엄마는 아무 말이 없었다. 발을 흔들었다. 아이의 짧은 다리가 철제 의자 아래에서 덜렁거렸다. 점점 다리를 세게 흔들었다. 의자에서 덜컹거리는 소리가 났다. 발끝으로 책상 아랫부분을 두드렸다. 일정한 간격을 두고 턱턱 두드리자 조화를 꽂은 책상 위의 화병이 조금씩 옆으로 옮겨 갔다. 시계 초침이 찰칵거렸고, 자판기가 웅, 하는 소리를 냈다.

정주희가 일어섰다. 주머니에서 뭔가를 꺼내 아이의 앞에 놓았다. 로운이 그걸 물끄러미 보는 사이 그녀는 면회실을 나갔다.

만 원짜리 두 장이었다. 로운은 그걸 집지 않았다. 대신 엄마는 바보라고 생각했다. 이 병원엔 돈을 쓸 곳이 아무 데도 없었다.

보통은 보호사가 면회실까지 환자를 데려다주고, 면회인이 환자를 병실까지 데려다주는 것이 이 병원의 시스템이었다. 하지만 정주희가 가버려 로운은 혼자 면회실에서 나와 병실로 갈 수밖에 없었다. 일정 시간이 되면 보호사가 면회실로 와 확인을 하기는 하지만 엄마가 5분도 채 안 지나서 갈 거라고는 생각지 못하는 것 같았다.

너무 커서 손을 덮는 환자복 상의를 걸고 로운은 작은 손으로 손잡이를 잡아 돌려 면회실의 문을 열었다. 혼자 병실을 향해 복도를 걸었다. 여자 한 명이 서 있었지만 자신을 쳐다보고 있다는 것은 알지 못했다.

"저기!"

여자가 로운을 불렀다. 처음에 로운은 자신을 부른다고 생각지 못해 슬리퍼 아래로 내려오는 바지를 질질 끌며 계속 걸어갔다. 여자가 빠른 걸음으로 따라오며 로운의 어깨를 잡았다. 아이는 무덤덤하게 여자를 보았다. 여자가 황급히 로운의 앞에 무릎을 굽혀 앉았다.

"몇 살이니?"

로운이 그녀를 보았다. 대답할 생각은 없었다.

"아홉 살이지?"

로운은 다시 몸을 돌려 병실을 향해 걸어가기 시작했다. 그때였다. 뒤에서 여자가 소리쳤다.

"선우야!"

　로운은 걸음을 멈추고 그녀를 돌아보았다.

8

-예원 씨가 없어졌어요! 그런데……. 아무래도 남자 어린이 환자를 같이 데리고 나간 것 같아요!

스피커폰에서 들려오는 민서진의 외침에 선준은 그대로 병원을 향해 핸들을 돌렸다. 날카로운 소리를 내며 차머리가 크게 돌았다. CCTV 설치 건으로 방문하기로 한 약속 같은 것은 머리에 남지도 않았다. 희망 요양원까지 그는 믿을 수 없는 속도로 차를 몰았다. 요양원에 도착하자 대기하고 있던 심명훈이 문을 열었다. 선준은 그와 함께 보안실로 갔다. 허옇게 질린 민서진이 선준을 기다리고 있었다. 하지만 무슨 말을 해야 할지 모르겠다는 듯 마른 입술을 핥기만 했다.

선준은 곧장 CCTV 기계에 달려들었다. 직접 컴퓨터를 조작해 녹화된 영상을 불러냈다. 병원 정문의 CCTV 영상이었다.

"아침 9시 8분이야."

심명훈이 말했다. 다이얼을 돌려 영상을 아침 9시 8분에 맞추고 플레이 버튼을 눌렀다. 정문에 커다란 탑차가 서 있었고 경비원들과 보호사들이 눈삽을 들고 주위의 눈을 치우고 있었다.

"환자복 수거업체 차량인데, 빙판에 빠지는 바람에 직원들이 전부 몰려나왔다가……."

무언가를 본 선준이 버튼을 눌렀다. 영상이 멎었다. 다시 다이얼을 돌려 천천히 앞으로 감았다. 탑차 옆으로 예원의 모습이 설핏 보였다가 사라졌다. 직원들이 정신이 팔린 틈에 벽을 따라 바깥으로 나간 것이 확실했다. 손을 잡고 있는 어린아이가 보였다. 작은 가방을 등에 메고 있었다.

"저건 누군데요?"

"병원에 입원해 있던 환아예요. 왜 두 사람이……. 정말 죄송합니다."

"어떻게 환자 관리를 이렇게……."

언성을 높이던 선준은 아랫입술을 꾹 깨물며 말을 멈췄다. 지금 중요한 것은 그게 아니었다. 저 아이가 누구인지, 예원이 왜 아이를 데리고 나갔는지도 중요하지 않았다. 두 사람을 빨리 찾는 것이 급선무였다. 무슨 일이 벌어질지 몰랐다.

선준은 황급히 주차장으로 뛰어갔다. 예원은 환자복을 입고 있었다. 지금 바깥의 기온은 영하 10도, 체감 온도는 영하 20도에 육박했다. 입원할 때 중요한 소지품은 모두 선준에게 맡겨 지갑은 물론 돈 한 푼도 없었다. 그 상태로는 멀리 가지 못했을 것이다. 찾을 수 있다. 찾을 수 있다. 그는 주문이라도 외우듯 중얼거렸다. 아무 일도 일어나지 않을 거야. 그에게는 그런 확신이 필요했다.

자동차에 올라타 시동을 거는데 휴대폰이 울렸다. 황급히 휴대폰을 꺼낸 순간 그는 조금 머뭇거렸다. 장모님이었다. 예원을 입원시킨다는 소식을 전했을 때의 장모님 얼굴이 눈앞에 선연했다. 왜 입원까지 시켜야 하는지 이유를 알고 있지만, 그럼에도 마음이 아파서 감추지 못한 서운한 기색이 그녀의 얼굴 위를 복잡하게 물들였었다. 그런 장모님에게 지금의 상황을 이야기할 수는 없었다.

전화를 받지 말까 하다가 할 수 없이 통화 버튼을 눌렀다. 전화가 닿지 않으면 얼마나 불안해하실지도 알고 있었기에 계속 전화를 피할 자신이 없었다.

버튼을 누르자 전화기 너머에서 곧장 새된 목소리가 들려왔다. 평소와 다르게 흥분한 그녀의 말은 선준이 예상하지 못한 것이었다.

-이 서방, 이게 무슨 일인가? 예원이가 왔어!

선준의 눈이 터질 듯이 커졌다. 그는 곧장 사이드브레이크를 내리고 액셀을 밟았다.

김옥순은 골목 끝에 나와 있었다. 집 안에서 입는 보라색 누비 조끼만을 걸친 채였다. 자꾸만 뒤를 돌아보는 그녀는 추위도 느끼지 못하는 듯했다. 전화기를 귀에 대고 있는 그녀의 입에서 하얀 김이 뿜어져 나와 부서졌다.

-어머니, 예원이 잘 잡아두셔야 합니다! 제가 지금 가요!

사위의 목소리는 다급했다. 예원이를 잃어버렸던 거구나, 직감했다.

"데리고 온 아이는 누구야? 무슨 일인지 나는 도저히⋯⋯."

─어머니, 가서 설명드릴게요. 절대 예원이 나가지 않게 해주세요. 너무 걱정 마시고요. 제가 지금 갑니다.

통화는 일방적으로 끊어졌다. 다급한 마음이 여실히 느껴졌다. 그것은 옥순도 마찬가지였다. 전화가 끊어지자 그녀는 더욱 불안했다. 이 상황을 이해시켜줄 마지막 줄이 끊어진 듯한 기분이 들었다.

예원을 입원시키겠다는 연락을 받았을 때 사위에게 미안한 한편 딸을 이해할 수 있었다. 자식을 잃고 미치지 않을 부모가 어디에 있겠는가. 그리고 예원 역시 제 자식이었다. 그래서 옥순은 자신의 집과 가까운 정신요양원이 어떠냐고 넌지시 말했었다. 자주 들여다볼 수 있다는 생각이 들었기 때문이다. 마침 선준 역시 일로 왕래가 있던 병원이었다.

치료를 받으면 좋아지겠지, 애써 위안하던 기대를 깨트린 것은 이번 주말 예원을 만나러 갈까 생각하던 때였다.

"엄마."

잘못 들은 거라고 생각했다. 청소기 소리가 너무 커서, 틀어놓은 TV 소리를 오인한 것이라고 생각했다. 그래서 청소기를 멈추지 않았다. 그런데 다시 조금 더 커진 목소리가 들렸다.

"엄마."

옥순은 청소기를 껐다. 반사적으로 오른쪽을 향해 고개를 틀었다. TV는 애초에 켜지도 않았다. 꺼져 있는 TV 화면에 환자복을 입은 예원의 모습이 비쳤다. 소름이 등줄기를 긁고 내려갔다. 던지듯 청소기를 내려놓고 마당으로 나간 순간 그녀는 그만 주저앉을 뻔했다.

딸이 거기에 서 있었다. 파랗게 질린 입술로 자신을 향해 웃고 있었다. 점퍼 하나 없이 이 겨울에 여기까지 어떻게 온 걸까 생각하기도 전에 예원의 손을 잡고 있는 웬 남자아이가 눈에 들어왔다.

"예원아! 네가 여긴 어떻게…… . 걘 누구야?"

목소리가 덜덜 떨려 나왔다. 예원은 옥순을 보며 웃었다. 오히려 옥순이 무슨 소리를 하는지 모르겠다는 듯한 웃음이었다.

"엄마, 우리 추워. 일단 들어가서 옷 좀 갈아입을게."

예원은 아이의 손을 잡고 넋을 빼앗긴 듯 서 있는 옥순을 지나쳐 마루에 올라 방으로 들어갔다. 옥순은 뭔가에 홀린 사람처럼 마당에 서서 예원을 보았다. 안으로 들어간 예원은 방구석에 놓인 낡은 갈색 서랍장의 제일 아랫단을 열었다. 거기에는 예원과 선준, 그리고 선우의 옷이 들어 있었다. 선우를 잃어버리기 전, 가끔 친정에 올 때마다 편하게 갈아입을 수 있게 갖다 둔 것이었다. 예원은 제 옷을 갈아입은 뒤 선우의 옷을 꺼냈다. 선우의 옷은 여섯 살에서 멈춰 있었다.

예원은 선우의 옷 중에서 고무줄로 된 트레이닝복을 꺼내 아이에게 입혔다. 아이의 작은 복사뼈 위로 바지가 껑충 올라갔다. 티셔츠는 몸을 죄었다. 예원이 옷자락을 매만지며 해사하게 웃었다.

"아이고, 훌쩍 커버렸네. 옷 좀 바꿔다 놔야겠다."

옥순은 정신이 아득해졌다. 입고 있던 조끼 주머니에 덜덜 떨리는 손을 넣어 휴대폰을 잡았다. 그대로 몰래 집을 나섰다.

대문을 넘는 자신을 물끄러미 보는 시선을 그때의 옥순은 알지 못했다. 청소를 마친 후 장을 보러 가려고 화장대에 올려둔 지갑을 예원이 보는 것도 말이다.

선준과 통화를 마친 뒤 옥순은 크게 한숨을 내쉬었다. 정신을 차리려 애썼다. 일단은 사위가 올 때까지 예원을 자극하지 말아야겠다고 생각했다. 끊어진 휴대폰이 동아줄이라도 되는 양 한 손에 꾹 쥐고는 집으로 돌아갔다. 하지만 그녀를 기다리고 있는 것은 텅 빈 집이었다.

예원이 없었다. 아이의 모습도 보이지 않았다. 그녀는 달음박질쳐 거실로 올라갔다. 안방과 작은방, 화장실 문을 열어젖혔다.

없었다. 예원이.

지갑이 사라진 것을 알게 된 것은 조금 나중의 일이었다.

국도의 제한속도는 시속 60킬로미터였다. 옆으로 붉은색 표지판이 몇 번이고 지나갔지만 선준은 속도를 늦추지 않았다. 그가 탄 차량의 속도는 100킬로미터를 상회하고 있었다. 연속으로 설치되어 있는 과속방지턱도 그 속도 그대로 넘었다. 속도위반 감시 카메라가 몇 대나 머리 위를 지나쳤지만 신경 쓸 새가 없었다. 입술이 바짝 타고 목구멍이 뻣뻣했다.

그때 휴대폰이 울렸다. 장모님이 아니었다면 받지 않았을 전화였다. 잠깐 불안한 마음이 들었지만 주저 없이 스피커폰 버튼을 눌렀다.

"네, 장모님."

-이 서방, 이걸 어쩌나!

장모님의 목소리는 기절하기 직전의 사람 같았다.

-자네랑 통화하는 사이에 예원이가 사라졌어!

머릿속이 백지장이 되었다. 이명이 날카로운 통증을 몰고 왔다. 미간을 구기며 간신히 참았다.

"제가 가는 걸 예원이가 들은 것 아니에요?"

-모르겠어. 그보다, 내 지갑을 들고 나갔는데……. 카드를 썼나 봐. 사용 내역이 시외버스 터미널에서 찍혔어!

선준은 그 말을 들은 즉시 브레이크를 밟았다. 속도를 이기지 못한 바퀴가 아스팔트에 부딪히며 새된 소리를 질렀다. 그는 그대로 핸들을 잡아 돌렸다. 다른 차가 없어서 다행이었다. 만약 반대편에 오는 차가 있었으면 사고가 났을지도 모른다. 지금 선준은 위험에 대한 판단을 하지 못하고 있었다.

빨리 예원을 찾아야 했다.

시외버스 터미널에 도착하자마자 영인행 표를 끊었다.

"어른 하나, 아이 하나요."

그렇게 말하는 어감이 왠지 좋았다. 창구의 아크릴 판 너머 여직원이 표를 내밀 때까지 아이의 작은 손을 놓지 않았다. 아이의 손은 따뜻했다.

표를 받아 승차장 쪽을 향해 걸었다. 영인행 버스는 3번 플랫폼이었다. 각종 물건을 파는 작은 가게가 늘어선 길을 따라 빠르게 걸음을 옮겼다. 예원의 손을 잡고 걸으면서도 아이의 작은 머리가 연신 가게 쪽으로 향했다. 아이의 시선 끝에는 주황색 망에 담긴 구운 달걀과 꼬치 어묵 같은 것이 있었다. 아니면 옆에 있는 사탕이나 과자, 초콜릿 같은 것일지도 모른다. 예원은 문득 걸음을 멈추었다.

"뭐 먹을래?"

아이는 대답하지 않았다. 틀어진 고개를 정면으로 했을 뿐이었다. 예원은 다시 아이의 손을 잡고 걸었다.

버스는 출발 시간을 5분 남기고 플랫폼으로 들어왔다. 기사가 운전석에서 내려 표를 받았다. 예원은 다섯 번째 줄에 아이와 함께 서 있다가 운전기사에게 표를 넘겼다. 아이의 껑충 올라온 바지가 신경 쓰였지만 버스 기사는 별로 관심 갖는 것 같지 않았다.

버스에 올랐다. 버스표에 있는 좌석 번호를 확인하며 안쪽으로 들어갔다. 예원이 가진 티켓은 18번과 19번 좌석이었다. 앉으려는데 아이가 머뭇거렸다. 아이의 눈이 안쪽 자리에 가 있었다.

"창가에 앉을래?"

아이는 대답하지 않았다. 가만히 있을 뿐이었지만, 아까처럼 눈을 돌리지는 않았다. 예원은 아이의 등을 부드럽게 밀었다. 아이가 안쪽 자리로 가 앉았다. 뒤로 멘 가방이 불편해 보였지만 아이는 벗으려 하지 않았다. 물건이 들어 있는 것 같지 않은데 병원에서 나올 때도 챙겨 나왔다. 애착이 있는 물건인지도 모른다. 예원은 커튼을 열어 아이가 바깥을 볼 수 있게 해주었다. 머리가 흐트러져 있어서 손으로 쓸어 넘겨주었다. 아이가 올려다보았다. 말간 눈이 사랑스러웠다. 뺨을 쓸어주었다. 아이가 창밖으로 고개를 돌렸다.

차체가 가볍게 진동했다. 앞을 보니 어느새 문이 닫혀 있었다. 출발하려는 모양이었다. 얼른 아이에게 안전벨트를 해주고 저도 벨트를 맸다. 차가 천천히 후진했다. 예원은 아이의 손을 꼭 잡았다.

그때 예원은 창 너머 승강장으로 달려오는 선준을 보지 못했다. 봤다고 해도 달라질 일은 없었다.

버스는 한참이나 달렸다. 만석이었지만 떠드는 사람은 없었다. 통로 건너편에 앉은 남자의 코 고는 소리가 규칙적으로 들려왔다. 잠깐 남자를 보았다가 고개를 돌리는 순간 그녀의 어깨 위로 아이의 작은 머리가 내려앉았다. 뭉클한 것이 예원의 가슴을 간만에 달렸다. 예원은 아이의 가느다란 머리카락을 손가락으로 부드럽게 만져보았다.

차는 조금 더 달려 영인 시외버스 터미널 안으로 진입했다. 아이는 예원이 깨우지도 않았는데 눈을 뜨고 머리를 들었다. 어리둥절해하는 것 같이 손을 쥐었다. 안전벨트를 풀고 자리에서 일어나자 아이도 따라 일어났다. 작은 손을 잡고 함께 내렸다.

바깥은 어느새 어스름에 자리를 내어주고 있었다.

"배고프지? 빨리 집에 가자."

아이는 대답하지 않았다. 예원의 발걸음에 맞춰 조금 더 빨리 걸을 뿐이었다.

영인 시외버스 터미널 하차장 밖으로 나갔다. 택시가 길게 줄지어 서 있었다. 택시 승강장 쪽으로 걸음을 내디딜 때였다.

차 한 대가 예원의 앞을 거칠게 막아섰다. 예원은 한 팔을 내뻗으며 아이를 감쌌다. 차의 조수석 유리창이 밑으로 내려갔다. 앉아 있는 것은 선준이었다. 화를 내는 건지, 울고 싶은 건지 알 수 없는 얼굴이었다.

9

"당신이 지금 무슨 짓을 벌인 줄이나 알아?"

집 안에 들어서기 무섭게 선준이 소리를 질렀다. 뒤따라 들어오는 예원은 여전히 로운의 손을 잡고 있었다. 큰 눈을 깜박이며 선준의 얼굴을 보던 예원은 아무 일도 없었던 사람처럼 무릎을 굽히고 앉아 로운의 신발을 벗겼다. 신발과 트레이닝복 바지 사이에 훤히 드러났던 아이의 피부가 파랗게 얼어 있었다.

"못 알아보겠어?"

"뭐?"

마치 서프라이즈 선물을 내미는 것 같은 얼굴이었다. 예원은 얼른 로운을 자신의 앞에 세웠다.

"아까 병원에서 불렀던 노래 있지? 그거 불러봐. 응?"

로운은 멀뚱히 정면만을 보고 서 있었다. 고개를 돌리며 예원이 선준을 향해 웃었다.

"당신 기억하지? 앞다리가 쑥, 뒷다리가 쑥, 똥통에 빠져버렸네. 우리 선우가 부르던 노래 말이야. 그걸 부르고 있더라고. 마치 자길 찾아달라는 듯이 말이야."

선준은 믿을 수 없다는 듯 커다래진 눈으로 로운을 내려다보았다. 말도 안 되는 소리라고 생각하면서도 설마, 싶은 마음에 아이의 얼굴에서 3년 전 선우의 흔적을 찾기 위해 애썼다. 손가락이 덜덜 떨렸다. 예원의 말대로 그것은 선우만 부르던 노래였다. 정말로 이 아이가 선우일지도 모르는 걸까.

문득 금평 경찰서에서 발견됐다던 시신이 떠올랐다. 선우의 것과 비슷한 목걸이는 우연일지도 모른다는 생각이 들었다. 물에 불고 시간이 오래되어 그렇게 보인 것뿐이라고. 어쩌면 지금쯤 선우가 아니라는 검사 결과가 나왔을지도 모른다고.

하지만 그것은 선준의 희망이 억지로 만들어낸 실체 없는 바람이었다. 아무리 찾아내보려고 해도 아이의 얼굴에서는 선우를 찾을 수 없었다. 그래도 혹시 모른다. 선준은 아이의 앞에 무릎을 낮추고 앉았다. 떨리는 손으로 아이의 가방을 벗기고 티셔츠를 끌어 내렸다. 티끌 하나 없이 작고 동그란 어깨가 뽀얗게 모습을 드러냈다. 선준은 고개를 숙였다. 깊고 무거운 한숨이 길게 뿜어져 나왔다.

선우의 검은 점이 아이에게는 없었다.

"우리 선우 아니야."

예원이 조금 허무하게 웃었다.

"무슨 소리를 하는 거야, 여보. 애는……."

"애는!"

고함을 지르듯 선준이 예원의 말을 끊었다. 예원의 눈동자가 흔들렸다. 선준은 진정하려 애썼다. 뻐근해지는 가슴의 통증을 억누르며 나직하게 말했다.

"애는 우리 선우가 아니라고."

그렇게 말하는 선준에게도 절망이 찾아왔다. 이런 소리를 할 때마다 깨닫게 된다. 우리는 선우를 잃었다는 것을.

예원이 다시 변명을 하려 했다. 그 모습을 보자 온종일 참았던 어떤 것이 뚝 끊어지는 것 같았다. 참다못해 선준이 소리를 지르려 할 때였다. 꼬르륵 소리가 들렸다. 예원과 선준이 동시에 로운을 보았다. 여기가 맞다고 말하듯, 로운의 배 속에서 다시 한번 꼬르륵 소리가 들렸다. 선준은 입을 다물었고, 예원은 웃었다.

"젓가락질이 아직도 엉망이네. 자, 이렇게 쥐는 거야."

예원이 로운의 손을 잡고 젓가락을 고쳐 쥐여주었다. 그러고는 반찬을 로운의 앞에 조금 더 밀어놓았다.

"편식도 안 돼. 알았지? 다음 반찬은 꼭 김치 먹기?"

아이의 대답은 들려오지 않았다. 거실에 앉아 있는 선준은 손을 들어 마른세수를 했다. 머릿속이 복잡했지만, 입술을 깨물며 휴대폰을 꺼내 들었다. 아까부터 계속 울려대는 전화를 더 이상 무시할 수는 없었다.

전화는 두 사람에게서 번갈아 걸려 왔다. 하나는 요양원 원장 민서진에게, 하나는 장모님에게서였다. 고민을 하다가 장모님에게 전화를 걸었다. 간단히 상황을 설명했다.

-이제 어쩌면 좋은가, 이 서방. 우리 예원이 정말로…….

미친 건 아닌가. 차마 그 소리를 뱉지 못하고 장모님의 말은 끊어졌다. 입으로 뱉는 순간 현실이 될까 두려운 마음을 그는 누구보다 잘 알았다. 선준은 너무 걱정 마시라는 말을 기계적으로 뱉었다. 나머지 일은 자신이 처리할 거라고 하며 다시 전화하겠다고 말했다. 민서진에게도 빨리 상황을 전달해야 했다. 잘못하면 경찰에 신고할 수도 있었다. 그렇게 되면 정말로 일이 복잡해진다.

주방에서 들려오는 예원의 웃음소리가 거실로 굴러들었다. 아랫입술을 깨물었다.

"원장님, 저 이선준입니다."

몇 번이고 전화를 받지 않은 선준에게 민서진은 대뜸 원망을 터뜨렸다. 선준은 보이지도 않을 민서진에게 고개를 숙이고 사죄했다. 상황도 대충 알렸다.

"내일 아침에 꼭 데려다드리겠습니다. 아이는 안전하니까 걱정 마세요. 지금 데려다주면 좋겠지만 아내 상태가……."

선준의 고개가 주방을 향했다. 아직 선우라고 믿고 있을 예원에게서 로운을 뺏었을 때 무슨 일이 날지 몰라 선준은 두려웠다.

−책임지고 데려다주셔야 해요. 그리고……, 예원 씨 충동조절장애가 심해진 것일 수 있어요.

한참 생각하던 민서진이 낮은 목소리로 말했다.

−충동적으로 아이를 데리고 나갔을 가능성이 있어요. 선우라고 믿고 싶은 거지 정말로 착각한 게 아니라는 거예요. 잘못된 걸 알고도 지금은 인정하지 않으려는 방어기제가 작용하고 있을 거예요. 힘들더라도 현실을 직시할 수 있도록 해주시는 게 좋아요.

선준은 대답 대신 나직한 한숨을 내쉬었다. 죄송하다는 말로 전화를 끊을 때 예원이 로운을 데리고 거실로 나왔다.

"자, 이제 씻자."

예원을 부르기 위해 선준은 소파에서 일어섰다. 하지만 예원은 로운을 데리고 재빨리 화장실로 들어갔다. 그녀의 등 뒤에서 조급함이 느껴졌다. 그것만으로도 알 수 있었다. 예원은 지금 선준과의 대화를 두려워하고 있다.

욕조에 절반쯤 물이 채워졌을 때, 예원은 손을 집어넣어 온도를 확인했다. 적당히 따뜻해 아이에게는 적절한 온도였다. 아이를 위해 물을 받고 온도를 확인하는 일은 3년 만이었다. 예원은 로운을 보았다. 속옷까지 모두 다 벗어 알몸이 되어버린 게 창피한지 로운은 화장실 타일 바닥에 몸을 웅크리고 있었다. 따뜻한 미소가 예원의 입가에 머물렀다.

"괜찮아, 이리 와."

로운은 그대로 앉아 동그랗게 뜬 눈으로 말끄러미 예원을 보았다. 예원이 웃으며 부드럽게 로운의 손을 잡았다. 그녀가 이끄는 대로 로운은 천천히 일어나 욕조 안으로 몸을 들였다.

누군가 자신의 몸을 씻겨주는 일이 처음인 것처럼 로운은 어쩔 줄 몰라 하며 다시 몸을 웅크렸다. 예원이 따뜻한 물을 손으로 퍼 천천히 로운의 등을 적셨다.

예원은 문득 생각났다는 듯 일어나 세면대 옆에 있는 수납장의 서랍을 열었다. 어린이용 목욕 타월이 있었다. 이것 역시 3년 전에 사용했던 것이다. 이 집의 모든 것은 3년 전에 머물러 있었고, 3년 만에 다시 깨어나고 있었다. 예원은 타월을 가지고 와 로운의 등을 부드럽게 문질렀다. 로운의 몸에서 까만 때 줄기가 일어났다.

"아프면 말해."

로운이 고개를 끄덕였다. 예원은 부드럽게 로운의 몸을 닦았다. 다정한 미소가 계속 예원의 입술에 머물렀다. 로운은 손으로 물장난을 했다. 손에 퍼 올린 물이 서서히 빠져나가는 것이 재밌었다. 그래서 알아차리지 못했다. 자신의 어깨 뒤쪽에서 눈을 떼지 못하고 있는 예원의 미소가 사그라지는 것을.

예원은 로운의 말간 어깨에서 도망치듯 시선을 피했다. 이 작은 몸에는 선우의 점이 없었다. 입술이 파르르 떨렸다. 눈을 질끈 감아버렸다.

"당신 이리 와."

목욕을 마친 로운을 데리고 예원이 욕실에서 나오자마자 선준이 그녀를 불렀다. 선준의 시선이 로운에게 닿았다. 로운은 선우의 잠옷을 입고 있었다. 3년 전 여섯 살이었던 선우가 입던 잠옷이니 로운에게 맞을 리가 없었다. 단추 사이사이가 벌어지고 팔과 다리가 쑥 올라온 옷을 입은 로운을 보니 더욱 화가 났다. 선준은 예원의 손목을 거칠게 잡아끌고 거실 가운데에 세웠다.

"자, 봐! 저 애가 정말 선우라고?"

벽에 걸린 가족사진 앞에 예원을 세우고 억지로 고개를 들게 했다. 3년 전의 선우가 사진 속에서 두 사람을 향해 웃고 있었다. 당시 선우가 다니던 어린이집에서 가족 그림을 그리기 위해 사진을 가지고 오라고 했었다. 가족사진이 없던 김에 이때다 싶어 사진 관에서 찍었던 것이었다. 사진 속의 선우는 피부가 하얗고, 머리 카락은 손에 쥐면 빠져나갈 정도로 가늘고 부드러웠으며, 쌍꺼풀 이 없었고 눈 끝이 둥글게 휘어져 순해 보였다. 턱선이 날렵하고 콧대가 높아 동네 어른들에게 모델 시켜도 되겠다는 말을 수시로 들었다. 예원이 데리고 온 로운의 갈색빛을 띠는 피부, 둥근 얼굴 형, 곱슬머리 어디에서도 선우와 같은 것을 찾아볼 수 없었다.

얼굴을 피하지 못하도록 쥐고 있는 선준의 손에서 벗어나려고 예원이 고개를 마구 흔들었다. 선준은 예원의 어깨를 우악스럽게 잡아 쥐고 사진에서 눈을 떼지 못하게 했다.

"말해봐! 정말로 저 애가 선우라고?"

"봐!"

"우리 선우가 저 애가 맞느냐고!"

"이거 놓으라고!"

"장예원!"

"나도 알아!"

예원의 목소리가 날카롭게 치솟았다. 마구 저항하던 어깨의 움 직임도 멎었다. 예원의 고개가 바닥으로 뚝 떨어졌다. 선준의 손 에서 힘이 빠져나갔다. 바닥으로 툭 떨어진 눈물은 예원의 것이 었다.

"나도 안다고……. 저 애가 선우가 아니라는 걸. 그래도 우리 선우의 노래를 불렀어. 선우야, 부르니까 돌아봤어. 가자고 하니 까 따라왔어."

예원이 양손으로 얼굴을 가렸다. 목소리가 떨리고 있었다. 부모는 자식을 잊을 수 없었다. 수십 년이 지나도, 생이 마감할 때까지 자식을 잊을 수는 없다. 그녀도 선우가 아니라는 건 알고 있었다. 그럼에도 믿고 싶었다.

"우리 선우였으면 좋겠어. 이젠, 이젠 찾았으면……. 이젠 찾고 싶어."

예원의 어깨가 가늘게 떨렸다. 선준은 아랫입술을 꾹 깨물었다. 터질 것 같은 가슴을 어찌할 도리가 없어서 그녀를 당겨 안았다. 이렇게 끌어안고 지탱하는 것밖에 할 수 있는 것이 없었다.

"그래도 회피하면 안 돼. 저 애는 우리 선우가 아니잖아."

자신의 가슴 안에서 예원이 끄덕거리는 것이 느껴졌다.

"내일 병원에 데려다주기로 했어. 그럼 문제 될 일은 없을 거야. 다 내가 정리할게. 응?"

"……미안해."

선준은 팔을 풀고 예원의 얼굴을 들여다보았다. 눈물로 엉망이었지만, 표정은 경직되어 있지 않았다. 충동적으로 로운을 데려갔을 거라는 민서진의 말은 정확했다. 예원을 더 자극하지 않고 일을 해결할 수 있어서 다행이었다. 예원의 어깨를 부드럽게 두드려주었다. 자꾸만 문제를 일으키는 예원 때문에 지치고 날카로워져가는 자신의 감정은 스스로 억제하면 되는 일이다. 낮게 한숨을 내쉬며 문득, 로운을 보았다. 선준은 멍하니 서 있는 로운에게로 가 무릎을 굽히고 앉았다.

"놀랐지?"

로운은 대답이 없었다.

"오늘은 늦었으니까 여기서 자고 내일 병원에 다시 데려다줄게. 원하면 엄마를 불러줄 수도……."

선준은 말을 멈추고 로운의 눈을 보았다. 로운의 시선이 선준의 어깨 너머로 향한 채 움직이고 있지 않다는 것을 알아챘다. 선준은 그 시선을 따라 등 뒤를 돌아보았다. 세 사람의 가족사진이 벽에 걸려 있었다.

"아, 저거……."

"선우다."

"뭐?"

선준이 놀란 눈으로 로운을 보았다. 로운이 벽에서 뗀 시선을 천천히 선준에게로 향했다. 로운의 작은 입술이 선준을 향해 똑똑히 말했다.

"이선우예요."

10

"울림 기도원. 금평 살 때 다녔어요. 거기 선우 있어요."

"정말? 정말이야? 네가 우리 선우를 봤다고?"

로운이 고개를 끄덕이자, 예원이 비명을 틀어막듯 양손으로 입을 가렸다. 소파에 앉아 있는 로운 앞에서 예원은 온몸에 힘이 빠진 듯 주저앉았다.

"세상에. 하느님…… . 여보, 우리 선우가 살아 있대. 우리 선우 찾을 수 있어!"

예원은 로운의 무릎에 기대 울음을 터뜨렸다. 이 순간 로운이 예원의 신이고, 하늘인 듯했다. 그 모습을 보는 선준은 혼란스러웠다. 상상치 못한 말이었고, 이 말을 어디까지 믿어야 할지도 알수가 없었다.

이 아이는 예원이 정신요양원에서 데려온 아이다.

선준은 안방으로 들어갔다. 책장에서 성마른 손으로 앨범을 빼왔다. 여러 장을 넘겨 선준이 찾아낸 것은 어린이집에서 찍어준 선우의 사진이었다. 어린이집에서는 매월 생일이 같은 달인 아이들에게 한꺼번에 파티를 열어주었다. 아이들 앞에 작은 생일 케이크와 과자들이 놓여 있었다. 사진 속 다섯 명의 아이들은 모두 같은 색의 도화지로 만든 왕관을 쓰고 있었다. 다섯 명 중 오른쪽 두 번째 아이가 선우였다. 약간 긴장한 듯 정면을 보고 있는 선우의 얼굴은 가족사진과 얼핏 달라 보이기도 했다.

"여기 봐. 이 중에서 선우가 누구야?"

선준은 로운의 앞에 앨범을 펼쳐 보였다. 형형히 빛나는 예원의 시선 역시 로운에게로 향했다. 하지만 로운은 말끄러미 선준을 볼 뿐, 사진을 들여다보지 않았다. 자신의 말을 믿어주지 않는 데 대한 항의인 걸까, 아니면 알아보지 못하는 걸까. 아이의 눈은 한참이나 선준의 얼굴을 보았다. 입술이 바짝 탔다. 선준은 다시 앨범을 들어 보이며 로운을 재촉했다.

"말해봐. 이 중에 선우가 있어?"

드디어 로운의 시선이 천천히 아래쪽으로 향했다. 사진을 응시하는 로운의 눈은 무덤덤했다. 애써 선우를 찾으려고 혈안이 된 기색은 보이지 않았다. 작은 손이 앨범 위로 올라갔다. 그리고 한 군데를 짚었다.

"정말이었어. 정말로 선우가 살아 있는 거야!"

로운이 짚은 것은 선우였다.

예원은 감격하며 로운을 끌어안았다. 하느님에 대한 감사와 로운을 데려온 운명의 경이로움과 선우를 찾을 수 있다는 기쁨의 탄성을 두서없이 뱉으며 예원은 끝없이 울었다. 자신의 목을 끌어안고 우는 예원을 밀어내지도, 안지도 않으면서 로운은 무덤덤한 표정으로 가만히 있었다.

"우리 선우는 잘 있는 거지? 거기서 어떻게 지내고 있어? 언제 본 거니? 혹시 엄마가 자길 버린 줄 아는 건 아니야?"

로운은 눈을 깜박일 뿐, 별다른 대답은 하지 않았다. 그래도 예원은 희망이 가득 찬 손길로 로운의 손을 꼭 잡았다.

"우리 선우 잃어버린 후에 난 그게 너무 무서웠어. 자길 버린 줄 알까 봐. 근데 이젠 찾을 수 있어. 아니라고 말해줄 수 있어. 이젠 선우를 찾을 수 있어. 으흐흑."

다시 울음을 터뜨리는 예원을 보면서 선준은 가슴이 아팠다. 그러나 마냥 기뻐하며 감격할 수는 없었다.

선준은 정신을 차리고 휴대폰을 꺼내 들었다. 인터넷을 켜고 울림 기도원을 검색했다. '울림'이라는 단어와 '기도원'이라는 단어가 들어간 문서들이 여럿 떴지만 '울림 기도원'이라는 이름은 찾을 수가 없었다. 다시 '금평 기도원'이라고 검색해보았다. 아이가 이름을 착각하는 것일지도 모른다는 생각이 들었기 때문이다. 금평에 위치한 기도원의 목록이 검색되었지만 울림 기도원이라고 착각할 만한 이름은 보이지 않았다.

정말로 이 아이가 선우를 본 적이 있는 걸까? 선우가 정말 울림 기도원이라는 곳에 있는 걸까? 이 말은 사실일까? 로운을 데리고 온 이후 예원과 다투는 동안 몇 번이고 선우의 이름을 말했다. 그때 듣고 한 말은 아닐까? 가족사진을 봤으니 다섯 명의 아이 중에서 선우를 골라내는 것도 어렵지 않았을지 모른다. 하지만…….이선우라고 말했다. 자신이 기억하는 한 선우의 성까지 말한 적은 없었다.

그렇다면 경찰이 발견했다는 그 백골 시신은 어떻게 된 걸까.

백골 시신과 함께 발견된 목걸이가 선우의 것이 확실했기 때문에 선준은 유전자 검사 결과를 기다리면서도 내심 좌절하고 있었다. 어쩌면 자신이 인식하지 못하는 사이 이미 선우의 죽음을 각오하고 있었는지도 모른다.

그 목걸이는 지독한 우연이었던 걸까. 그렇다면 정말로 선우는 살아 있는 걸까? 하지만 3년 전의 선우는 집 주소도, 전화번호도 알고 있었다. 멀쩡히 살아 있다면 왜 집에 연락하지 않은 것일까? 납치? 감금? 하지만 기도원이라고 하지 않았는가. 그런 곳에서 아이를 데려다 뭐에 쓴다는 말인가. 사리분별이 힘든 아이나 지적장애인을 감금해놓고 갖은 학대와 노동을 시키는 일은 가끔 뉴스에 올랐다. 하지만 기도원이라면 방문객들도 있을 것이다. 다른 사람들의 시선이 있는 곳에서 벌일 만한 일이 아니다.

선우가 살아 있을지도 모른다는 기대와, 말도 안 된다는 생각이 뒤엉켜 선준은 머릿속을 정리할 수 없었다.

"여보, 애 그냥 돌려보내면 안 돼. 우리 선우 찾을 수 있어. 여보, 제발 부탁이야. 우리 선우 찾아줘."

생각에 잠긴 채 서 있는 선준을 향해 무릎걸음으로 다가온 예원이 애원하듯 발에 매달렸다. 선준은 무릎을 굽혀 앉았다. 예원이 선준의 목에 매달려 울었다. 선준은 예원의 등을 두드리며 힘주어 입술을 물었다.

진실이 무엇이든 확인해봐야 했다.

선우를 잃어버렸던 날로 되돌아간 것 같은 착각이 들 정도로 밤은 길고 길었다. 안방 침대 옆에 둔 원형 티 테이블 의자에 앉은 예원은 휴대폰의 버튼을 눌러 액정 화면을 밝혔다. 마지막으로 시간을 확인한 이후 고작 2분밖에 지나지 않았다는 것을 믿을 수가 없었다. 창밖의 어둠은 자리를 내주지 않을 거라는 듯 무겁게 세상을 지배하고 있었다. 바짝 말라가는 입술을 지근거리던 예원은 일렁이는 가슴을 진정시키지 못하고 손가락을 연신 쥐어뜯었다.

로운의 집 주소를 확인하는 것은 어려운 일이 아니었다. 로운이 메고 온 가방에 주소와 전화번호가 적힌 태그가 달려 있었다. 아홉 살 아이에게 휴대폰이 있진 않을 테니 보호자의 전화번호라고 봐도 좋을 것이다. 전화를 걸어보았지만 받지 않았다. 곧장 가보자고 벌떡 일어서는 예원을 말린 것은 선준이었다.

"난 더 못 기다려. 지금 밤이니 뭐니 예의 따질 때가 아니야."

"뭐라고 말할 건데? 아무도 몰래 로운이를 병원에서 끌고 나왔다고?"

대답을 잃은 예원을 보며 선준은 한숨과 함께 머리를 쓸어 넘겼다.

"보호자 동의도 없이, 병원도 모르게 애 데리고 나온 건 범죄야. 게다가 아이를 잃어버린 걸 알면 애 부모가 병원도 문제 삼을 거야. 병원에 폐 끼치는 일이 생긴다고."

"그러면 어떻게 해."

"내일 아침에 내가 가볼게. 병원에서 들었다고 둘러대면 돼. 지금은 안 돼. 밤에 갑자기 들이닥치면 어떻게 둘러대도 의심할 거야. 그러고 나서 병원에 데려다주면 문제는 생기지 않겠지."

선준과의 대화를 떠올리며 예원은 깊은 한숨을 내쉬었다. 그렇게라도 하지 않으면 가슴이 터질 것만 같았다.

닫힌 방문 너머에서는 아무런 소리도 들려오지 않았다. 하지만 선준 역시 잠에 빠지진 못했을 것이다. 벽 너머에서 이 무거운 밤을 힘겹게 버텨내고 있을 것이다.

참지 못하고 휴대폰의 액정을 켠 예원은 다시 한번 실망을 견디다, 문득 어둠 속에서 자신을 응시하고 있는 또렷한 눈과 시선이 마주쳤다. 로운의 까만 눈이 창 너머에서 들어오는 어렴풋한 빛을 받고 반짝였다.

"잠 안 와?"

대답은 조금 늦게 들려왔다.

"침대가 너무 커요. 창문도 무섭고."

"응?"

그것이 무슨 소리인지 예원은 잠시 알아듣지 못했다. 하지만 곧 깨달을 수 있었다. 로운은 바로 어젯밤까지 병원 침대에서 잠을 잤다. 환자용 침대는 끄트머리에서 몸을 한 번 뒤척이면 반대편 끝의 추락 방지용 안전 가드에 얼굴이 닿을 정도로 좁았다. 창은 불투명 유리였고 방범창까지 설치되어 있었다. 넓은 침대도, 밖이 고스란히 내다보이는 유리창도 로운에게는 익숙지 않은 것이었다. 고작해야 아홉 살, 다른 아이들에게는 평범하게 주어진 것들이 낯설 만큼 병원에 익숙한 로운의 모습이 예원의 마음을 어지럽혔다. 예원은 자리에서 일어나 커튼을 치고 침대 위로 올라가 모로 누웠다.

"이제 좁아졌지?"

로운은 대답하지 않았다. 대신 동그란 눈으로 예원을 응시하고만 있었다. 예원은 부드럽게 웃으며 작은 이마 위에 흐트러진 머리카락을 넘겨주었다.

"자."

여전히 눈을 감지 않는 로운을 예원이 부드럽게 당겨 안았다. 작은 몸이 품 안을 메우자 뜨거울 정도로 뭉클한 것이 예원의 가슴을 뻐근하게 했다. 잃어버리지 않았다면 선우 역시 수없이 안아 재웠을 것이었다. 선우도 로운처럼 넓은 침대가, 커다란 창이 낯설고 무서운 아이가 된 것은 아닐까 하는 생각이 예원을 두렵게 했다. 자신은 선우를 잃어버린 피해자가 아니었다. 선우가 당연하게 받았어야 할 사랑과 평안한 일상을 빼앗은 가해자였다. 그런 사실이 매 순간마다 예원의 가슴을 베었다. 치미는 눈물을 참기 위해 숨을 삼켰다. 매일 밤 가슴을 치고 두드리던 손으로 오늘 밤은 로운의 등을 토닥였다.

예원은 깊이 눈을 감았다. 적막한 공기 속으로 그녀의 나직한 허밍이 스며들었다. 선우가 자신의 팔보다도 작았을 때, 배가 고프다는 것인지 뭐가 불편하다는 것인지 알 수 없는 울음을 터뜨렸을 때, 처음 방을 만들어주었을 때, 전혀 특별하지 않아서 특별했던 그런 날들에 예원이 불러주었던 자장가였다. 아주 잠시, 예원은 눈을 뜨면 선우의 등을 두드려주었던 그때로 돌아가 있지는 않을까 생각했다. 하지만 예원이 눈을 뜬 것은 그 바람을 확인하기 위해서는 아니었다. 로운의 몸이 경직되어 있다는 것을 깨달았기 때문이었다. 다리는 뻣뻣하게 펴고, 두 팔은 바짝 몸에 붙인 채로 힘을 주고 있었다.

"불편해?"

대답은 없었다. 예원은 로운을 안은 팔을 풀고 일어나려 했다.

"모르겠어요."

속삭이듯 들린 말이 예원을 붙잡았다. 로운은 시선을 피하듯 눈을 내리깔고 있었다. 잠시 로운을 들여다보던 예원의 손이 다시 로운의 등을 토닥거렸다. 예원은 조금 더 깊이 로운을 품에 끌어안았다. 넓은 침대, 바깥이 보이는 커다란 창처럼 로운에게 익숙지 않은 것이 하나 더 늘어났을 뿐이었다.

로운은 한참 동안 눈을 감지 않았다. 예원도 다르지 않았다. 그날 밤, 누가 먼저 잠들었는지는 모를 일이었다.

푸르스름하게 들어오는 새벽빛을 맞으며 선준은 거실에 앉아 기죽시진 속 선우의 얼굴을 뚫어져라 비려보았다. 당장에라도 그 말간 웃음소리가 들리는 것 같았다. 선준은 묻고 싶었다. 이번에는 정말로 널 찾을 수 있는 거냐고.

시간은 고작 7시를 조금 넘은 이른 아침이었지만 안방의 문이 열리고 예원이 나왔다. 예원은 아무 말 없이 선준을 쳐다보았지만 하고 싶은 말은 명확했다. 선준은 자리에서 일어나 소파에 던져두었던 점퍼를 걸쳐 입었다. 아침 식사를 건너뛰었지만 어차피 제대로 된 식사를 하지 않은 지는 오래되었다.

냉기가 가득한 차에 올라타 휴대폰 내비게이션 앱에 미리 적어 두었던 주소를 찍어 넣었다. 집에서부터 차로 20분 정도 걸리는 곳이었다. 이렇게 가까운 거리에 선우의 단서를 쥐고 있는 사람이 살고 있었다는 게 믿기지 않았다.

도착한 곳은 지은 지 20년도 더 된 낡은 복도식 임대 아파트였다. 곳곳에 페인트칠이 벗겨져 더욱 초라해 보였다. 아파트 초입에 단지 내 도면이 약식으로 그려져 있었다. 동별로 13평형과 18평형이 분리되어 있었다. 로운의 아파트는 13평형이었다.

로운의 가방에서 보았던 주소는 103동 701호였다. 7층으로 올라가자 한 층에 다닥다닥 붙어 있는 열 개의 집이 보였다. 복도 창이 설치되어 있지 않아 한겨울 매서운 바람이 그대로 몰아쳤다. 선준은 복도를 걸어 제일 끝 집에 다다랐다.

초인종을 눌렀지만 벨 소리도, 사람 소리도 들리지 않았다. 초인종이 망가진 것 같았다. 중국집 전단지와 잠긴 문을 열어준다는 만물사의 광고지가 붙어 있는 문을 조심스럽게 두드렸다. 대답이 없었다. 아침부터 일찍 외출이라도 한 걸까. 고민하던 선준은 거의 본능적으로 천천히 문손잡이를 돌려보았다. 예상 밖에 문이 힘없이 열렸다.

"계세요?"

선준은 안쪽으로 머리만 넣어 소리를 냈다. 집 안에는 불도 켜져 있지 않았다. 다만 작은 집을 밝히는 데에는 베란다에서 들어오는 햇빛만으로도 충분했기에, 집의 내부를 살펴볼 수 있었다. 가장 먼저 눈에 들어온 것은 사람의 다리였다. 소파에 여자인지 남자인지 모를 누군가가 누워 있는 것 같았다. 잠들어 있는지도 모른다. 이대로 돌아갈 수는 없다는 생각에 발을 조금 더 안으로 들여보았다.

거실에는 술병들이 여기저기 굴러다니고, 한편에는 컵라면 그릇이 놀랄 만큼 많이 쌓여 있었다. 안주로 먹었으리라 짐작되는 과자 봉지들이 널려 있었고, 소파며 TV나 장식장은 원래의 색깔을 알아채지 못할 정도로 먼지가 쌓여 있었다. 출처를 가늠하기 힘든 쿰쿰한 냄새가 공간을 부유했다.

소파에 누워 있는 것은 여자였다.

"실례합니다."

선준은 목소리를 더 높여보았다. 여자의 어깨가 움찔거렸다. 자신의 잠을 깨우는 것이 몹시 짜증 난다는 듯 여자는 눈을 감고 인상을 찡그렸다. 누운 채로 두 손을 들어 엉망으로 헝클어진 머리를 꾹 눌렀다. 두통이 있는 것처럼 보였다. 이윽고 여자의 작은 눈이 슬며시 떠졌다.

"누구세요?"

선준의 등장이 갑작스러웠을 텐데도, 여자는 별로 놀라지도 않고 일어나 앉았다. 언제 떠다 놓은 것인지 알 수 없는 물병을 쥐어들고 입을 댄 채로 꿀꺽꿀꺽 마셨다. 후, 하고 내뱉는 숨에서 지독한 술 냄새가 났다.

선준은 그제야 여자의 얼굴을 자세히 볼 수 있었다. 잘해야 20대 중반도 채 안 되었을 것 같은 앳된 얼굴이었다. 여자가 물병에서 입을 떼기를 기다렸다가 선준이 말했다.

"함부로 들어와서 죄송합니다. 문이 열려 있고 안에 계시기는 한 것 같아서요."

"……."

여자는 선준의 변명에는 별 관심이 없는 것 같았다.

"저는 이선준이라고 합니다. 다른 게 아니라 로운이 부모님을 좀 뵙고 싶어서요."

"저예요. 그 부모님."

여자의 나직한 목소리가 선준을 놀라게 했다. 다시 한번 봐도 여자는 절대 아홉 살 아들이 있을 만한 얼굴로는 보이지 않았다. 선준이 놀라자 여자가 그를 올려다보았다. 그 시선이 로운을 닮아 있었다. 무슨 생각을 하는지 아무것도 읽을 수 없는 눈이었다.

"열여섯 살에 낳았어요. 문제 있어요?"

따지는 목소리는 아니었다. 그렇게 오해도 할 수 없을 만큼 여자는 무기력해 보였다. 지금은 그저 선준의 존재가 귀찮을 뿐인 것 같았다. 선준은 당황했다.

"아닙니다. 사실, 다른 게 아니라……. 혹시 로운이가 예전에 울림 기도원이라는 곳에 있었나요?"

돌연 여자의 안색이 변했다. 초점 없는 눈에 이상한 빛이 스쳤다. 선준을 경계하는 것 같았다. 선준은 애써 당황한 기색을 감추었다.

"제 아내가 지금 로운이와 같은 요양원에 있습니다. 희망 정신 요양원이요. 그런데 별로 치료가 되는 기색이 없어서요. 로운이에게서 기도원 이야기를 들어서 여쭤보려고 온 겁니다."

이곳에 오는 동안 변명거리를 생각했다. 어쩌면 울림 기도원이라는 곳에서 선우를 감금하고 있을지도 몰랐다. 선우의 이야기를 잘못 꺼냈다가는 상대가 그대로 잠적해버릴지도 모르는 일이었다. 함부로 선우의 이름을 입에 올릴 수는 없었다.

하지만 여자의 눈빛을 보고 깨달았다. 여자에게서 정보를 얻는 게 쉽지는 않을 것이라는 걸 말이다. 거짓에도 얼마간의 진실은 필요했다.

"3년 전에 아이를 잃어버렸습니다. 그 이후로 애 엄마가 완전히 망가졌어요. 마음을 편하게 먹는 게 좋다는데 아무래도 집이나 병원에서 할 수 있는 일은 아닌 것 같아서."

여자가 선준을 물끄러미 보았다. 여전히 무표정했다. 선준은 입이 바싹 타는 것을 느끼면서도 여자의 눈을 피하지 않았다.

여자가 벌떡 일어나 주방으로 성큼 걸어갔다. 당황한 선준이 엉거주춤 여자를 따라 몸을 돌렸다. 여자는 주방으로 들어가 수돗물을 틀고 입을 헹궜다. 돌아서는 여자의 턱에서 물방울이 뚝뚝 떨어졌다. 흠뻑 젖은 손으로 여자가 턱을 훔쳤다.

"그게 벌써 1년 전이에요. 잠깐 보내긴 했는데…… 같이 들어간 건 아니라서 어떤 식으로 치료를 하는지 전 몰라요. 이제는 거기 갈 일도 없구요."

"그냥 위치나 주소만 알려주시면 됩니다. 인터넷에 전혀 검색이 안 되어서요."

선준이 말하자 여자가 풋, 웃었다.

"거기는 그렇게 들어갈 수 있는 곳이 아니에요."

'그렇게?'

무슨 뜻인지 감이 잡히지 않았다.

"그러면 어떻게 찾아갈 수 있습니까? 제발 부탁드립니다. 저희 아이를 잃어버린 지 3년이나 됐습니다. 애 엄마가 로운이를 정신 요양원에서 만났다고 말씀드렸죠? 그럼 어떤 상태인지 아실 겁니다. 애가 있으시니 아시지 않습니까."

거의 숨도 쉬지 않고 말했다. 선준은 여기서 무릎을 꿇을 각오도 되어 있었다.

잠시 고민하던 여자가 어딘가로 손을 뻗었다. 그녀는 바닥에 아무렇게나 버려져 있는 점퍼를 뒤적거리기 시작했다. 그녀의 손에 휴대폰이 들린 것은 뒤지던 점퍼를 던져놓고, 지저분한 스웨터와 마구 구겨진 바지를 들추고 난 뒤였다. 여자는 말없이 어딘가로 전화를 걸었다.

"천주님."

'천주?'

선준의 눈썹 끝이 꿈틀거렸다. 정상적인 기도원이 아닐 수도 있다는 예감이 들었다. 하지만 여기서 물러날 생각은 없었다. 그 곳이 어떤 곳이든 그는 가야 했다.

여자는 낮은 목소리로 통화를 이어나갔다. 이쪽의 상황을 설명하는 것 같았다. 여자는 전화를 끊지 않은 채 방 안으로 들어갔다. 한동안 선준은 낯선 거실에 혼자 앉아 있어야만 했다. 방 안으로 따라 들어가 통화 내용을 듣고 싶었지만 그럴 수는 없었다. 혼자 남아 있는 시간은 길고 지루했다. 그래도 지난 3년만큼은 아니었다.

잠시 뒤 거실로 다시 나온 여자가 메모지를 내밀었다. 연락처나 주소를 적은 종이라고 생각하며 선준이 여자에게로 성큼 다가섰다. 내용을 확인한 선준의 눈동자가 심하게 요동쳤다.

"이게 무슨……."

여자가 내민 것은 주소나 전화번호 같은 것이 아니었다. 열여섯 개의 숫자와 은행명이 적혀 있었다. 계좌번호였다. 선준이 굳은 얼굴로 여자를 보았다.

"신의 영역에는 아무나 들어갈 수 없어요. 모든 물욕을 버릴 각오가 되어 있다는 걸 증명하셔야 하죠."

멍하니 서 있는 선준을 지나쳐 여자는 다시 소파로 향했다. 풀썩 앉는 여자의 엉덩이 밑에서 부연 먼지가 일어났다. 여자가 다시 선준을 보았다.

"입도 비용은 별도예요. 우선 자격을 확인하는 비용이라고 생각하시면 돼요."

"……얼마입니까?"

멍하니 묻는 선준을 여자가 똑바로 응시했다.

"5천만 원이요."

11

여자의 집을 나온 즉시 선준은 빠르게 차로 향했다. 차에 올라 타자마자 그는 요양원의 민서진에게 전화를 걸었다. 선준의 번호를 확인해서인지 민서진은 금세 전화를 받았다.

-출발했어요?

민서진의 목소리는 조금 격앙되어 있었다. 보호자가 알기 전에 로운이를 빨리 요양원에 돌려놓아야 했기 때문에 마음이 급할 터였다. 선준은 아랫입술을 핥았다.

"죄송해요. 조금 일이 있어서…… . 곧 출발할 겁니다."

깊은 한숨 소리가 전화기 너머에서 들려왔다.

-빨리 데리고 와요. 지금 뭐 하는 거예요?

"그런데 한 가지만 여쭤보고 싶어서요. 로운이는 왜 입원하게 된 건가요? 그 어린애가."

-왜요? 로운이한테 무슨 일 있어요?

놀란 민서진의 목소리가 선준의 귀를 때렸다. 선준이 얼른 변명했다.

"아뇨. 그런 건 아닙니다. 애를 데리고 대화를 나누다 보니까, 대답도 잘 안 하고 그래서……."

-놀랐잖아요. 또 무슨 일이라도 있나 해서요.

"또라뇨?"

전화기 너머에서 머뭇거리는 기색이 느껴졌다. 선준은 차분하게 민서진의 대답을 기다렸다. 재촉하면 문제가 생겼다고 생각할지도 모른다.

-원래는 안 되지만, 말해줄게요. 선준 씨가 여기까지 로운이를 데려오는 동안 무슨 일이 일어나면 안 되니까. 사실 로운이는 자해가 심해서 입원한 아이예요.

"자해요?"

민서진은 의사가 환자의 병에 대해 외부에 유출하면 불법이라는 것을 몇 번이나 주지시켰다. 그것은 당연하게도 선준의 함구를 요하는 일이었다. 선준의 약속을 받고 나서야 민서진이 입을 열었다.

로운의 엄마는 올해 스물네 살이라고 했다. 어린 나이에 임신을 했고, 아이의 아빠는 모른다고 했다. 어렸기에 임신 사실을 알았을 때 안절부절못하다가 중절 시기를 놓쳤고 아이를 낳을 수밖에 없었다. 부모는 이미 오래전에 그녀와 연을 끊었다. 결국 혼자아이를 낳았다. 어떻게 아이를 키워야 할지 그녀는 몰랐고, 당연히 경제력은 없었다. 모정보다 먼저 느낀 것은 아이에 대한 버거움이었다. 외면하고 싶은 무게였다.

하지만 로운은 엄마의 관심이 필요했다. 처음엔 우연이었다.

쓰레기로 어지러운 거실에서 넘어지면서 테이블에 부딪혀 열여섯 바늘이나 꿰맸다. 그때 놀라서 어쩔 줄 몰라 하던 엄마의 모습이 로운에게 깊은 인상을 남겼다. 그때부터 자해 증상이 생겼고, 점점 그 정도가 심해졌다.

입원하기 직전 마지막 자해는 엄마의 눈앞에서 계단 밑으로 떨어진 것이었다.

민서진은 로운이 기도원에 들어갔었던 일에 관해서는 모르는 것 같았다.

—결국 엄마의 무관심이 아이를 그렇게 만든 거나 다름없죠.

"그렇군요."

무의식적으로 한 선준의 대답에 민서진은 퍼뜩 정신을 차린 듯 말했다. 너무 많이 말했다는 사실을 깨달았는지도 모른다.

—아무튼 빨리 병원으로 데려다주세요. 선준 씨 믿으니까 기다리고 있는 거 알죠? 아니었으면 벌써 경찰에 신고했을 일이에요.

"압니다. 곧 출발하겠습니다. 오후면 도착합니다."

—부탁해요.

전화가 끊어진 후 선준은 알 수 없는 기분에 혼란스러웠다. 핸들에 잠시 머리를 기대고 생각을 정리했다. 로운의 말을 온전히 믿을 수 있을까? 엄마의 관심을 끌고 싶을 때마다 자해를 벌였다는 말이 마음에 걸렸다. 혹시 이번에도 엄마의 관심을 끌고 싶어서 기도원 이야기를 꺼낸 것은 아닐까? 선준이 기도원에 대해 물으려 찾아가면 엄마가 자신을 보러 올 거라고 생각한 걸지도 모른다.

한편으로는 선우의 성까지 알고 있었던 것이 자꾸만 마음에 걸렸다. 하지만 이 씨 성은 흔하디흔하다…….

그때 전화벨이 울렸다. 휴대폰 화면에 '아내'라는 글씨와 함께 예원과 선우가 함께 찍은 사진이 떴다. 선우를 뒤에서 안고 있는 예원의 얼굴은 행복해 보였다. 이제는 생경해진 얼굴이었다. 선준은 전화를 받았다.

-어떻게 됐어?

성마른 목소리였다. 지금까지 기다린 것도 대단히 참을성을 발휘한 것이라고 말하는 것 같았다.

"옆에 그 애 있어?"

-어, 있어. 걱정 마. 어떻게 됐냐니까?

선준은 아이에게서 떨어져서 전화를 받으라고, 침착하게 말했다. 의자를 끄는 소리가 났다. 주방 식탁에 앉아 있었던 모양이다. 슬리퍼 소리와 함께 잠시 뒤 예원의 목소리가 들렸다. 거실로 온 것 같았다. 아이가 보이면서도 통화 소리는 들리지 않는 곳이다.

말해. 이떻게 됐어?

그는 가감 없이 여자의 집에서 있었던 일을 이야기했다. 돈을 요구한 것. 그리고 로운의 자해 증상과 지금 자신이 혼란스럽다는 것까지.

들려오는 것은 침묵이었다. 예원도 뭔가 고민하는 것 같았다. 선준은 그녀의 대답을 기다렸다. 잠시 뒤 예원이 침묵을 깼다.

-돈 준비하자.

"여보!"

–집 담보로 대출받으면 그 정도는 되지 않을까?

"이미 집 대출은 한도까지 받았잖아, 잊었어?"

선우를 찾느라 선준은 회사를 휴직했었다. 모아놓은 돈은 바닥났고 대출까지 받았다. 전단지를 제작했고, 선우의 얼굴 변화를 분석한 몽타주를 제작하기 위해 사설 업체에 의뢰했다. 연락이 오는 전국 어디든 달려갔다. 선우를 찾기 위해 죽을힘을 다해 먹고, 살아야만 했다. 여기저기서 끌어온 돈은 한계가 있었다. 결국 회사에 복귀할 수밖에 없었다. 선우를 찾기 위해, 선우를 찾는 시간을 줄여야만 했다.

–어떻게든 방법이 있을 거야. 여기저기 알아보자. 거기 가야 돼. 우리 선우가 있어. 내가 말했잖아. 로운이가 선우가 고쳐 부르던 그 노래를 불렀다니까? 로운이가 선우를 만난 게 확실해. 분명 거기 선우가 있어!

예원은 흥분하고 있었다. 마지막에는 거의 비명 같은 소리를 질렀다. 선준도 모르는 바는 아니었다. 지난 3년간 연락이 오면 전국 어디라도 고민하지 않고 달려갔다. 해외라도, 오지라도 갈 준비가 되어 있었다. 차가 들어갈 수 없는 곳이면 걸어서라도 갈 수 있었다. 하지만…… 이번엔 자꾸만 의심이 들었다. 그 기저에 경찰이 발견했다는 시신의 존재가 깔려 있다는 것을 부정할 수는 없었다. 유전자 검사 결과가 나온 다음 확인해도 안 늦지 않을까? 이렇게 생각하는 나는 쓰레기일까.

"차라리 경찰에 얘기해서 확인해볼까?"

–경찰이 뭘 해!

선준의 말에 예원이 벼락처럼 고함을 내질렀다.

―선우 잃어버리던 날, 당신 벌써 잊었어? 그 새끼들, 내가 애 버린 건 아닌지 날 데려다 조사하고, 그러다 안 되니까 당신 원한 관계 캐고 그랬잖아.

잊지 않았다. 그날, 미친 듯이 애가 타고 죽어버릴 것 같던 그날, 그들은 두 사람을 조사했다. 그들이 해야 하는 것은 그것이 아니었다. 경찰들은 선우를 찾아 뛰어다녀야 했다. 그러나 그들은 그러지 않았다. 시간이 지날수록 속이 바싹 타들어가는 두 사람을 앉혀놓고 질문에 질문을 이어갔다. 선우가 실종된 것이 두 사람으로부터 기인했다는 증거를 찾고 싶은 사람들 같았다. 애를 찾아야 되지 않느냐고 소리를 지르기도 했지만 눈 하나 깜짝하지 않았다. 두 사람도 사방팔방을 뛰어다니지 않으면 미칠 것 같았지만 경찰들은 놓아주지 않았다.

다 절차가 있는 거라고 했다.

그렇게 3년이었다. 절차에 따른 그들은 선우를 찾지 못했다. 그리고 절차에 따라 수사본부도 해체되고 명목상의 담당 형사만이 남았다. 그 시간 동안 경찰에 대한 예원의 불신만 팽배해졌다. 그런 예원의 감정을 이해하지 못하는 건 아니었다. 선준도 다르지 않았으니까.

―그러다 선우 잘못되면 어떻게 할 거야? 여보, 제발! 우리가 가야 돼! 응?

"……들어가서 얘기하자."

선준은 힘없이 전화를 끊었다. 와중에도 예원의 울부짖는 소리가 들렸지만 더 이상 무슨 말을 해야 할지 알 수 없었다. 전화기를 주머니에 넣고 차 키를 비틀어 시동을 걸었다. 어디로 갈지 잠시 고민했다. 그리고 서서히 액셀을 밟았다.

은파 사거리에서 주행 신호가 들어오는 것을 확인하고 100미터가량 직진한 그는 우회전을 해 경찰서 안으로 차를 진입시켰다. 며칠 만에 오는 곳이지만 매번 올 때마다 마음이 일렁였다. 미움과 희망이 뒤섞인 곳을 찾아오는 심정이 어떤지를 아는 사람은 몇이나 될까.

주차장에 빈 곳이 없어 경찰서의 정문을 지나 뒤편 주차장으로 가려던 선준의 눈에 익숙한 사람이 들어왔다. 본관 건물에서 걸어 나오는 사람은 양 형사였다. 어슬렁거리는 걸음으로 보아 출동을 가는 것은 아닌 것 같았다. 야간 근무를 해 이제 퇴근하려는 건지도 모른다는 생각이 들자 마음이 급해졌다.

핸들을 크게 꺾었다. 바퀴의 날카로운 마찰음과 함께 차가 양 형사의 바로 앞을 막아섰다. 깜짝 놀란 양 형사가 반사적으로 뒷걸음질을 쳤다. 선준은 앉은 채로 창 너머의 양 형사를 보았다. 양 형사는 이렇게 운전하는 사람이 누구인지 면상이나 보자는 듯 험상궂은 얼굴로 차 안을 들여다보다가 선준을 발견하고는 기가 막힌 웃음을 터뜨렸다.

"아주 부부가 동시에 사람을 차로 까려고 드네, 들어."

형사과의 강화유리 문을 거칠게 밀어젖히고 들어가며 양 형사가 말했다. 선준은 그 뒤를 묵묵히 따랐다. 퇴근을 하다 다시 돌아오는 양 형사를 몇몇 형사가 의아한 눈으로 보다가 뒤따라오는 선준을 발견하고는 피하듯 시선을 돌렸다.

양 형사가 의자를 끌어내 털퍼덕 앉았다. 선준에게는 의자를 내어주지 않았다. 선준은 양 형사 앞에 선 채로 계좌번호가 적힌 메모지를 내놓았다.

"이 계좌번호를 추적하면 소유자의 주소 같은 걸 알 수 있지 않을까요?"

"추적? 무슨 혐의로요?"

양 형사가 눈을 치켜뜨며 선준을 보았다. 선준이 입을 꾹 다물었다. 양 형사가 책상 위에 놓인 메모지를 검지와 중지로 무성의하게 집어 들었다가 던지듯 선준의 앞에 밀어놓았다.

"이런 사이비들 뻔하지, 뭘 그런 거에 속아요? 애들 앞세워 이선준 씨 같은 사람들 관심 끌고, 그다음에 돈 받아내고, 점점 더 크게 뜯어내 재산 탕진시키고 끝! 장사 하루 이틀 해요?"

"장사요?"

선준의 눈썹 끝이 스윽 올라갔다. 그가 치기 오른 표정으로 양 형사를 응시했다. 당황한 양 형사가 괜스레 목소리를 높였다.

"아니, 아니. 말꼬리 잡지 말고. 지난 3년 동안 한두 번 당해보는 일이냐고요."

그 말은 사실이었다. 먼저 돈을 입금해주면 정보를 준다는 사기꾼에게도 당해봤고, 아이를 찾을 수 있다는 심부름센터 사람들에게 돈만 뜯기고 끝난 적도 있었다. 전단지 속 제보 전화번호에 걸려 온 장난 전화는 숱했다. 그들은 애끓는 선준을 향해 낄낄거리며 웃었다.

선준은 돌아섰다. 이곳에 걸 희망은 없다는 것을 알면서도 자꾸만 찾아오는 자신이 한심하게 느껴졌다.

부재중 전화 세 통이 찍혀 있었다. 모두 민서진으로부터 온 전화였다. 언제 도착하냐는 문자도 와 있었다. 시간을 보니 벌써 정오가 넘어 있었다. 아침 일찍 출발했다면 도착하고도 남았을 시간이다. 선준은 손을 들어 얼굴을 쓸어내렸다. 까끌한 손바닥의 촉감이 얼굴을 긁었다. 어쩌다 일이 이렇게 되어버린 건지 알 수가 없었다. 하지만 정확한 것은 하나 있었다.

이렇게 돌아가면 예원은 절대 로운을 내놓지 않을 것이다.

예원 때문만은 아니었다. '어쩌면'이라는 생각이 그를 자꾸만 주저하게 만들었다. 양 형사의 말대로 남의 마음을 이용해 돈이나 뜯어내는 그저 그런 집단일지도 몰랐다. 하지만…… . 로운이 흘린 선우의 흔적들이 정말로 우연인 걸까. 어쩌면…… .

"이 시간에 웬일이야?"

갑자기 들려온 목소리에 선준은 고개를 들었다. 그는 카페에 앉아 있었다. 노트북으로 작업을 하는 사람들과 공부를 하는 학생들로 카페에는 빈자리가 거의 없었다. 요즘 유행하는 남자 아이돌 그룹의 노래가 귓속을 파고들었다. 노래가 나오는지도, 사람이 이렇게 많은지도 미처 깨닫지 못하고 있었다.

선준은 꿈이라도 꾸는 듯한 얼굴로 눈앞에 있는 친구, 정세를 보았다. 멍한 얼굴의 선준을 걱정스러운 듯 보던 정세가 그의 맞은편 자리에 앉았다.

"왔어?"

"예원 씨 입원했다며?"

휴가를 내야 할 것 같다고 팀장에게 사정을 이야기하다 예원의 입원 사실을 말했는데, 벌써 소문이 돈 것 같았다. 선준은 대답 대신 쓰게 웃었다.

"인마, 말을 하지."

"뭐라고? 우리 마누라 미쳐서 정신병원 입원했다고?"

"야."

정세의 미간이 살짝 찌푸려졌다. 선준은 어깨를 으쓱했다. 집이 이렇게 된 이후로 자꾸만 날 선 반응을 하는 것을 스스로도 알고 있었다. 미안하다고 말하는 것도, 내가 왜 이러지 하며 자책하는 것도 이제는 지쳐버렸다.

그 심정을 안다는 듯 정세도 화난 얼굴을 보이지는 않았다.

"예원 씨, 신경 많이 써줘라."

왠지 웃음이 나왔다. 지난 3년간 참 많이도 들었던 이야기였다.

'이 서방, 우리 예원이 잘 좀 챙겨주게.'

'형부, 언니 좀 부탁해요.'

'선준아, 와이프한테 신경 많이 써줘라.'

다들 잊은 것 같았다. 자신도 아이를 잃어버린 아빠라는 것을……. 정작 예원도 그 아픔을 함께해주지 않았다.

"커피 마셔야지?"

솟구치려는 답답함을 억누르며 선준이 지갑을 빼 들었다. 정세가 얼른 그를 잡았다.

"아냐. 빨리 들어가봐야 돼."

용건만 듣겠다는 말이었다. 선준은 잠시 머뭇거렸다. 하지만 곧 결심하듯 고개를 들었다. 선우를 위해서라면 선준이 못 할 일은 없었다.

"부탁할 게 있어서."

정세의 얼굴이 아주 잠깐 굳는 것을 선준은 놓치지 않고 보았다. 정세는 곧 아무렇지 않다는 듯한 얼굴을 했다.

"뭔데? 뭐든지 말해. 돈 부탁만 아니면."

그는 웃었다. 선준도 따라 웃을 수밖에 없었다.

카페에서 나와 휴대폰을 확인해보니 부재중 전화는 어느새 네 건으로 늘어나 있었다. 민서진이 얼마나 애타할지 훤히 알 수 있었다. 어쩌면 지금쯤 경찰에 신고할 것을 진지하게 고민하고 있을지도 모른다. 그 상황까지 가게 내버려두어서는 안 된다.

그는 들고 있던 커다란 갈색 스포츠 백을 바닥에 내려놓았다. 정세가 내어준 가방이었다. 묵직한 가방이 무게중심을 잃으며 한쪽으로 기울어졌다. 선준은 휴대폰을 꺼내기 위해 주머니에 손을 집어넣었다.

순간 멈칫했다. 이제껏 곧 출발할 거라는 말을 몇 번이나 했다. 출발하지 않고서 또다시 '곧'이라는 전화를 해봐야 양치기 소년의 거짓말로 들릴 것이다. 전화 대신 문자를 보내기로 했다.

[죄송합니다. 선우 관련된 제보가 있어서 확인하느라 늦었습니

다. 로운이는 잘 데리고 있으니 너무 걱정 마세요. 출발할 때 다시 연락드리겠습니다.〕

전송 버튼을 누르고 두 걸음도 채 걷지 못했을 때 메시지 알림음이 들렸다. 예상했던 대로 민서진의 답장이었다.

〔오늘 안에 데려오지 않으면 유괴로 경찰에 신고할 수밖에 없습니다.〕

문자에서 냉기가 흘렀다. 민서진의 입장에서는 당연한 일이었다. 선준은 급히 차로 향했다. 트렁크를 열고 정세에게서 받아 온 가방을 실은 뒤 차에 올라탔다.

퇴근 시간이 아직도 많이 남았지만 도로는 차로 가득했다. 차가 정차할 때마다 핸들을 쥔 선준의 손에 조바심으로 땀이 났다.

아파트에 도착하기까지 10분여쯤 남았을 때 휴대폰이 한 번 더 울렸다. 혹시 민서진이 아닐까 생각했는데 전화를 걸어 온 것은 예원이었다.

-어떻게 됐어?

전화를 받자마자 예원의 목소리가 선준의 목을 부여잡듯 달려들었다. 그는 실제로 목이 조이는 사람처럼 한 손으로 셔츠 깃을 잡아 내렸다. 입술을 지근거리면서도 일부러 무덤덤하게 대답했다.

"뭐가."

-돈 알아보고 있었던 거 아니야?

예원의 그 말을 들은 순간 선준은 자기도 모르게 풋, 웃어버리고 말았다. 정세가 준 가방에 대해서 예원에게 지금 얘기할 생각은 없었다.

"돈 나올 구멍이 어디 있어? 우리가 지난 3년 동안 어떻게 살았는지 잊었어? 이젠 돈 빌릴 데도 없어."

전화기 너머의 예원은 조용했다. 그러면 지금 어디를 돌아다니고 있느냐고 소리칠 줄 알았으나 그녀는 침묵을 선택한 듯했다. 경찰서에 다녀온 얘기를 할까 하다가 그만두었다. 아무 소득도 없는 일까지 얘기하기에는 예원이 너무나 위태했다. 흥분시켜서 좋을 건 없겠지만 그렇다고 입만 다물고 있을 수는 없어서 그는 떠밀리듯 대답했다.

"곧 도착해. 로운이 데려다주게 준비시켜놔."

말없이 전화가 끊어졌다. 선준은 길게 한숨을 내쉬었다. 이제는 이렇게 해도 가슴이 시원해지지 않았다. 한 손을 들어 마른세수를 했다. 눈이 뻑뻑했다.

아파트에 도착해 주차장에 차를 세우고 내렸다. 지금 출발하면 어스름이 내려앉기 전에 병원에 도착할 수 있을 터였다. 그러면 다시 일상으로 돌아간다. 그렇게 생각하는 순간 날카로운 무언가가 선준의 가슴을 베고 지나갔다. 선우가 없는 지금이 어느덧 일상이 되어버렸다. 선우가 없는 이 시간을 일상으로 받아들인 자신이 벌레처럼 느껴졌다.

생각을 끊어내기 위해 머리를 뒤흔들었다. 언젠가부터 한번 머릿속에 든 생각은 쉽사리 끊어지지 않았다. 계속 이어지는 생각은 기어이 선준을 벼랑 끝으로 내몰았다. 주변에서 그에게도 병원이 필요한 거라고 말했지만 선준은 그러지 않았다. 약을 먹는 것은 예원 하나로도 족했다.

흘러내린 머리를 쓸어 넘기며 무의식적으로 선준의 시선이 앞으로 향했다. 그의 집은 베란다가 주차장으로 나 있는 데다 3층이라 금방 눈에 들어왔다. 다 죽어버린 화분이 베란다에 그대로 방치되어 있었다. 물을 준다는 생각은 물론이거니와 죽은 화분을 치울 생각도 하지 못했다. 환기나 청소를 하지 않은 지도 오래되었다. 한여름에도 베란다 창을 열지 않았다. 일부러 그런 것은 아니었다. 하루 종일 전단지를 돌리거나 제보 전화를 따라 쫓아다니다 보면 밤일 때가 부지기수였다. 쓰러지듯 잠에 빠지는 것 외에 집에서 하는 일은 없었다. 선우 없이 일상이 유지되는 것을 스스로도 허락하지 못했다. 선우가 없는 집을 피하고 있었던 건지도 모른다.

그런데 이상했다. 평소와는 뭔가 달랐다. 뭐지? 잠시 고개를 갸웃거린 선준은 곧 베란다 창이 열려 있다는 것을 알아차렸다. 심장 근처가 서걱거렸다. 불안감을 증폭시키려는 것처럼 예원이 베란다로 나왔다.

선준은 발걸음을 멈췄다.

예원의 손에는 이불이 들려 있었다. 그녀는 주변을 둘러보더니 베란다 안전 바 너머로 이불을 들어 털기 시작했다. 청소라도 하는 걸까. 전에 없던 일이다. 느닷없이 갑자기 왜?

예원이 들고 있던 겨울 이불을 한 번 더 허공을 향해 털었다. 무거운 듯 그녀의 몸이 크게 들썩이면서 상체가 아래쪽으로 휘청였다.

정체를 알 수 없던 불안감이 형체를 만들었다. 그는 생각조차 하지 말아야 할 것을 생각하고 있었다. 멈추었던 선준의 발이 천천히 앞으로 나가기 시작했다. 그의 눈은 예원에게서 떨어지지 않았다. 다시 한번 크게 이불이 들썩였다. 선준의 발이 점차 더 빨라졌다. 이내 그는 달리기 시작했다.

그때였다. 이불이 크게 펄럭이며 호를 그었다. 예원의 몸이 이불을 따라 허공에 빨려 들었다.

달려가는 선준의 눈앞에서 예원이 추락했다.

12

　-돈 나올 구멍이 어디 있어? 우리가 지난 3년 동안 어떻게 살았
는지 잊었어? 이젠 돈 빌릴 데도 없어.

　선준의 말은 틀리지 않았다. 집을 담보로 받은 대출 이자는 벌
써 세 달째 연체 중이었다. 선준이 일을 하지 못한 기간 동안 주변
에 빌린 돈만 해도 셀 수가 없었다. 갚아주기로 한 날짜는 어느덧
까마득하게 지나가버렸다. 돈을 빌려준 사람이 오히려 두 사람의
눈치를 보고 재촉하지 못하고 있었다. 이 상황에 돈을 더 빌릴 수
없다는 것은 잘 알고 있다.

　날이 선 선준의 말투도 이해가 되었다. 일하러 다니기 시작한
선준을 비난해왔다. 사실은 그저 화풀이일 뿐이었다. 선준이 일
을 하지 않으면 지금 버티고 있는 살얼음판이 언제 부서져도 이상
하지 않았다.

　그래도……. 이 기회를 포기할 수는 없다.

　선우를 찾을 수 있는 마지막 기회일지도 모른다는 생각이 그녀
를 괴롭혔다. 하늘이 내려준 이 기회를 놓치면 그 화가 선우에게

미칠 것 같다는 생각이 들 정도였다. 전화를 끊고 내려놓으면서 예원은 맞은편에 앉아 있는 로운을 응시했다.

로운은 식탁에 맺힌 물방울을 손가락으로 이리저리 밀고 있었다. 작은 머릿속에서 무슨 상상이 펼쳐지고 있는 건지는 알 수 없었지만 이따금 만족스러운 듯한 표정을 지으며 눈썹을 쓱 올리곤 했다.

'관심받고 싶어서 자해를 하는 아이.'

"로운아."

물방울을 만지던 로운이 큰 눈을 치켜떴다.

"내가 가자고 했을 때, 왜 나 따라왔어?"

로운이 눈을 둥그렇게 떴다. 그 말간 눈빛 안에 거짓말이 들어 있을 것 같지 않았다. 예원은 입술이 마르는 것을 느끼면서 자세를 고쳐 앉았다. 상체가 로운 쪽으로 길게 기울어졌다.

로운과 병원에서 만났을 때를 떠올리면, 그녀는 지금도 꿈같았다. 그때는 정말로 눈앞에 선우가 있다고 믿었다. 저 아이가 선우가 아닐까라는 생각이 저 아이가 선우였으면 좋겠다는 생각으로 바뀌기까지는 오래 걸리지 않았다.

하지만 저 아이는 왜 나를 따라온 걸까. 예원이 엄마가 아니라는 것도, 자신이 선우가 아니라는 것도 저 아이는 알고 있었다. 왜 선우라고 부르는 내 손을 잡은 걸까.

휘둥그레졌던 로운의 눈이 가늘어졌다. 작은 눈 끝이 부드럽게 휘어졌다. 아이답지 않은 미소였다.

"따뜻해서."

"뭐?"

아이의 말을 들었으면서도 되물었다. 로운은 예원에게서 시선을 거둬들였다. 아니, 관심을 거두었다. 다시 작은 손가락을 물방울에 가져다 대었다. 물방울이 로운의 손가락을 사이에 두고 둘로 갈라졌다.

'관심받고 싶어서 자해를 하는 아이.'

예원은 고개를 저었다. 그럴 리가 없다. 거짓말이어서는 안 된다. 예원은 다시 로운에게 물었다.

"정말로 우리 선우, 네가 본 거지?"

로운이 입을 다문 채로 고개를 크게 한 번 끄덕거렸다. 시선은 예원에게 주지 않은 채 손장난을 멈추지 않았다. 그 고갯짓으로 예원은 자신의 불안을 억눌렀다. 믿어야 했다. 로운이 자신의 앞에 나타난 것은 거짓이 아니라 운명이어야 했다.

"거기가 어딘지 기억나지 않는 건 지금보다 어렸을 때고 엄마 따라가서 잘 모르는 거지?"

다시 한번 로운이 고개를 끄덕거렸다. 무덤덤한 얼굴이었다. 식탁 의자에 앉아 허공에 뜬 짧은 다리를 이리저리로 휘저었다. 예원은 그런 로운을 물끄러미 보다가 자신도 아이처럼 고개를 크게 끄덕였다.

"그래, 선우는 거기에 있는 거야. 그러니까 그렇게 찾을 수가 없었던 거야."

경찰은 협박 전화가 없었던 점을 근거로 단순 실종이라고 생각했다. 곧 제보 전화가 올 거라고도 했다. 예원도 믿어 의심치 않았다. 단순히 길을 잃은 거라면 지나가는 누군가에게 부탁을 해서라도 연락해 올 거라고 생각했다. 선우는 야무진 아이였다. 하지만 선우로부터 전화는 걸려 오지 않았다. 별의별 생각을 다 했다. 혹시 죽은 거 아닐까. 큰 사고가 나서 기억을 잃은 건 아닐까. 아이가 없는 여자가 납치해 키우고 있는 건 아닐까.

선준에게 돈을 요구하는 사이비 종교라는 얘기를 들었을 때, 막막하기보다는 오히려 눈앞이 훤히 뜨이는 것 같았다. 들어가는 데만도 돈을 요구하는 사이비 종교라면 가능한 일이 아닐까.

예원은 로운을 보았다. 생각해보니 웃음이 났다. 지난 3년 동안 전국을 찾아 헤맬 때 모두 확신이 있어서 간 것만은 아니었다. 이번에도 다르지 않다. 이야기는 간단했다. 로운이 본 것은 선우일 수도, 혹은 아닐 수도 있다. 그러니 확인해봐야 한다.

필요한 건 돈이었다.

"잠깐만 여기에 있어."

자신만의 세상에 빠져 있는 로운을 앉혀두고 예원은 방으로 들어갔다. 화장대 아래 서랍을 열어 두 개의 파일을 꺼냈다. 보험 서류였다. 이미 보험금을 담보로 대출을 최대한 받아 쓸모가 없어졌다고 생각했지만 아니었다. 예원은 한참이나 방 안에 앉아 서류를 뒤적이며 내용을 확인했다. 보험료 보장 내용은 유효했다.

잠시 뒤 방에서 나온 그녀는 곧장 선우의 방문을 열었다. 거실이나 안방과는 달리 선우의 방은 먼지 하나 없이 깨끗했다. 누가 봐도 남자아이의 방이라는 것을 알 수 있었다. 선우가 좋아하던 텔레로봇 시리즈가 책상 위를 장식하고 있었고, 벽에는 아이가 좋아하던 장난감 농구 골대가 붙어 있었다. 책상 위에 올려진 달력은 여전히 2018년이었다. 이 방은 선우가 사라지던 2018년에 머물러 있었다.

딱 한 가지 변한 것은 있었다. 방구석에 놓인 옷장 안에는 선우가 입었던 옷들과 함께 인근 사립초등학교의 교복이 걸려 있다. 예원과 선준은 선우를 사립초등학교에 보낼 생각이었다. 두 사람의 형편에 비해 학비가 과하기는 했지만, 아이가 다양한 경험을 할 수 있다는 판단이 들었기 때문이었다. 예원은 선우가 여덟 살이 되던 해에 사립초등학교의 교복을 사 와 방에 걸어두었다. 해가 바뀌고는 아홉 살의 평균 신장에 맞춰 새 교복을 사 왔다.

그 일로 선준과 다툰 적도 있었다. 선준은 예원이 선우의 옷을 사다 두는 것을 싫어했다. 하지 말라는 싸움 끝에 선준은 죽은 아이를 기리는 것 같아서 싫다고 했다. 예원은 선우의 죽음 따위는 단 1퍼센트도 고려하고 있지 않았다. 그 말이 오히려 예원을 자극했다. 당신은 선우가 죽었을 거라고 생각하는 거냐고, 기어이 목소리를 높여 씨웠다. 선준이 던진 교복을 다시 정리해 걸어놓으면서 예원은 이를 악물었다. 이렇게 하면 선우가 돌아올 것만 같았다. 그날 저녁 선준에게 두 번 다시 방 안의 그 어떤 것도 건드리지 말라고 선언했다.

예원은 선우가 돌아오기 전까지 단 하나의 물건도 없애지 않을 거라고 생각했다. 그러나 그 생각이 바뀌었다. 그녀는 선우의 책상 서랍을 열어 색종이 묶음을 꺼냈다. 인터넷으로 한꺼번에 사놓고 가끔 집에서 놀 때 쓰거나 어린이집에 가져가라고 했던 것이었다. 뭘 그렇게 많이 사냐고 선준에게 핀잔을 들었던 기억이 있다. 예원은 단 한 장도 건드리지 않았던 색종이를 그대로 들고 거실로 나갔다.

그녀에게 필요한 것은 선우의 흔적이 아니라 선우였다.

"이거 가지고 안방에 들어가서 놀고 있어."

로운이 고개를 들었다. 이제 아이가 가지고 놀던 물방울은 흔적도 없이 말라 있었다. 예원은 다시 색종이 묶음을 내밀었다.

"우리 선우는 개구리 잘 접었는데. 개구리 접을 줄 알아?"

로운은 눈을 내리깔았다. 고개를 내젓지도, 끄덕거리지도 않았다. 예원은 잠시 로운의 대답을 기다려주었다. 로운이 풀썩 식탁의자에서 내려왔다. 어디를 보는지 알 수 없는 눈으로 색종이를 받았다. 그대로 예원을 지나쳐 안방으로 들어갔다.

예원은 잠시 그대로 서서 로운의 움직임을 지켜보았다. 안방으로 들어간 로운은 바닥에 앉았다. 색종이를 묶은 끈을 풀고 한 장집어 든 다음 아주 천천히 뭔가를 접기 시작했다. 바깥에 서서 자신을 보는 예원의 존재는 모른다는 듯 고개를 한 번도 들지 않았다. 완전히 집중한 것 같았다.

잘된 일이었다. 지금부터 자신이 하려는 일은 아이가 보는 곳에서 할 수 있는 일이 아니었다.

예원은 작은방으로 들어갔다. 세 개의 방 중 남는 하나는 창고처럼 쓰고 있었다. 비닐에 싸여 있는 이불을 꺼내 들었다. 묵직한 겨울 이불이었다. 두 사람은 아직 선우가 사라지던 날 덮던 여름 이불을 썼다. 뭔가 의미를 두고 한 행동은 아니었다. 선우 이외에 중요한 것은 아무것도 없었을 뿐이다.

묵직한 이불을 들고 베란다로 갔다. 슬쩍 옆을 보았다. 아파트 단지 내 중간에 CCTV 카메라가 높다랗게 설치되어 있었다. 어쩌면 저기에 잡힐지도 모른다. 그러니 허투루 할 수는 없다. 보험회사는 그렇게 허술하지 않다. 예원이 지금부터 하려는 일이 고의라고 판단되는 순간, 그들은 돈을 한 푼도 내어놓지 않을 것이다.

이 정도면 됐다, 라고 생각하며 예원은 허공에 대고 이불을 펄럭였다. 오래된 먼지들이 햇빛을 받아 반짝거리며 부유했다. 그것을 보니 아무것도 두렵지 않았다.

예원은 그렇게 바닥으로 추락했다.

예원이 들어간 처치실 문밖의 대기 의자에 주저앉은 선준은 한동안 움직이지 못했다. 온몸의 힘이 한순간에 빠져나갔다. 무릎에 팔을 대고 이마를 묻었다. 눈을 깊게 감자 예원이 떨어지던 순간이 선연히 감은 눈 안에서 재생되었다. 그는 자신도 모르게 눈을 질끈 감으며 머리카락을 움켜쥐었다. 무슨 일이 일어난 건지 도저히 믿을 수 없었다.

아파트에서 이불을 털다가 떨어지는 일은 가끔 있는 일이라며 이송되어 오는 동안 구급대원이 말했다. 검사 결과, 팔의 찢긴 부위는 꿰매야 할 정도로 상처가 깊었지만 걱정했던 골절은 없었다. 높이도 3층밖에 되지 않는 데다가 주변의 나무에 걸린 덕분이었다. 고도의 긴장과 추락 당시의 충격 때문에 혼절했을 뿐, 전체적인 상태는 양호한 편이라는 소견이었다. 뇌진탕이 발생할 우려가 있으니 하루 이틀 입원해서 지켜보자며, 예순이 넘어 보이는 의사는 그나마 다행으로 생각하라고 했다.

그나마 다행인 걸까. 선준은 알 수 없었다.

느닷없이 왜 예원이 이불을 털었을까. 선우를 잃어버린 후 두 사람은 청소 같은 것에는 전혀 신경 쓸 수 없었다. 그럼에도 평소 같았다면 잠깐 생긴 심경의 변화로 그럴 수도 있다고 생각하고 넘어갈 수 있었다. 하지만 오늘은 그렇지 않았다.

불과 두 시간 전까지만 해도 선우를 찾기 위해 돈이 필요하다며 언성을 높이던 예원이었다. 로운을 그냥 돌려보낼 수 없다며 악을 쓰던 예원이 무슨 일이라도 저지를 것처럼 보여 선준이 돈을 알아본 것이었다.

'무슨 일이라도 저지를…….'

선준은 머릿속에 밀려 들어오는 생각을 멈추기 위해 고개를 저었다. 아무리 불안증과 충동조절장애를 앓고 있는 예원이라 하더라도 그런 짓을 벌였을까. 설마, 설마. 그는 머리를 뒤흔들며 그럴 리 없다고 생각했다. 집에는 로운이 있었다. 예원의 모든 신경이 선우를 향해 있더라도 어린아이의 눈앞에서 그런 일을 벌이지는 않았을 것이다.

거기까지 생각한 선준의 움직임이 느닷없이 멈추었다. 그는 무언가에 홀린 듯한 얼굴로 천천히 고개를 들었다. 선준의 커다래진 눈이 크게 일렁였다. 그는 이제야 깨달았다. 그들이 오늘 보호했어야 할 아이의 존재를.

'로운이!'

선준은 자리에서 벌떡 일어섰다. 로운이 혼자 집에 남아 있을 터였다. 아니, 그것조차 확신할 수 없어서 불길했다. 아직 예원의 처치는 끝나지 않았다. 주변을 둘러보았지만 말을 전할 직원이 없었다. 머뭇거릴 새는 없었다. 선준은 아랫입술을 깨물며 몸을 돌려 달리기 시작했다.

13

아파트에 도착해 엘리베이터를 기다릴 새도 없이 계단을 뛰어 올라간 선준은 문을 열자마자 아득한 기분을 느꼈다. 불을 켜지 않은 집 안은 온통 어두웠다. 창밖에서 들어오는 어둠을 텅 빈 집이 그대로 빨아들이고 있었다. 베란다 창은 열린 그대로였다. 선준이 거실에 들어서자 기다렸다는 듯 살을 에는 차가운 공기가 그를 에워쌌다. 하지만 뼈를 파고드는 것은 추위가 아니라 불안함이었다.

"로운아?"

거실에 불을 켰다. 로운은 거실에 없었다. 대답도 들려오지 않았고 인기척도 느껴지지 않았다. 선우의 방은 닫힌 채였다. 살짝 문을 열어보았지만 로운은 보이지 않았다. 그때 안방 문이 빠끔히 열려 있는 것이 보였다. 선준은 천천히 그쪽으로 다가갔다.

"로운아?"

문을 열었다. 안방에는 어둠과 약간의 빛이 공존하고 있었다. 창밖의 가로등 불빛이 비스듬히 들어왔다. 그 한가운데에 작고 검은 덩어리가 가만히 존재했다. 선준은 문턱에 선 채로 손을 들어 스위치를 켰다.

어두웠던 방에 빛이 몰아친 순간, 선준은 아무 말도 할 수가 없었다. 온 방 안은 아이가 접어놓은 종이 개구리로 가득했다. 로운은 그 한가운데에 가만히 앉아 꿈짝도 하지 않았다. 갑자기 찾아온 빛에 눈이 부실 텐데도 움찔거리거나 잔뜩 구긴 얼굴을 들지도 않았다. 아무것도 느낄 수 없는 구체 관절 인형을 앉혀놓은 것 같았다.

방 안에 가득한 종이 개구리를 밟지 않기 위해 선준은 발을 밀며 안으로 들어갔다. 그의 발에 종이 개구리가 밀렸다. 그제야 아이는 움직이는 종이 개구리를 따라 시선을 들었다. 그러고는 어느덧 자신의 가까이에 온 선준의 발이 무슨 의미라도 있는 것처럼 한참이나 들여다보았다. 말문이 막혀 할 말을 찾지 못하는 선준을 향해 로운이 천천히 고개를 들었다. 돌연 로운의 눈에 빛이 돌았다. 이제야 사람의 존재를 깨달았다고 말하는 것 같았다.

"다 집있어요."

처음엔 그게 무슨 말인지 알아듣지 못했다. 로운의 눈을 들여다보면 무슨 뜻인지 읽을 수 있는 사람처럼 한동안 말갛게 올려다보는 그 눈에서 시선을 돌리지 못했다. 뒤늦게 그는 깨달았다. 로운이 혼자 색종이를 찾아 꺼냈을 리는 없었다. 예원이 색종이를 주었을 것이었다. 차마 아이의 앞에서 뛰어내릴 수는 없어서 안방에 데려다 놓은 것도 예원일 것이다.

여기서 이거 접으면서 잠깐 기다려.

어쩌면 그렇게 말했을지도 모른다. 그래서 이 아이는 종이가 다 떨어질 때까지 개구리를 접었을 것이다. 그러고도 돌아오지 않는 예원을 기다리며 꼼짝 않고 있었던 것이다. 요양원에서 엄마가 오길 기다리던 때처럼. 선준은 로운의 앞에 주저앉았다. 그의 무릎에 노란색 개구리가 깔렸다. 로운의 눈이 그쪽으로 향했다. 로운은 선준을 밀거나, 어떤 말도 하지 않은 채 아무 감정이 느껴지지 않는 표정으로 가만히 개구리를 잡아당겼다. 마치 진짜 개구리를 구하기라도 하는 것처럼.

'엄마의 관심을 받고 싶어 자해까지 이르게 된 아이.'

선준은 떨리는 두 손으로 로운의 뺨을 감쌌다. 데려온 것도 예원이었고, 아이를 이대로 보낼 수 없다고 했던 것도 예원이었지만, 자신 역시 그것에 동조했다. 민서진의 전화를 피하면서 경찰서에 가고 돈을 구하러 다녔다. 로운이 선우에게 데려다줄 존재라는 가정이 그도 모르는 새에 가슴 밑바닥을 차지했다. 부정할 수 없다. 자신에게도 이 아이보다 선우가 중요했다.

"우리가 너한테 무슨 짓을……."

처음 보는 예원을 따라 이곳까지 왔을 때 로운은 어떤 마음이었을까. 그런 아이를 자신들은 결국 이용하려고만 했다.

내 아이가 중요해 다른 아이는 어떻게 되든 상관없었던 거야.

선준은 로운의 눈을 똑바로 응시했다. 로운이 큰 눈을 깜박거리며 그를 보았다.

"미안하다. 혼자 있느라 무섭게 해서."

로운은 아무 대답도 하지 않았다. 대신 눈을 피하지도 않았다.

그가 무슨 생각을 하는지 읽으려는 것 같았다. 선준은 로운의 차가워진 얼굴을 부드럽게 쓰다듬었다.

"가자. 병원에 데려다줄게."

로운이 고개를 갸웃했다. 그러고는 이해가 되지 않는다는 듯한 얼굴로 주변의 개구리들을 둘러보았다. 선준을 향해 다시 고개를 돌렸을 때 로운의 작은 이마가 구겨져 있었다.

"이젠 제가 필요 없어요?"

돌연 가슴이 뻐근해졌다.

"그런 거 아니야, 로운아."

선준이 로운의 손을 잡았다. 로운의 손은 놀라울 정도로 차가웠다.

"개구리 다 접었는데?"

하라는 대로 다 했잖아. 가자고 해서 왔고, 접으라고 해서 접었잖아. 시키는 대로 계속 기다렸잖아. 그런데도 날 버리는 거야?

로운의 눈은 그런 소리를 내며 선준에게 항의하고 있었다. 그러면 그럴수록 선준의 죄책감은 커졌다. 해서는 안 될 짓을 저질러버렸다는 실감만 그를 괴롭혔다.

"로운아, 아저씨가 미안해. 널 이렇게 혼자 두면 안 되는 거였는데……."

"아줌마."

"우리가 너무 이기적이었어. 근데 이제 네가 필요 없다는 게 아니야. 우린 널 데리고 있을 자격이 없는 사람들이야. 이게 무슨 말이냐면 병원에 널 데려다주더라도……."

"아줌마!"

로운의 비명 같은 외침이 날카롭게 허공을 갈랐다. 아이의 작은 가슴속 벌어진 상처에서 나온 비명은 그의 귀를 먹먹하게 만들 정도였다. 웅, 하고 전등의 유리가 공명했다.

"아줌마한테 갈래! 아줌마, 아줌마!"

로운이 벌떡 일어서려 했다. 반사적으로 선준은 아이의 손을 잡았다. 그 힘이 강했는지 몰라도 로운의 작은 발이 미끄러지면서 뒤로 벌러덩 넘어졌다. 아니면 스스로 넘어진 걸지도 모른다. 왜 그랬는지 파악할 수 없을 만큼 순식간이었다. 바닥에 넘어진 아이가 몸부림을 쳤다. 작은 머리를 놀랄 만큼 빠르게 휘저었다. 선준은 깜짝 놀라 로운의 몸을 힘주어 잡았다. 몸이 속박되자 머리를 흔드는 속도가 더 빨라졌다. 작은 입술 사이로 침이 질질 나왔다.

"로운아, 로운아?"

선준은 아이의 얼굴을 양손으로 잡았다. 머리를 뒤흔드는 힘은 대단했다. 선준이 잡으면 잡을수록 더욱 몸을 떨어댔다. 이것이 듣기만 하던 발작인지도 모른다는 생각이 들자 문득 두려워졌다. 선준은 어떻게든 로운을 진정시켜보려 애썼다.

그때였다. 아주 찰나의 순간 로운의 몸이 움직임을 멈췄다. 동시에 로운이 손목을 입으로 가져갔다. 작은 입이 어두운 공간을 드러내며 벌어졌다. 자해였다.

'안 돼!'

그렇게 생각하는 동시에 선준은 아이의 입을 자신의 손으로 막았다. 앞뒤를 생각할 틈이 없었다. 작은 이가 그의 손등을 파고들었다. 그 힘은 그가 생각하는 것보다 대단했다. 선준은 낮은 신음을 흘렸다. 로운의 얼굴이 일그러졌다. 다시 몸을 버둥거리기 시작했다. 물린 손이 아팠지만 선준은 다른 한 손으로 아이의 등을 받치고 들어 올렸다. 그러고는 있는 힘껏 작은 몸을 끌어안았다. 아픈 것은 물린 손뿐만이 아니었다. 이렇게 되기까지 아이가 겪은 외로움은 그가 감히 가늠할 수 없는 것이었다. 그 외로움을 두 사람이 이용하려 했다.

"미안하다, 미안해."

"아줌마한테 갈래."

무슨 말을 해도 로운은 같은 말을 반복할 터였다. 다행히 발작은 잦아들었다. 힘없이 늘어지는 몸이 너무 가늘어서 더 마음을 시리게 했다.

이 아이는 예원을 왜 따라왔을까. 무엇을 기대했을까. 예원은 그 기대를 채워줬을까. 그래서 이렇게 예원을 원하는 걸까.

"그래, 가자."

선준은 로운의 몸을 힘주어 끌어안았다. 로운은 다시 입을 다물었다. 소리를 지르거나 예원을 찾지 않았다. 자, 이제 날 데려다 줘. 로운이 침묵으로 대신 말하고 있었다.

일단은 예원의 병원으로 돌아갈 생각이었다. 지금쯤이면 처치가 끝났을 것이다. 아이를 예원과 만나게 해준 다음 내일 아침 일찍 요양원으로 가자. 그렇게 생각하며 선준은 아이를 안고 일어나려 했다. 그것만 눈에 들어오지 않았어도.

침대 위에 파일이 펼쳐져 있었다. 앉아 있어서 그게 무엇인지 보이지는 않았지만 선준의 심장은 쿵 하고 떨어졌다. 순식간에 그의 뇌를 점령하는 좋지 않은 예감 때문이었다. 차라리 회피하고 싶었다. 하지만 그런 순간이 있다. 보지 않는 것이 오히려 편할 텐데도, 피하고 싶은 데도, 무언가에 이끌리듯 확인하는 순간이.

선준은 자리에서 일어나 침대로 다가갔다. 그것이 무엇인지를 확인하고는 입술을 깨물었다. 턱이 덜덜 떨렸다. 주먹을 꾹 움켜쥐었다.

예원의 앞으로 가입되어 있는 보험증서였다. 펼쳐진 곳에 있는 '상해 고도 후유 장애 진단금'이라는 글자가 그의 눈에 박혔다. 진단금은 3천만 원이었다.

예원은 입원실로 옮겨져 있었다. 급히 입원한 터라 병실은 1인실밖에 나지 않았다고 했다. 입원 생활에 필요한 수칙이라며 간호사의 설명이 따랐지만, 선준은 그 말이 귀에 들어오지 않았다.

병실로 간 선준이 문을 열었을 때 예원은 침대에 앉아 창밖을 보고 있었다. 한쪽 팔에 붕대를 감고 있었다. 선준은 다시 입술을 깨물었다. 그렇게라도 하지 않으면 소리를 지를 것 같아서였다.

예원이 천천히 고개를 돌렸다. 예원은 이미 선준이 어디에 다녀왔는지, 무엇 때문에 갔는지 예상하고 있었던 모양이었다. 예원의 눈이 선준의 손을 잡고 있는 로운에게 고정되었다.

로운이 선준의 손에서 제 손을 빼냈다. 그러고는 말없이 예원에게로 갔다.

로운은 여전히 아무 말도 하지 않았다. 붕대를 한 예원의 팔을 만지작거렸다. 예원은 말없이 로운의 머리를 쓸어 넘겼다.

병실로 들어간 선준은 아무 말도 하지 않은 채 침대에서 조금 떨어진 소파에 가 앉았다. 병실은 넓었다. 그게 어쩌면 다행이었다. 다인실이었다면 지금처럼 서로 멀리 떨어져 앉을 수 없었을 것이다.

"아줌마가 갑자기 없어져서 놀라지 않았어?"

"배고프지 않아?"

"TV 틀어줄까?"

"졸려?"

창밖만 바라보는 선준의 귀에 예원의 목소리가 계속해서 들려왔다. 로운은 대답하지 않았지만 예원은 연신 로운에게 말을 걸었다.

시간이 얼마쯤 지났을까. 투둑투둑. 검어진 창문에 빗방울이 들러붙기 시작했다. 비가 온다고 했었나. 그런 뉴스를 들은 기억은 없었다. 어차피 날씨 같은 것은 그의 관심사가 아니었다. 창에 비치는 자신의 모습이 더없이 초라했다.

"잘래? 이리 올라올래?"

아무렇지도 않은 예원의 목소리를 믿을 수 없었다. 설마설마했었다. 보험금을 타내기 위해, 그 돈을 기도원에 가져다주고 들어갈 생각에 이런 말도 안 되는 일을 벌인 것이다. 물론 자신 역시 선우를 위해서라면 목숨도 버릴 수 있었다. 하지만……

보험금은 후유 장애가 80퍼센트 이상일 경우에만 지급되는 것이었다. 예원의 부상은 그 기준을 한참이나 밑돌았다. 하지만 그것은 문제가 아니다. 후유 장애 80퍼센트. 그것이 어떤 의미인지나 알고 있는 것인가. 그렇게 엉망이 되어버린 집에 선우를……. 애초에 말도 안 되는 일이었다. 그만큼의 후유 장애가 생기면 선우를 찾으러 갈 수도 없다. 무모했다. 바보 같았다. 대책 없을 만큼 경솔했다. 어이가 없어서 화도 나지 않았다. 예원을 보고 싶지 않았다.

문득 병실이 조용해졌다는 생각이 들었다. 고개를 돌려 보니 로운이 어느새 예원의 침대 반을 차지하고 누워 있었다. 잠든 듯했다. 예원은 이불을 덮어주고는 아이의 가슴을 부드럽게 두드리고 있었다.

선준의 시선을 느꼈는지 예원의 손이 멈추었다. 예원은 선준을 향해 고개를 들었다. 그녀는 비굴한 웃음을 흘리지도 미안해하지도 않았다. 모든 것을 인정한 뒤 법정에 선 피의자 같은 얼굴이었다. 어떤 처분이든 받아들이겠다는 듯한 눈이었다. 선준은 쓰게 웃었다. 그렇다면 이제 자신이 판결을 내릴 차례였다.

"이혼하자."

예원은 대답하지 않았다. 고개를 끄덕이거나 내젓지도 않았다. 다만 선준에게로 향했던 눈이 바닥으로 가라앉았을 뿐이다. 선준이 할 말을 예원은 예감하고 있었던 것 같았다.

선우가 실종된 지 두 달, 유괴를 대비해 집에 남아 있던 형사 인력이 모두 철수했던 날, 예원은 자살을 기도했다. 그녀가 충동조절장애를 갖게 된 것도, 이렇게 무모해져버린 것도 아이를 잃어버린 죄책감 때문이었을 것이다. 예원의 마음을 충분히 이해했다. 하지만 이번에도 이해하고 넘어가기엔 너무 지나쳤다.

"더는 널 버틸 자신이 없어."

선준은 자리에서 일어섰다. 예원이 아무 말도 하지 않았기에, 그 역시 아무 말도 하지 않았다. 그는 단 한 번도 뒤돌아보지 않고 병실 밖으로 나갔다. 정체를 알 수 없는 어떤 것이 가슴을 치받고 올라왔다. 그는 숨을 들이마시며 그것을 꾹꾹 눌러 내렸다. 손을 뒤로 해 문손잡이를 잡았다. 힘이 잔뜩 들어간 손이 머뭇거렸다. 깊게 눈을 감았다. 결국 그는 문을 닫았다.

14

어느새 완전히 어두워져 있었다. 밤의 도로는 혼잡하지 않았다. 굳은 날씨 탓에 모두들 일찍 집에 들어간 건지도 몰랐다. 한겨울에 웬 비야. 그렇게 말하며 다들 집 안으로 들어갔을 것이다. 바깥이 추워 더욱 따뜻하게 느껴지는 집 안으로.

선준은 속도를 높였다. 평소 옆에 앉은 사람이 답답하다고 할 정도로 규정 속도를 지키던 선준이었다. 하지만 그의 발은 계속해서 액셀러레이터를 밟아댔다. 차가 평소에 내지 않던 소리를 냈지만 선준은 멈추지 않았다. 가슴이 터져 나갈 것 같았다.

선준의 차가 속도를 높일수록 차의 전면 유리에는 더 빠른 속도로 빗방울들이 들러붙기 시작했다. 점점 그 방울의 크기가 커지는 것을 선준은 빨리 알아차리지 못했다. 더 굳어진 날씨를 깨달은 것은 눈앞을 스치는 섬광 때문이었다. 이어 쿠르릉, 천둥이 울렸다.

선준의 눈이 커다래졌다. 그는 반사적으로 핸들을 꺾었다. 차가 오른쪽으로 붙으면서 인도 변에 급정거했다. 차의 반동에 따라 그의 몸이 크게 흔들렸다. 옆 차선에 차가 없어 다행이었다. 하지만 그것에 대한 안도도 느끼지 못했다. 선준의 가슴이 불안으로 일렁였다.

다시 한번 섬광이 눈앞을 갈랐다. 그의 머릿속이 그 빛을 따라 하얗게 변해버렸다. 선준은 온 힘을 다해 핸들을 꺾었다. 크게 차 머리가 돌았다. 중앙선을 넘어 온 길을 되돌아 달리기 시작했다. 그의 머릿속에는 오로지 하나의 생각밖에 떠오르지 않았다.

'예원아!'

잠든 예원의 얼굴 위로 번개가 쳤다. 밝은 빛이 예원의 얼굴을 밝혔다. 창에 쏟아지는 빗줄기처럼 예원의 얼굴에서 땀이 흘러내렸다. 예원은 눈을 감은 채로 몸을 뒤틀었다. 얼굴이 고통스럽게 일그러졌다. 옅은 신음이 새어 나왔지만 그녀는 깨어나지 못하고 있었다.

쿠르릉, 천둥이 울었다.

"안 돼, 신우야."

신음과도 같은 말이 예원의 입에서 흘렀다. 천둥과 함께 찾아온 악몽이 그녀를 괴롭혔다.

번쩍, 또 한 번 번개가 쳤다.

쉑 소리를 내며 밝은 빛이 하늘을 향해 쏘아 올랐다.

콰르릉, 천둥이 쳤다.

펑! 폭죽이 터졌다.

분명 여기에 있었는데, 선우가 보이지 않았다.

'선우야!'

외치고 싶은데 가슴속에서 웅어리져만 갈 뿐 소리가 되어 나오지 않았다. 사람들을 밀쳤다. 여기저기서 불평하는 소리가 터져 나왔다. 허공을 황황히 휘젓는 예원의 눈빛 위로 폭죽이 번쩍였다. 사람들은 그녀를 미친 사람처럼 보았다. 아무래도 좋았다. 작은 아이의 몸이 보이기라도 하면 기어이 쫓아가 어깨를 잡아챘다. 모르는 얼굴이 돌아보았다. 아니었다.

"선우야……."

예원은 다시 한번 주변을 돌아보았다. 눈앞의 광경이 어지럽게 뒤섞이며 그녀를 중심으로 휘돌았다. 선우가 보이지 않았다. 심장이 쿵쿵 뛰었다. 터질 것 같았다. 터지더라도 아이만 찾을 수 있다면 좋았다. 온 힘을 다해 소리를 내질러보았지만 목에서는 소리를 만들어내지 못했다.

그때 움켜쥔 그녀의 주먹을 가만히 잡는 손이 있었다.

'선우야?'

예원은 자신의 손을 잡은 작은 존재를 확인하기 위해 아래를 내려다보았다. 하늘에서 터진 폭죽이 사그라지면서 주변이 어두워졌다. 어둠이 그녀의 시야를 가렸다. 예원은 어떻게든 아이의 얼굴을 확인하려고 했다. 그녀의 호흡이 가빠졌다. 괜찮다고, 나라고, 얼굴을 확인하지 않아도 알지 않느냐고 하듯 작은 손이 더 그녀를 움켜쥐었다.

천천히, 예원의 호흡이 진정되어갔다.

꿈속의 예원은 알지 못했다. 지금 자신의 손을 잡고 있는 사람이 로운이라는 것을. 그리고 그 모습을 조금 떨어진 곳에서 선준이 지켜보고 있는 것을.

비에 흠뻑 젖은 채 선준은 문 앞에 멈춰 서 있었다. 로운의 손에 진정되어가는 예원의 존재가 애처로웠다.

그녀는 폭죽과 비슷한 소리도 견디지 못했다. 죄책감의 발로였다. 깨어 있을 때에도 그녀는 섬광을 피해 구석에 숨어들었다. 식은땀이 흐르고 신음이 깊어갈수록 몸을 부들부들 떨어댔다. 심할 때는 오늘처럼 울면서도 깨어나지 못하곤 했다. 오늘 역시 그럴 거라고 생각했다. 하지만 진정되어가고 있었다. 로운의 손에, 대신 위로라도 받듯이.

선준은 양손으로 얼굴을 쓸어내렸다. 머리카락 끝에서 빗물이 뚝 떨어졌다.

그는 그녀를 버틸 자신이 없었다.

하지만 버릴 자신도 없었다.

15

희망 정신요양원의 간판이 보이자 선준은 속도를 늦췄다. 경비실의 문이 열리며 그의 차량을 확인한 경비원이 문을 열어주었다. 오늘은 심명훈의 근무 날이 아닌 모양이었다. 기계음과 함께 육중한 철문이 열리는 것을 보면서 차라리 다행이라는 생각이 들었다.

요양원에 온 것은 불과 이틀 만이었지만 차에서 내려 건물을 올려다보는 선준에게는 생경하게 느껴졌다. 한때는 그의 짐을 덜어주는 존재였지만, 오늘은 위압적으로 느껴졌다. 지금부터 요양원으로 들어가 벌이려는 말도 안 되는 일 때문에 그렇게 느껴지는지도 모를 일이었다. 건물 안으로 들어간 선준은 곧장 원장실로 향했다.

8시 40분이 조금 넘은 시각이었다. 본격적인 업무가 시작되기 전이었다. 잠시 눈을 감고 숨을 한껏 들이켰다. 결심한 듯 눈을 떴다. 문을 두드리자 안에서 민서진의 응답이 들려왔다.

문을 열었다. 커피 향이 가득한 사무실 안에는 민서진 혼자가 아니었다. 소파에 앉아 있는 남자의 존재가 선준을 당황케 했다. 예원이 입원할 때 안내를 해주었던 총무였다. 회의를 하고 있던 중인지도 모른다. 예상치 못한 일에 당황한 선준이 우물쭈물하고 서 있자 창가에 비치한 메이커에서 커피를 따르던 민서진이 돌아보았다.

"이선준 씨!"

선준을 발견한 민서진이 반색했다. 그녀의 얼굴에 안도의 기운과 함께 화색이 돌았다. 반면 선준을 훑어보는 총무의 눈에는 불안감이 서려 있었다. 선준은 완전히 안으로 들어서며 문을 닫았다. 그것은 정확히 선준이 혼자라는 것을 의미했다. 민서진의 얼굴이 눈에 띄게 굳었다.

그녀는 해명을 요구하듯 선준을 보았다.

"로운이는요?"

결심을 하고 왔지만, 오면서도 몇 번이나 그려본 상황이었지만, 정작 닥치고 나니 얼른 입이 떨어지지 않았다. 그는 잠시 침묵하다가 민서진이 앞에 무릎을 꿇었다.

"무슨?"

놀란 민서진이 재빨리 다가와 선준을 일으키려 했다. 선준은 바닥에 납작 엎드렸다.

"도와주세요, 원장님. 제발 한 번만 도와주세요."

"무슨 일이에요, 선준 씨? 혹시 로운이한테 무슨 일이라도 있는 거예요?"

선준은 엎드린 채로 고개를 저었다. 민서진이 안도의 한숨을 내쉬었다.

"왜 이러는 건지 모르겠지만 일단 일어나서 차분히 말해요. 무슨 소리를 하는지 이해가 안 가잖아요."

그녀는 설득하듯 말하며 선준을 일으켰다. 선준은 두 손을 모으고 죄인 같은 얼굴로 고개를 들었다. 총무가 자리에서 일어나 선준에게 자리를 내주었지만 바깥으로 나가지는 않았다. 총무는 조금 떨어진 창가로 다가가 기대서서 두 사람을 지켜보았다.

선준을 일으킨 민서진이 그를 소파에 앉혔다.

"원장님도 아시죠, 저희 사정."

"알아요. 무슨 일인데요?"

예원을 담당하는 의사로서의 사명과 로운을 데려간 이 사람이 무슨 짓을 벌이려는지에 대한 우려가 민서진의 얼굴에서 복잡하게 어른거렸다.

"로운이가…… 우리 선우를 봤대요."

"네?"

상상치도 못한 것을 들었다는 듯 민서진이 눈을 크게 떴다. 그녀는 반사적으로 총무를 돌아보았다. 두 사람의 시선이 의미심장하게 부딪혔다. 당황한 듯 미간을 찌푸린 민서진을 향해 총무는 살짝 고개를 저었다. 민서진의 시선이 다시 선준에게로 돌아왔다.

선준은 떨리는 목소리로 최대한 차분히 설명했다. 로운을 바로 요양원에 데려오지 못하게 된 경위, 그리고 로운의 엄마를 만나 기도원에 대해 들은 이야기. 고민 끝에 보험금을 타내려 예원이 극단적인 선택을 한 것까지.

민서진은 거의 아무 말도 못 한 채 터질 듯 휘둥그레진 눈으로 선준을 쳐다보기만 했다. 몇 번이고 어지러운 듯 이마를 짚었지만 그의 말을 끊지는 않았다. 선준이 말을 마쳤을 때 그녀는 믿을 수 없다는 듯 시선을 창밖으로 돌리며 기막힌 한숨을 터뜨릴 뿐이었다.

"제발 부탁드립니다. 원장님. 저희한테는 로운이가 마지막 희망이에요."

"잠깐만요, 이선준 씨."

민서진이 그의 말을 가로막았다. 그녀는 최대한 자신의 당혹감을 감추려 노력했다.

"무슨 말인지는 충분히 알겠어요. 바로 로운이를 데리고 오지 않아서 나 역시 화가 많이 났던 건 사실이에요. 그래도 선준 씨의 사정을 잘 아니까 이해할 수는 있어요. 무슨 말인지 알겠죠?"

선준이 천천히 고개를 끄덕였다. 민서진이 다시 말을 이었다.

"근데 로운이가 마지막 희망이라니, 그게 무슨 뜻이에요? 오늘 왜 로운이를 데리고 오지 않은 거예요?"

선준이 얼굴을 들었다. 민서진의 이마가 구겨져 있었다.

"로운이를 데리고 기도원을 찾아보고 싶습니다."

그렇게 말한 순간 민서진이 소파에서 벌떡 일어섰다. 앉아서는 치솟는 화를 감당하는 게 버거운 듯했다. 민서진의 구겨진 얼굴처럼 주름이 생긴 소파 가죽에 선준은 시선을 박았다. 민서진을 볼 용기가 나지 않았다.

민서진은 크게 숨을 들이쉬고는 단호하게 말했다.

"딱 잘라 말하겠는데 절대 안 돼요. 저희에게는 로운이를 보호할 의무가 있어요."

"일주일만, 아니 5일만 시간을 주십시오. 절대 로운이를 다치게하거나 위험한 상황을 만들지 않겠습니다. 병원에 피해 가지 않도록 하겠습니다. 제가 책임질 수 있는 한 모든 것을 책임지겠습니다. ……선우의 이름을 들은 이상, 이전처럼 살 수는 없어요."

선준은 소파에서 일어섰다. 그리고 다시 바닥에 무릎을 꿇었다. 민서진이 그를 잡으려다가 휙 돌아섰다. 선준은 이해할 수 있었다. 그녀는 타협할 수 없는 의무를 지녔다. 자신이 이기적이라는 것은 잘 알고 있었다. 하지만 동시에 로운의 엄마는 민서진이전화를 해야만 겨우 면회를 올까 말까 한 사람이라는 것도 알고있었다. 내심 속으로는 민서진만 이해해주면 가능한 일이라고 생각했다. 민서진이 말했다.

"아이의 거짓말일 수도 있어요."

"사실일 수도 있습니다."

"제가 로운이의 엄마를 만나보면……."

선준의 고개가 퉁겨지듯 올랐다.

"그러다 기도원에 이야기라도 들어가면……. 정말로 선우를잃을지도 모릅니다."

그렇게 말한 순간 선준은 어느새 자신의 마음속에서 로운의 말이 사실이 아닐지도 모른다는 가정이 완전히 사라졌다는 것을 깨달았다.

민서진은 그를 물끄러미 내려다보았다. 두 사람의 3년이 얼마나 처절했는지는 잘 알고 있었다. 예원이 다니던 정신건강의학과 교수와도 친분이 있다. 예원이 얼마나 무너졌는지를 누구보다도 더 잘 알았다. 선준의 고민도 고통도 자주 전해 들었다. 그녀에게도 초등학교에 다니는 딸이 있었다. 그 아이를 잃어버린다고 상상하면 자신 역시 두 사람만큼이나 무너지고, 이유 여하를 따지지 않고 달려들 거라는 것을 알고 있었다. 선준처럼 무릎을 꿇는일 따위야 얼마든지 할 수 있었다. 하지만 이것만은 공감해서는안 되는 문제였다.

"용인할 수 없습니다. 미안해요."

바닥을 짚고 있던 선준이 주먹을 쥐었다. 그의 고개가 무겁게 끄덕여졌다.

"이해합니다. 제가 죄송합니다."

"그러면……."

민서진은 바로 로운을 데리고 오라고 할 작정이었다. 더 이상은 위험했다. 예원이 다쳐 사정이 안 된다면 자신이 직접 차를 끌고 가 로운을 데려올 생각까지도 했다. 그러니 그녀는 자신의 생각을 말로 만들어내지 못했다. 포기하듯 바닥에서 일어난 선준이그녀의 말허리를 잘랐기 때문이다.

"경찰에 신고하세요, 원장님."

"이선준 씨!"

"죄송합니다, 원장님. 이대로 포기할 수는 없습니다. 마지막의 마지막까지 포기할 수 없는 게 부모 아니겠습니까? 로운이를 데려가겠습니다. 그 어떤 처벌도 감내하겠습니다. 체포되기 전까지만이라도 할 수 있는 건 다 해볼 겁니다. 원장님은 원장님의 일을 하세요. 원망하지 않습니다."

이번에는 선준이 돌아섰다. 민서진이 잡을 수 없을 만큼 단호했다. 선준은 주저 없이 원장실을 나갔다. 민서진은 한 손을 이마에 얹었다. 이 말도 안 되는 상황을 감내할 자신이 없었다. 그녀는 입술을 깨물었다. 황급히 몸을 돌려 책상 위의 휴대폰을 집어 들었다. 그때였다. 두툼한 손이 휴대폰을 움켜쥐는 그녀의 손목을 잡았다. 총무였다.

"조금만 지켜보자."

"오빠!"

"일부러 애도 안 데리고 온 사람이야. 지금 막아 세운다고 애가 어디 있는지 순순히 말할 것 같아?"

"그래서 신고를……."

"정부 지원 평가가 코앞이야."

민서진의 말문이 막혔다. 총무는 동생의 손에서 휴대폰을 빼냈다. 아무런 저항 없이 민서진의 손에 힘이 풀렸다.

"책임감 없는 사람이었으면 오늘 이렇게 찾아오지도 않았을 거야. 애 걱정은 안 해도 돼. 분명히 며칠 안에 돌아올 거라고. 어차피 애 엄마도 잘 안 온다며. 괜한 문제를 일으켜서는 안 돼. 저 사람한테도, 우리한테도 이게 최선이야."

민서진은 떨리는 눈으로 창밖을 내다보았다. 정문을 급히 빠져나가는 선준의 차가 보였다. 시야에서 사라질 때까지 민서진은 눈길을 거두지 못했다.

선준이 병원으로 돌아갔을 때 예원은 침대에 앉아 생각에 잠겨 있었다. 로운은 소파에 앉아 있었다. 예원이 틀어준 것인지 TV에서는 어린이 방송이 나왔다. 큰 인형 탈을 쓴 사람이 외국 동요를 번안해 부르며 춤을 추었다. 길거리에 있는 가게에서 자주 본 인형이었다. 요즘 아이들에게 인기 있는 캐릭터인지도 몰랐다. 로운은 멍한 시선을 TV에서 떼지 않았다. 좋아하는 건지는 알 수 없었다. 애초에 저 TV를 보고 있는 건지 아닌지도 구분이 가지 않았다.

선준이 들어서자 예원이 고개를 들었다. 그녀의 시선이 빠르게 벽에 붙은 시계에 닿는 것을 그는 놓치지 않고 보았다. 예원의 침대 옆으로 가 보호자용 간이 의자에 앉았다. 예원은 선준을 보려 하지 않았다. 그런 그녀의 표정에는 선준에 대한 아무런 기대도 없었다. 이미 선준이 하려는 말이 무언지를 안다고 얘기하고 있었다.

"아파?"

예원은 대답하지 않았다.

"퇴원할까?"

그제야 예원의 고개가 들렸다. 그녀의 떨리는 눈동자가 선준의 얼굴에 닿았다. 예원은 생각을 읽어내려는 사람처럼 선준의 얼굴 여기저기로 시선을 옮겼다. 선준은 쓰게 웃다가, 포기하듯 고개를 끄덕거렸다.

"어쩌면 로운이가 잘못 본 걸 수도 있고, 그냥 비슷한 아이일 수도 있어. 우리는 그 기도원을 찾아내지 못할지도 몰라."

예원이 눈을 깜박거렸다. 그녀는 말없이 선준의 다음 말을 재촉했다. 선준이 부드럽게 웃었다.

"가보자."

떨어지지 않을 것 같던 예원의 입술이 살짝 벌어졌다. 그 사이로 뜨거운 숨이 나왔다. 눈이 벌겋게 달아올랐다. 눈물이 흐르기 전에 선준이 예원의 손을 잡았다.

"우리가 선우, 찾자."

무너지듯, 예원이 선준의 가슴에 뛰어들었다. 예원이 한 팔로 그의 목덜미를 감싸 안았다. 깡마르고 윤기 하나 없는 팔의 살갗이 그의 목에 닿았다. 그에게 안긴 예원의 무게는 잘 느껴지지 않았다. 이렇게 말라버리고 가벼워져버린 몸이 버틸 세상의 무게를, 그는 함께 지기로 결심했다.

띵동, 소리에 선준이 정신을 차린 듯 고개를 들었다. 382라는 숫자가 전광판에 떴다. 같은 숫자가 적힌 번호표가 선준의 손에 들려 있었다. 선준이 일어서서 앞으로 걸어갔다. 퇴원 수속 및 수납이라고 적힌 푯말 앞에 앉아 있던 여자가 기계적으로 플라스틱 바구니를 그의 앞에 내밀었다. 선준을 향해 고개를 들지도 않았다.

선준은 여자가 내민 플라스틱 바구니에 번호표와 함께 간호사실에서 받아 온 서류를 올려놓았다. 여자가 기계적으로 바구니를 끌어갔다. 종이에 적힌 일련번호를 컴퓨터에 입력하는 손이 믿을 수 없을 정도로 빨랐다.

"퇴원 수속이시고요. 68만 3200원입니다. 다음 예약까지 수납

하실 건가요?"

　간호사실에서 알려준 내원일은 일주일 뒤였다. 꿰맨 부위에 염증이 생기지는 않았는지 확인해야 한다고 했다. 선준은 잠깐 생각을 한 뒤 고개를 저었다. 일주일 뒤. 아니 당장 내일도 자신들이 어떻게 될지 알 수 없었다.

　선준이 내민 카드를 받아 든 여자가 다시 컴퓨터로 시선을 돌릴 때였다. 멀리서 사이렌 소리가 들렸다. 그 소리에 선준이 기민하게 반응했다. 소리는 정확히 병원 쪽으로 가까워지고 있었다. 중앙 출입구 쪽을 향해 선준이 빠르게 걸었다. 뒤에서 수납을 진행하던 여자가 그를 불렀지만 돌아볼 생각도 하지 못했다. 수납 창구에는 많은 사람들이 뒤엉켜 자신의 번호가 불리기를 기다리고 있었다. 이리저리 사람들 사이를 밀치며 달려 나갔다. 그의 눈이 빠르게 예원과 로운을 찾아 헤맸다. 예원은 병원 로비에서 로운의 손을 잡고 벽에 붙어 있는 게시판을 올려다보고 있었다. 그사이에도 사이렌은 계속 이어졌다.

　생각보다 빨리 왔나.

　그는 중앙 현관문에 붙어 섰다. 밖을 내다보는 순간 그는 안도의 한숨을 내쉬며 깊게 눈을 감았다.

　사이렌 소리는 병원 응급실로 진입한 구급차에서 나는 소리였다. 오랜 시간 보안 회사에 근무하면서 보안 회사의 긴급 출동 차량, 구급 차량, 경찰 차량에서 울리는 사이렌 소리가 제각기 다르다는 것을 익히 알고 있는데도 그것조차 잊을 정도로 긴장했던 모양이다.

선준은 다시 창구 쪽으로 몸을 돌렸다. 예원은 선준의 심경 변화를 알아차리지 못했는지 여전히 게시판 앞에 서 있었다. 차라리 모르는 것이 다행이었다. 선준은 자신의 불안을 예원이 나눠 갖지 않기를 바랐다.

창구로 다시 갔을 때 선준이 서 있던 창구에는 다른 사람이 업무를 보고 있었다. 조금 떨어진 곳에서 멀뚱히 보자니, 창구 직원이 선준을 발견하고는 귀찮은 기색을 역력히 드러냈다. 그는 앞선 사람의 용무가 끝나기를 기다리고 있다가 다시 창구로 다가갔다.

"사인하셔야 되거든요?"

선준을 향해 불쾌감을 내비치며 창구 직원이 말했다. 선준은 말없이 그녀가 내미는 기계 패드에 사인을 했다. 그제야 컴퓨터 옆에 있던 프린터에서 계산서가 뽑아져 나왔다. 그녀는 출력된 종이를 한 번 확인하고는 카드와 함께 내밀었다.

"수고하세요."

카드를 주머니에 넣다가 선준은 문득 현금을 찾아야 한다고 생각했다. 카드를 사용하다 보면 그들의 이동 경로가 그대로 노출될 터였다. 신고가 들어갔을까? 다행히 민서진에게 다친 예원이 입원한 병원 이름은 말하지 않았다. 그래도 경찰에 신고했다면 지금의 카드 사용으로 위치가 드러났을지도 모른다. 빨리 이곳을 벗어나야 했다.

그런 생각이 들자 선준은 마음이 급해졌다. 예원은 아직도 게시판 앞에 있었는데 무엇을 보는지 바로 알 수 있었다. 게시판에는 선우의 실종 전단지가 붙어 있었다. 예원이 붙였을 터였다. 예원은 선우를 잃어버린 후 어디를 가든 전단지를 가지고 다녔다. 사람들이 모이는 곳이라면 어디든 가리지 않고 실종 전단지를 붙였다.

"예원⋯⋯."

그녀를 부르려 할 때였다. 예원과 로운의 옆으로 한 남자가 다가섰다. 병원 로비 중앙에 만들어져 있는 안내소의 직원과 같은 색 옷을 입은 남자였다. 경비원인 것 같았다.

예원을 향해 그가 내지르는 소리가 선준의 귀를 파고들었다.

"여기에 아무거나 함부로 붙이면 안 돼요! 사무실에서 허가받은 것만 붙일 수 있다고요!"

그는 예원의 변명을 들을 생각이 없어 보였다. 예원이 설명하기도 전에 게시판에 붙은 전단지를 향해 손을 뻗었다. 그는 전단지에 무슨 내용이 적혀 있는지 역시 궁금해하지 않았다. 곧장 전단지를 잡아뗐다. 테이프로 붙어 있던 전단지의 네 귀퉁이만 게시판에 남았다. 남자는 자신이 무슨 짓을 한지 모르는 것 같았다. 귀퉁이가 찔린 전단지를 예원에게 거칠게 내밀었다.

"빨리 가져가세요!"

예원의 안색이 파리해지는 것을 본 순간 선준은 긴장했다. 그녀의 턱이 덜덜 떨리면서 주먹을 움켜쥐는 것이 보였다.

얼마 전 요양원에서 예원이 일으킨 소동이 머릿속에 떠올랐다. 그때 예원은 선우의 전단지를 구긴 요양원 환자를 엉망이 되도록 폭행했다. 선우와 관련된 일이라면 예원은 순식간에 자제력을 잃었다.

선준이 주저 없이 예원을 향해 뛰었다. 그 순간 로운이 예원의 부들거리는 손을 잡았다. 당장에라도 집어삼킬 듯 경비원을 노려보던 예원의 눈이 아래로 향했다. 로운이 그녀를 보며 웃었다. 날 선 예원의 눈이 흔들렸다. 얼었던 것이 풀어지듯 그녀의 눈동자가 제자리로 돌아왔다.

예원은 난동을 부리지 않았다. 귀퉁이가 찢어진 선우의 전단지를 물끄러미 내려다보다가 구겨진 부위를 손으로 문질러 폈다. 그러고는 조심히 가방에 넣었다. 그런 예원을 무심하게 보던 경비원이 다시 한번 '아무거나' 붙이지 말라고 을러대고는 자신의 자리로 돌아갔다. 그는 모를 것이다. 지금 자신이 어떤 일을 당할 뻔했는지 말이다.

악마가 지배한 듯 일그러진 얼굴이 아니라 어느새 누그러진 예원의 얼굴이 선준을 돌아보았다. 한 손으로 아이의 손을 잡고서, 이제 일을 다 봤으면 어서 떠나자는 듯이.

선준은 로운을 보았다. 요양원을 나올 때 예원의 손을 잡았던 로운은 이번에도 그 손을 놓지 않았다. 선우를 본 적이 있고, 기도원을 알아볼 수 있는 유일한 아이. 그리고 예원을 안정시킬 수 있는 유일한 사람.

선준은 문득, 이 여행이 그들에게 있어 필연적인 것인지도 모른다는 생각을 했다. 그렇게 세 사람은 어디인지 모를 곳을 향해 출발했다.

16

금평 시내에 위치한 진평 불교사는 이른 아침부터 분주했다. 5일에 한 번씩 열리는 장날이었기 때문이다. 보통은 시장에 있는 나물 가게나 과일, 생선 가게 같은 곳이 대목이긴 하지만 진평 불교사도 장날이면 손님이 늘었다. 절에서 쓰는 양초나 향을 비롯해 각종 용품들을 팔고 있지만, 사는 사람들이 대부분 장을 보는 김에 들러 주문을 하기 때문이었다. 대량으로 주문하는 것은 수로산 아래에 위치한 절이지만, 사람들이 잘 모르는 구석구석의 보살 집에서도 많이 들렀다. 시골이라 전화나 인터넷 주문보다는 직접 와서 물건을 보고 결제를 한 다음 배달받는 이들이 많았다.

올해 은퇴를 앞둔 김대평은 마침 주말과 겹친 장날인지라 아내의 가게에 일손을 도우러 나왔다. 은퇴를 해도 집에만 있을 생각은 없다. 매장 일을 도울 생각이다. 그렇잖아도 자신의 월급보다 배를 버는 아내의 눈치가 보였다. 눈치라는 것이 꼭 누가 주지 않아도 볼 수밖에 없다는 것을 깨닫고 있는 요즘이었다.

김대평은 어제저녁 아내가 주문받은 내역을 꼼꼼히 확인하며 물건을 쌌다. 포장한 물건은 오늘 김대평이 차로 배달할 예정이었다. 물건을 싸던 김대평은 신경이 쓰이는 듯 가게 안에 멀뚱히 서 있는 여자를 흘깃거렸다.

마치 피가 흐르지 않는 것처럼 창백한 얼굴이었다. 입술도 피부와 별반 다르지 않았다. 딱히 경계랄 것이 없는 허연 입술은 쩍쩍 갈라져 있었다. 손으로 누르면 버석거리는 소리가 날 것처럼 피부는 슬쩍 보아도 건조했다. 헝클어진 머리를 대충 손으로 빗어 질끈 묶은 듯 여기저기가 둥그렇게 튀어나와 있었다. 한겨울인데도 초지장 같은 누비 점퍼를 입고 있었는데 솜이 제대로 들기는 한 건지 알 수 없었다. 얼마나 오래 입었는지 점퍼 아랫단 천이 번들거렸다. 낡은 바지는 무릎이 튀어나와 있었다. 신고 있는 흰 운동화는 바닥이 거의 없는 단화였다. 역시나 제 색을 알아보지 못할 정도로 더러웠다. 여자가 몇 살인지를 가늠하기가 쉽지 않았다.

여자는 아내와는 안면이 있는 듯했다. 사야 할 것을 적어 온 듯한 종이를 아내에게 내밀고는 계속 한 자세로 서 있었다. 고개를 숙이고 있었는데 바닥을 보는 건지도 확실하지 않았다. 포장을 기다리는 동안 보통은 사지는 않더라도 가게 안에 진열되어 있는 물건을 두리번거리는데 여자는 전혀 그럴 생각이 없어 보였다. 누가 보면 철 지난 허수아비를 세워놓은 줄 알 것 같았다. 창고에 물건을 찾으러 간 아내가 빨리 오기를 바랐다.

"실자야, 연꽃 향로는 재고가 없는데 어떻게 할까?"

강화유리 문이 열리며 달려 있던 종이 찔그렁 소리를 냈다. 아내는 양초며 향, 오방기꽂이와 방짜 몇 개가 들어 있는 20리터짜리 초록색 반투명 비닐을 들고 있었다. 아내가 돌아오자 움직이지 않을 것 같던 여자가 천천히 고개를 들었다. 흙모래가 후드득 떨어질 것 같은 착각이 들었다.

실자라고 불린 여자가 아내가 내미는 봉투를 받았다. 아내가 다가서니 회백색이던 여자의 주변에 활기가 돌았다. 아내는 올해 환갑이지만 누가 봐도 그 정도 나이로는 안 보일 것이다. 게다가 예의라며 바깥으로 나올 때는 항상 화장을 해, 선홍빛을 띄는 입술은 언제나 활력 있어 보였다. 여자와 아내가 더욱 비교되었다. 아내보다 훨씬 젊을 테지만 기력은 훨씬 더 없었다.

"어……."

아내의 말에 여자의 눈빛이 흔들렸다. 물건이 당장 필요해서가 아니라 틀어진 계획에 어쩔 줄 몰라 하는 사람 같았다. 스스로는 결정을 내릴 수 없는 사람처럼 눈만 깜박거렸다.

"연꽃 향로만 따로 배달해줄까?"

"이……."

"아니면 전화를 해보든가?"

"어……."

조금 떨어진 곳에 앉아 있던 김대평도 답답함을 느낄 정도였다. 향로가 없는 이 상황이 여자에게는 벌어져서는 안 될 중대한 일 같았다.

성격이 급한 아내가 곧 한 마디를 더 하겠다, 싶은 때였다. 여자의 누비 점퍼 안에서 휴대폰 벨소리가 들렸다. 불침이라도 맞은 사람처럼 몸을 부르르 떨며 여자가 놀란 눈을 했다. 여자는 허둥지둥 휴대폰을 꺼내 들었다. 요즘에도 저런 물건이 있나 싶은 2G 휴대폰이었다.

"네."

짤막한 말로 여자가 전화를 받았다. 전화기 너머에서 누군가 말하는 소리가 들렸다. 김대평은 여자를 흘깃거리는 것을 멈출 수가 없었다. 왜냐하면 조금 전 전화가 와서 놀랄 때보다 여자의 표정이 훨씬 격정적으로 변했기 때문이다. 눈은 찢어질 듯 커졌고, 안 그래도 핏기 없는 안색은 이제 파랗게 보일 정도로 질렸다. 전화기를 들고 있는 손끝이 덜덜덜 떨렸다.

"금방 갈게요."

들릴 듯 말 듯한 목소리로 말한 뒤 전화를 끊었다.

"물건 가지고 갈 거야?"

전화를 끊자마자 달려든 아내의 목소리가 마치 도심에 느닷없이 나타난 멧돼지라도 되는 양 여자의 표정이 변했다. 여자는 안절부절못하며 시선을 옮기다가 아내를 지나 도망치듯 가게를 벗어났다. 물건을 어떻게 할지는 대답하지도 않은 채였다.

김대평은 황당해했지만, 아내는 익숙한 듯 들고 온 물건을 가게 구석에 내려놓았다.

"배달해줘야 하는 거야?"

"아니, 어딘지 알지도 못해. 매번 물건을 직접 들고 가거든. 다시 오겠지, 뭐."

"뭐 하는 여자야? 절에서 온 것 같지는 않은데. 점집 여자야?"

아내가 물건을 정리하며 대답했다.

"뭔 기도원인가 뭐라든가."

"이상한 여자네."

평소 성격대로라면 손님 흉은 보는 게 아니라며 한 마디를 할 거라 생각했는데, 아내는 예상과 달리 긴 한숨을 내쉬며 허리를 들었다.

"이상한 여자가 아니라, 내가 보기엔 불쌍해."

"왜?"

"자세한 얘기는 안 하는데, 천주인지 뭔지 하는 사람하고 같이 온 적이 있거든. 아주 쟤를 쥐 잡듯이 하더라고. 하녀라도 그렇게는 못 할 거야. 근데 쟨 한 마디도 못 하고 쩔쩔매고. 나이도 많은 것 같지는 않던데 어쩌다 그런 여자한테 걸렸는지 몰라."

"사이비 같은 데야?"

"모르지. 우리가 그런 걸 따져서 뭐 해. 따질 필요도 없고. 근데 정상적인 데 같지는 않아. 배달도 못 오게 하고."

"근데 무슨 일 있니? 미친 사람처럼 나가던데."

"그러게."

아내가 걱정된다는 듯 여자가 사라진 문밖을 내다보았다. 김대평은 단순한 호기심이 들었다. 여자가 지낸다는 기도원이 어떤 곳인지, 여자가 어떤 생활을 하는지 같은 것들이었다. 그때 생각났다는 듯 아내가 허벅지를 탁, 치며 말했다.

"기억났어. 울림 기도원이야. 저 여자 사는 곳."

그곳은 제대로 된 간판도 걸려 있지 않았다. 대문 안쪽으로 넓은 터가 있었는데 놀랄 만큼 많은 돌탑이 쌓여 있었다. 워낙 터가 넓어 저 멀리에 있는 건물이 보이기만 할 뿐 인기척은 느낄 수 없었다. 신미현 사회복지사는 함께 나온 최두연 교사를 쳐다보았다. 초조해하며 휴대폰을 켜 시간을 확인하는 최두연의 입에서 긴 한숨이 연기처럼 뿜어져 나왔다. 신미현은 차가워진 양손을 볼에 대었다. 잠깐은 따뜻했지만 괜히 몸에 한기만 더 들었다. 신미현이 말했다.

"20분 정도 됐죠? 다시 전화해볼까요?"

"아뇨. 재촉하다가 괜한 소리 들을지도 몰라요. 조금만 더 기다려보죠."

그렇게 말하는 최두연도 답답한 내색을 숨기지는 못했다. 발끝을 들어 안쪽을 흘깃거렸다. 안에서 누가 나오지 않을까 했다.

"근데 여기가 맞긴 맞는 거죠?"

신미현의 말에 최두연이 들고 있던 종이를 다시 확인했다. 명단의 주소와 벽에 붙어 있는 도로명주소 판을 비교하고는 고개를 끄덕였다.

두 사람은 교육청 전수조사 때문에 이곳에 서 있었다. 몇 년 전 아동 학대 사건이 지속적으로 발생하자 학교 장기 미출석 학생에 대한 전수조사 방침이 교육부에서 내려왔다. 질병 등의 사유로 학교에 입학을 하지 않거나 미루고 있는 아이들이 그 대상이었다. 각 지역의 사회복지 공무원과 아동의 담임교사가 한 조를 이뤄 가정방문에 나섰다. 두 사람은 오늘 다섯 명을 확인해야 하는

데, 이곳이 첫 번째 방문지였다. 아직도 네 가정을 더 방문해야 하는데 이렇게 기약 없이 기다리고 있자니 초조해졌다.

"종교 문제라니 뭐라 말할 수는 없지만 정상적인 곳은 아닌 것 같은데."

신미현이 조심스럽게 말했다. 석용희는 초등학교 2학년에 다니고 있어야 할 나이지만 종교적 문제로 홈스쿨링을 하겠다고 신고된 어린이였다. 그러나 홈스쿨링이 제대로 진행되고 있는지도 점검해봐야 했고, 혹시 모를 가정 내 폭력이 이루어지지는 않는지 확인하는 것도 필수였다. 명단을 받았을 때 종교적 문제로 왜 홈스쿨링을 해야 한다는 것인지 몰라 어리둥절했었다. 하지만 오늘 이곳에 왔을 때만큼 황당하지는 않았다.

초인종을 눌렀을 때 들려온 여자의 목소리가 용희의 어머니인 김실자의 것이라고 생각했다. 하지만 아닌 모양이었다. 인터폰 너머의 여자는 김실자가 외출했다고 했다. 자신의 신분과 방문 목적을 알렸지만 여자는 두 사람을 들여보내지 않았다.

"이곳은 신의 영역입니다. 함부로 들이실 수 없이요."

신미현은 당황했다. 예상치 못한 상황이었다. 종교적 문제를 들고 나오니 뭐라 할 말이 없었다. 인터폰을 받은 사람은 아이의 엄마인 김실자가 돌아올 때까지 바깥에서 기다리라고 했다. 아이를 바깥으로 내보내줄 수는 있다고 했지만, 아이가 지금 지내고 있는 거처 등의 상황까지도 학대 사항이 될 수 있기 때문에 아이만 보아서는 소용이 없었다. 공무라며 재차 요청했지만 대답은 더 들려오지 않았다.

조바심에 다시 한번 시간을 확인할 때 뒤쪽에서 성마른 발소리가 달려들었다. 두 사람이 동시에 뒤를 돌아보았다. 뛰어오느라 그런 건지 달려온 여자는 얼굴이 하얗게 질려 있었다. 벌어진 입에서 하얀 김이 쉴 새 없이 나왔다. 찢어질 듯 크게 뜬 눈이 두 사람을 보느라 또르륵 굴렀다.

최두연이 한 발짝 앞으로 나서며 말했다.

"석용희 어린이 어머님 맞으세요?"

약간은 짜증스러운 어조였다. 김실자는 눈을 끔벅거리며 서 있다가 고개를 끄덕였다.

"교사 최두연입니다. 이분은 사회복지사 신미현 씨고요. 아동 학대 방지 차원에서 전수조사로 나왔습니다. 석용희 어린이와 함께 지낸다고 신고하신 곳이 이 기도원 맞죠?"

김실자가 고개를 끄덕였다.

"안에 들어갈 수 없다고 해서 기다리고 있는 중입니다. 죄송하지만 저희는 석용희 어린이는 물론, 아이가 사는 환경과 교육 수준도 확인해야 합니다. 협조해주시죠."

김실자가 바닥을 내려다보던 자세 그대로 빠르게 고개를 저었다. 그 모양새가 마치 덜덜 떠는 것만 같아서 신미현은 조금 이상하게 느껴졌다.

"어머님……."

낮은 한숨을 쉬며 최두연이 김실자를 설득하려 할 때였다. 안에서 발소리가 들린다 싶더니 대문이 열렸다. 나온 것은 60대 후반쯤으로 보이는 여자와 그 손을 잡고 있는 어린아이였다. 신미현은 한눈에 아까 인터폰 속의 주인공이 그녀라는 것을 알아차렸다. 신경질적인 목소리와 얼굴이 잘 어울렸다. 노인이라고 믿기 힘들 정도로 분칠한 얼굴과 새빨간 립스틱을 바른 입술에 거부감이 일었다. 가늘고 길게 찢어진 눈이 뱀의 혀처럼 두 사람의 얼굴을 훑었다. 그녀가 나타나자 김실자의 어깨가 흠칫 떨렸다.

"천주님!"

'천주?'

신미현이 그녀를 보았다. 천주라고 불린 여자는 마치 경고라도 하듯 김실자를 노려보았다. 김실자가 목을 움츠렸다. 굽은 어깨 안으로 목이 말려 들어가는 것 같았다. 이 사람이 기도원의 원장인 걸까? 종교적인 이유라고 했지만 종교의 수장 같은 느낌은 잘 들지 않았다. 화장만 아니면 평범한 모습이었다. 의아함이 머릿속을 스치는 사이 천주라고 불린 여자가 팔을 뻗었다. 손을 잡고 있던 아이가 반사적으로 두 걸음 앞으로 걸어 나왔다.

신미현과 최두연이 아이를 보았다.

"여기서 말씀 나누도록 해요."

천주는 신미현과 최두연이 어떤 반응을 보이는지 상관없다는 듯 김실자에게 말했다. 김실자가 허겁지겁 고개를 조아렸다. 최두연이 어이없다는 듯 숨을 뿜었다.

"저, 죄송합니다만……."

천주가 그 말을 잘랐다.

"아까도 말했지만 이곳은 함부로 들어올 수 없는 곳입니다. 아이 역시, 바깥의 때에 노출시켜서는 안 되지만, 지금 우리의 육신이 기거하고 있는 이상 이곳의 규칙을 따르지 않을 방도는 없겠지요. 이만큼도 많이 양보한 거라는 말입니다. 그러니 더 이상 천계의 땅을 어지럽히지 말고 이곳에서 아이와 만나시죠."

"하지만……."

"그게 안 된다면 더 이상 협조할 수 없습니다. 당신들의 법으로 종교의 자유를 허하였으니, 당신들의 법으로 우리를 구속해보세요."

천주의 눈이 날카롭게 변했다. 작게 찢어진 틈 사이에서 눈알이 희번덕 돌았다. 두 사람이 머뭇거리는 사이 천주는 몸을 휙 돌려 안으로 들어갔다. 용희는 밖에 세워둔 채였다. 문이 쾅 닫혔다. 신미현은 자신을 올려다보는 아이의 작은 눈을 내려다보았다. 두 사람을 경계하는 것 같았지만 엄마 뒤로 숨지는 않았다.

신미현이 낮은 한숨을 쉬며 용희의 앞에 무릎을 굽히고 앉았다.

"네가 석용희니?"

"네."

"반갑구나. 난 신미현이라고 해. 이분은 네가 만약에 학교에 왔다면 담임선생님이 되셨을 최두연 선생님이란다."

아이는 고개를 끄덕이거나 인사를 하지는 않았다. 그저 눈을 깜박이며 올려다볼 뿐이었다. 아이의 입장에서는 이 상황이 이해가 되지 않을 터였다. 신미현은 손을 들어 아이의 머리를 가만히 쓰다듬어주었다. 머리카락은 부드러웠다. 손을 만졌다. 거칠진 않았다. 조금 마른 듯하지만 학대가 의심되는 정황은 아직 보이지 않았다.

"학교에 오고 싶지 않니?"

용희가 엄마인 김실자를 올려다보았다. 최두연과 신미현이 시선을 주고받았다. 최두연이 말했다.

"어머님, 죄송하지만 아이와 면담을 먼저 하겠습니다. 10분만 주시죠."

"어……."

김실자의 눈이 불안하게 여기저기로 흔들렸다. 그녀는 입술을 달막일 뿐 무슨 얘기를 해야 좋을지 모르는 것 같았다. 그러나 두다리는 붙박인 듯 서 있었다. 마치 이곳을 떠날 수는 없다는 것 같았다. 불과 몇 분 전 천주라 불린 여자에게 받은 불쾌감을 갚아주겠다는 듯 최두연이 대문을 밀었다. 천주가 들어간 철 대문이 앓는 소리를 내며 열렸다.

"10분 후에 나오시죠. 아니면 저희가 들어가는 방법밖에는 없습니다."

김실지의 숨이 턱에 닿았다. 본당에 도착하자 곧장 계단 위로 올라갔다. 바닥에 깔린 장판에 누런 양말이 스쳤다. 짤막한 바지와 양말 사이에 드러난 살갗에 허연 각질이 가득했다. 2층으로 올라간 김실자가 복도 끝, 정면으로 보이는 방 앞으로 갔다. 노크를 하는 그녀의 손이 다급했다.

안에서 천주의 대답이 들렸다. 김실자가 빨려들 듯 안으로 들어갔다.

"천주님! 큰일이……. 아이와 따로 얘기를 해야 한다고……."

두서없는 그녀의 말에 책상 앞에 앉아 있던 천주가 일어섰다. 김실자와는 달리 여유로운 태도였다. 이미 김실자가 무슨 생각을 하는지 전부 안다고 말하는 것 같았다.

"만약 그러다가, 그러다가 용희가 아니라는 걸, 그런 걸 알게 되면……. 무슨 방법을 써서든지 만약에 알게 되면……."

"실자야."

"그러면 안 되는데. 그러면……. 그러면 우리 용희는…… 우리 용희는……."

"실자야."

다시 한번 천주가 그녀의 이름을 불렀다. 그제야 김실자가 말을 멈췄다. 천주를 올려다보는 그녀의 눈은 여전히 떨렸다. 천주가 김실자의 눈을 들여다보며 웃었다.

"그 아이는 처음부터 용희였어. 그건 사실이란다."

"하지만…… 혹시라도 알아낸다면……. 곧 다시 올 텐데."

"그래봐야 소용없어. 너도 알잖니."

천주의 빨간 입술이 호를 그리며 올라갔다. 그녀는 김실자의 오른쪽 귀에 입술을 가져다 대었다. 거부할 수 없는 속삭임이 김실자의 귓속으로 흘러들었다.

"곧 천국의 문이 열리고 용희가 부활할 거다. 그러니 걱정할 문제는 아무것도 없어. 그렇지?"

돌연 김실자의 눈동자가 또렷해졌다. 그녀의 머릿속에 드리운 장막이 걷힌 것 같았다. 몸은 더 이상 떨리지 않았다. 처음 천주를 만났을 때와 비슷한 느낌이 들었다. 어느새 김실자의 입술도 천주의 것처럼 하늘을 향해 올라가 있었다.

그 시각, 여전히 대문 앞에 있는 신미현과 최두연은 아이와의 면담을 마무리 짓고 있었다. 일단 아이의 학습 능력이 떨어지지는 않는 것 같았다. 아이의 엄마가 불안정해 보이는 것만 빼고는 여느 아이와 다를 것이 없었다. 이 기도원이 정상적인 종교 시설로는 보이지 않는 것이 마음에 걸렸지만, 두 사람이 어떻게 할 수 있는 것은 아니었다. 천주라고 불린 여자의 말대로 종교의 자유는 법으로 허락되어 있다.

"마지막인데 말이야, 혹시 옷 좀 걷어봐도 될까?"

보이지 않는 곳에 폭행의 흔적 같은 것이 있을지도 모른다는 우려에서였다. 아이는 어리둥절해했다. 최두연이 말했다.

"살짝만 볼게."

장난을 치는 것처럼 말하자 용희의 표정이 밝아졌다. 신미현 대신 최두연이 아이를 제 앞으로 당겼다. 용희의 티셔츠 끄트머리를 잡을 때였다. 문이 열리며 김실자가 나왔다. 최두연은 재빨리 용희의 옷을 놓았다.

"이야기 끝났으면 들어가도 되죠?"

최두연이 신미현을 바라보았다. 신미현이 살짝 고개를 가로저었다. 괜한 문제를 만들 필요가 없다는 제스처였다. 아이가 있는 것만 확인하면 되는 일이다. 무엇보다 아이가 잘 지내고 있다고 제 입으로 말하지 않았던가. 최두연은 다시 아이에게로 시선을 돌렸다.

"오늘 얘기 고맙다. 아주 똑똑하구나."

최두연이 머리를 쓰다듬어주자 아이가 쑥스러운 듯 웃으며 제 목덜미를 만졌다.

헐렁한 티셔츠 안쪽으로 어깨에 있는 커다란 점이 보였다.

17

선준은 룸미러를 흘끗 쳐다보았다. 작은 거울 안에 뒷자리에 앉은 예원과 로운이 비쳐 보였다. 무슨 생각을 하는지 예원은 창밖을 멍하니 응시하고 있었다. 로운은 그런 예원을 연신 흘깃거렸다.

휴대폰 내비게이션이 1킬로미터 앞에 휴게소가 있음을 알렸다. 선준은 차에 붙어 있는 시계 판을 확인했다. 12시 23분. 식욕은 하나도 없다. 그러나 아이를 데려온 이상 식사를 거를 수는 없었다. 내 아이를 찾아야겠다는 이기적인 생각으로 데려온 아이다. 최소한, 아이를 보살피는 데에 있어 부족함이 없어야 한다는 생각이 들었다.

깜박이를 켜며 1차선에서 2차선으로 옮겨 갔다. 휴게소로 빠지는 차선이 나타나자 그쪽으로 한 번 더 이동했다. 예원의 시선이 창에서 거두어져 선준에게 향했다.

"점심 먹어야지."

선준이 그렇게 말한 뒤에야 예원은 로운이 배고플 시간이라는 것을 알아차린 모양이었다. 예원은 로운의 머리를 쓰다듬었다.

"배고팠지? 미안."

로운은 대답하지 않았지만 어렴풋한 미소를 지었다.

선준은 휴게소 입구에서 가까운 곳에 차를 주차시켰다. 예원과 로운이 내릴 동안 조수석에 벗어둔 점퍼를 집어 들었다. 주머니 쪽을 더듬거려 지갑이 있는 것을 확인했다. 현금이 많지 않았다. 멀지 않은 곳에 현금지급기가 보였다. 일단 여기서 출금을 해야 할 것 같았다. 만약 경찰에 유괴 신고가 들어갔다면 출금을 한 장소가 여기라는 것이 바로 드러날 터였다. 그래도 이용 내역이 모두 추적되는 카드보다는 나을 것이다. 이 휴게소에서는 금평뿐만 아니라 영금, 선천, 화암 쪽으로 갈 수 있다. 추적이 되더라도 시간을 좀 벌 수 있을 터였다. 문득, 선우를 잃어버린 두 사람이 유괴범이 되어 도망치고 있다는 사실이 아이러니하게 느껴졌다.

차에서 내린 선준은 지갑에서 만 원짜리 세 장을 꺼냈다. 자신이 출금하는 동안 먼저 들어가 주문하라고 할 생각이었다. 예원은 몇 걸음 떨어진 곳에서 휴게소 건물을 쳐다보고 있었다. 그런 그녀의 뒤에 로운이 서 있었다. 로운은 예원과 또 다른 어딘가를 응시하고 있었다. 아무 생각 없이 그 시선을 따라 선준의 고개가 움직였다.

그곳에는 아이의 손을 잡고 휴게소에서 나오는 어떤 여자가 있었다. 평범한 아이 엄마의 모습에 로운은 시선을 빼앗긴 것 같았다. 그런 로운이 곧 예원을 올려다보았다. 예원은 로운의 시선을 느끼지 못한 것 같았다. 로운이 작은 손을 뻗어 예원의 손끝을 만졌다. 예원이 로운을 내려다보았다. 시선을 피하듯 로운이 고개를 숙였다. 손끝은 여전히 예원의 손에 닿아 있었다. 예원이 웃으며 로운의 손을 잡았다. 경직되었던 로운의 표정이 밝아졌다.

일일이 눈치를 본다. 다른 사람을 부러워한다, 애정을 갈구하고 있다. 저런 아이를 이렇게 이용하는 것밖에는 방법이 없는 걸까. 이 동행에 근원적인 의문이 드는 순간 선준은 황급히 고개를 저었다. 생각을 떨쳐내려는 것이다. 깊게 생각해서는 안 됐다. 옳고 그름을 따지는 것은 선우를 포기하는 것밖에 되지 않았다.

"예원아."

선준은 지갑에서 꺼낸 3만 원을 예원에게 내밀었다.

"먼저 주문해놓고 있어. 현금 좀 찾아서 들어갈 테니까."

"그래."

예원이 돈을 받아 휴게소를 향해 걸어가기 시작했다. 로운은 예원의 손을 잡고 부지런히 따라 걸었다.

아이가 거부하지 않는다. 아니, 오히려 좋아한다. 아이가 저렇게 된 것은 아이를 방치한 엄마의 탓이다. 억지로 데려온 것도 아니다. 그러니 법으로야 어떻든 죄책감을 가지지 말자. 스스로 합리화하며 선준은 휴대폰을 꺼냈다. 부재중 전화 내역이 없었다. 민서진이 신고를 했다면 경찰에서 전화가 걸려 오지 않았을까? 어쩌면 그들의 루트를 이미 파악하고 있는지도 모른다. 고속도로 요금소에서 경찰이 대기하고 있는 상상을 했다. 주머니에 휴대폰을 넣었다.

'가는 데까지는 가보자.'

목적지는 확실했지만 그곳이 어디인지, 실제로 존재하는 게 맞는지까지도 확실치 않은 상황이었다. 요즘은 포털사이트에 검색해서 나오지 않는 것은 실존하지 않는다고 봐도 무방할 정도다. 하지만 사이비 종교 같은 것이라면 제대로 등록하지 않았을 가능성이 있다. 인터넷으로는 알아볼 수 없어도 금평은 시골 동네다. 이름을 대면 아는 사람이 나올 것이다. 다행히 자신들에게는 '울림 기도원'이라는 이름이 있다. 일단은 금평에서 가장 사람이 많이 모일 법한 시내를 목적지로 하고 있다. 설령 아는 사람이 없더라도 자신들에게는 로운이 있었다. 금평으로 가면 아이의 눈에 익은 장소가 있을지도 모른다. 거기서부터 찾아 올라갈 생각이었다.

현금지급기로 향하던 선준의 발걸음이 우뚝 멈추었다. 그는 자신이 본 것을 다시 확인하려는 듯 뒤를 돌아보았다. 공중전화 부스 한 대가 어색하게 서 있었다. 이용하는 사람은 없었다. 요즘도 공중전화가 있다는 사실이 신기해서 멈춰 선 것은 아니었다. 공중전화기가 선준도 모르는 사이 잊고 있었던 기억 하나를 끌어 올렸다.

선우가 실종된 후 닷새가 지났을 때였다. 그때까지만 해도 선우의 유괴 가능성을 배제하지 못한 경찰은 아직 선준의 집에서 대기하고 있었다. 두 사람의 휴대전화기에 실시간 발신 추적 장치가 달렸다. 경찰을 비롯해 선준과 예원까지 시선을 떼지 못하고 휴대폰이 울리기만을 기다렸다. 관심이 없을 때는 수시로 걸려 오던 스팸 전화도 드물게 느껴졌다. 심장이 바싹 타들어갔다. 그럴 때쯤 그 전화가 걸려 왔다.

031-582-####

모르는 전화번호였다. 031이면 경기도 어디쯤이라고 본능적으로 감지할 뿐이었다. 경찰이 눈을 빛냈고, 전화를 받은 것은 선준이었다.

"여보세요?"

하지만 전화를 걸어 온 사람은 단 한 마디도 하지 않았다. 숨소리인지 바람 소리인지 모를 소리가 휴대폰을 타고 어렴풋이 흘러들었다. 다시 선준이 "여보세요?" 다급한 목소리를 냈을 때 전화가 끊겼다.

"공중전화입니다."

형사 하나가 외쳤다. 전화번호로 곧장 위치를 확인했다. 거실에서 진두지휘를 하던 양 형사의 얼굴이 상기됐다. 곧장 발신지로 인근 지역의 형사가 급파됐다. 하지만 형사들이 도착했을 때 공중전화는 비어 있었다. 안타깝게도 CCTV가 없는 지역이었다. 공중전화의 송수화기를 비롯해 부스 전체에 이르기까지 지문 조사기 이루어졌지만 검출된 지문이 너무나 많았다. 분석이 힘든 지문도 있었다. 그나마 채취가 가능한 지문은 조회를 했지만 확인 결과 선우와는 관련성이 없다는 것이 밝혀졌다. 끝내 누가 전화를 걸었는지는 알 수가 없었다. 잘못 걸린 전화일 수도 있고 장난 전화일 수도 있다고, 형사들이 변명 같은 위로를 했다.

선준은 그때 전화가 걸려 온 공중전화기 위치가 어디였는지를 기억해내려 애썼다. 들었다면 잊었을 리가 없다. 경기도 어딘가의 시골이라고만 전해 들었다. 전화가 걸려 왔을 때는 형사들에게 일일이 물었다가 추적이 지연되기라도 할까 봐, 후에는 선우와 관련성이 없다는 결과를 들어서 실망했기에 자세히 묻지 않았다.

'경기도…….'

혹시 그 전화가 금평에서 걸려 온 건 아니었을까? 그런 생각을 하자 소름이 전기처럼 몸을 타고 흘렀다. 만약 금평에서 걸려 온 것이라면 거기부터 시작해봐도 좋을 것이다. 운이 좋으면 로운의 기억에 남아 있는 장소일지도 모른다.

그 공중전화기의 위치를 확인할 필요가 있었다. 선준은 잠시 고민했다. 더 이상 주저해봐야 좋을 것이 없다는 생각과 함께 휴대폰을 들었다. 시위에서 출발한 화살은 땅에 떨어지든 과녁에 박히든 양단간에 결과가 나야 멈춘다. 그 화살 위에 자신이 올라타 있었다.

선준은 단축 번호 1번을 길게 눌렀다. 양 형사의 전화번호가 뜨면서 발신 중이라는 글씨가 화면에 떴다. 선우를 잃어버린 후 두 사람의 단축 번호 1번은 양 형사였다.

만약 신고가 됐다면 형사들이 자신을 쫓고 있을 것이다. 그렇다면 양 형사에게 스스로 전화를 걸고 있는 이 행동은 우매한 것이다. 하지만 영인서에 있는 양 형사에게는 아직 이 사실이 알려지지 않았을 거라는 생각이 있었다. 관할구역이 다르면 정보가 공유되지 않는 경우가 허다하다는 것을 지난 3년간 뼈저리게 깨달았다.

신호는 한참이나 계속되었다. 문득 지난번 예원이 벌인 사건이 떠오르면서 양 형사가 일부러 전화를 받지 않을 수도 있겠다는 생각이 들었다. 다행히 신호가 끊어지기 직전 양 형사가 전화를 받았다.

-여보세요?

별로 반가운 기색은 아니었다.

"이선준입니다."

아무 대답도 들려오지 않았다. 말하지 않아도 안다, 그러니 할 말이나 하고 빨리 끊어라. 침묵은 그렇게 말하고 있었다.

"여쭤볼 게 있어서 전화드렸습니다. 기억하실지 모르겠는데 저희 선우 사라졌던 때……. 공중전화에서 전화가 한 번 걸려 온 적 있었는데요."

-……그런데요?

"전화가 걸려 왔던 공중전화 위치가 어딘지 정확히 좀 알 수 없을까요?"

-지금 어디십니까?

그 말은 '지금 뭘 하고 있냐'는 질문과도 같았다. 선준은 휴대폰을 움켜쥐었다. 지금 이정표가 되어줄 수 있는 것은 양 형사뿐이었다.

"확인을 좀 부탁드립니다."

긴 설명은 할 수 없었다. 양 형사가 한숨을 내쉬었다.

-잘 아시겠지만, 그때 저희 형사들이 다 확인을 했습니다. 그건 확실히 장난 전화였을 겁니다. 전단지가 전국으로 배포됐었으니까요. 범인이었다면 그렇게 전화를 끊지도 않았을 거고, 끊었더라도 다시 걸어 왔을 겁니다.

"경찰 입장은 충분히 이해합니다. 하지만 지푸라기라도 잡고 싶은 제 심정도 이해해주시겠죠. 지난 시간 동안 우리는 전국 팔도를 돌아다녔습니다. 그곳을 안 가볼 이유가 없죠. 저희한테는 이게 마지막 기회입니다."

–……마지막이요?

양 형사의 목소리에 불안이 담겨 있었다. 두 사람이 극단적인 선택을 하려는지도 모른다는 생각이 든 것 같았다. 그런 게 아니었지만 설명을 할 수는 없었다. 선준은 재차 부탁했다. 언제까지고 물고 늘어질 생각이었다. 양 형사가 잠시 고민했다. 그는 알고 있을 것이었다. 선준과 예원에게 조사와 관련된 정보를 공개 요청할 권리가 있다는 것을.

–3년밖에 안 됐으니까 서류를 찾아보면 내용이 있을 겁니다. 찾는 대로 전화를 드리죠.

"네. 꼭 부탁합니다."

선준은 전화를 끊었다. 그들에게는 길고 긴, 물 한 모금 없고 희망 한 자락 없는, 지옥의 사막 같던 3년의 시간이 그에게는 '3년밖에' 안 된 일이었다. 그 말이 선준의 귀를 긁었지만 그는 깊이 따지지 않기로 했다. 지금 중요한 것은 다치고 긁히는 자신의 마음 따위가 아니었다. 선준은 휴대폰을 놓지 못했다.

멍하니 서 있는 선준을 예원은 통유리 안쪽에서 응시하고 있었다. 심각한 얼굴이었다. 무슨 전화인 걸까. 혹시 당장 돌아오라는 경찰의 전화가 걸려 온 것일까. 불안하고 걱정이 됐다.

"먼저 먹어도 돼요?"

사람들이 많이 오갔고, 쉴 새 없이 음식이 나오는 대로 순번을 호출하는 기계음이 들려왔다. 넓은 공간과 높은 천장에 소리가 부딪혀 웅웅대는 소음이 청각을 더 둔화시켰다. 게다가 걱정은 그녀의 의식을 놓아주지 않았다. 그래서 로운의 작은 목소리는 예원의 귀로 전해지지 못했다.

예원의 고개는 못 박힌 듯 유리창 밖을 향해 있었다. 로운과 그녀가 앉은 테이블에는 우동 세 그릇이 놓여 있었다. 로운은 예원을 보다가, 우동 그릇 위에서 희미하게 나오는 김을 보다가, 다시 예원을 보았다.

"아줌마."

용기 낸 두 번의 부름이 우동 위의 김처럼 공기 중에서 사그라졌다. 동시에 로운의 눈에 묘한 빛이 스쳤다. 로운은 우동 그릇을 보았다. 그리고 그것을 손으로 당겼다. 우동 그릇이 로운의 허벅지 위로 엎어졌다.

"으아아아!"

아이의 비명과 함께 바닥으로 떨어진 우동 그릇의 덜그럭 소리가 휴게소의 소음들을 집어삼켰다. 정신을 차리고 뒤를 돌아다본 예원이 기겁하며 곧장 로운에게 달려들었다. 로운을 자리에서 일으켜 세우니 허벅지 위에 쏟아졌던 우동 면과 국물들이 바닥으로 후드득 떨어졌다. 그 위로 뜨거운 김이 피어올랐다. 예원은 황급히 로운의 허벅지에서 바지를 떼어냈다. 열이 그대로 전달된 바지가 화상을 더 심하게 입힐까 걱정되었다. 와중에도 로운의 비명이 이어졌다. 아연한 얼굴을 한 사람들의 시선이 일제히 예원에게로 향했다.

"여보!"

고함이 들린 걸까. 유리창 너머에서 선준이 이쪽을 돌아다보았다. 그의 눈이 휘둥그레졌다. 튕겨지듯 그가 출입문을 향해 달려들었다.

작은 짐승이 울부짖는 듯한 소리를 내며 뒤로 넘어가는 로운의 몸을 끌어안은 예원의 무릎 밑에도 뜨거운 우동 국물이 흥건했다. 예원은 그 사실을 깨닫지 못했다.

모든 사람들의 행동을 멈추게 할 정도로 벌어진 소란에 휴게소의 직원들이 달려왔다. 그들은 곧장 세 사람을 관리 사무실로 안내했다. 선준이 로운을 안고 안으로 뛰어 들어갔다. 뒤따르는 예원의 얼굴은 파리했다. 안내한 사람 중 남자 직원이 급히 벽에 설치된 장식장의 문을 열더니 구급상자를 들고 왔다.

"119에 신고해드릴까요?"

선준은 남자 직원의 얼굴과 로운의 젖은 허벅지를 번갈아 보았다. 조심스럽게 로운이 입은 바지를 벗겼다. 다행히 살갗이 바지에 붙지는 않았다. 한겨울인지라 금세 우동 국물이 식은 탓도 있을 터였다. 게다가 주문한 우동을 받아 온 뒤 선준을 기다리느라시간이 좀 지났다. 우동을 판매하는 직원은 우동의 육수가 80도에 맞춰져 있다고 했다. 로운이 우동을 쏟았을 때는 훨씬 낮은 온도였을 터였다.

"아뇨. 괜찮을 것 같습니다."

큰 화상은 아니었지만 로운의 허벅지는 벌겋게 달아올라 있었다. 구급상자에서 화상 연고를 꺼내 우동이 쏟아진 부위에 넓게 펴 발랐다. 이따금 아이의 얼굴을 확인했지만 쓰라리지는 않은지 인상을 쓰지는 않았다.

문득 왜 이런 일이 벌어졌는지 의문이 들었다. 로운을 데리고 나온 이후, 아파트에서 추락했을 때를 제외하면 예원이 아이를 제대로 돌보지 않은 때는 없었다. 그리고 그때에도 로운의 앞에서 뛰어내릴 수 없어 단 한 번도 건드리지 않았던 선우의 색종이를 꺼내 주었던 예원이었다. 선준은 예원을 보았다. 그러고 보니 사무실에 들어온 이후 예원은 한 마디도 하지 않았다.

예원은 로운을 노려보고 있었다. 선준이 연고를 다 바르고 나자 무서운 얼굴로 아이를 다그쳤다.

"일부러 그랬지?"

선준은 귀를 의심했다. 직원들이 의아한 얼굴로 이쪽을 보았다. 예원은 그들의 시선은 전혀 신경 쓰지 않는 듯 보였다. 그만큼 화가 난 것이다. 선준이 처음 본 얼굴이었다.

로운이 대답을 하지 않자 예원이 아이의 손목을 낚아채듯 잡았다. 로운의 얼굴이 예원을 향해 돌아왔다.

"왜 그랬어?"

대답을 재촉하듯 로운의 손을 마구 흔드는 예원을 말리려 했다. 하지만 오해라는 말은 나오지 않았다. 아무리 예원이 선우를 찾고 싶어 막무가내인 상황이라도 실수로 우동이 쏟아질 정도로 허술하게 놓았을 것 같지는 않았다. 그 증거로 예원의 앞에 있던 우동은 확실하게 테이블 안쪽에 놓여 있었다. 엄마들은 본능적으로 아이의 안전을 최우선한다. 그것이 자신의 아이든 아니든 말이다. 예원은 한 번도 엄마이지 않은 적이 없었다.

엄마의 관심을 받고 싶어서 자해하는 아이. 문득 그 말이 귓가에 생생히 맴돌았다.

예원이 벌떡 일어섰다.

"돌아가자. 병원으로."

예원은 단호했다. 선준은 두 사람을 번갈아 보는 것 외에는 어떤 반응을 해야 좋을지 몰랐다. 로운의 눈이 휘둥그레졌다. 입이 벌어졌지만 소리를 지르거나 말을 하지는 않았다. 주저 없이 문을 향해 걷는 예원의 몸에서 냉기가 흘렀다.

"아아……."

울 것 같은 소리를 내며 로운이 일어섰다. 예원은 걸음을 멈추거나 뒤돌아보지 않았다. 그러자 로운이 한달음에 예원을 향해 달려갔다. 부딪힐 것처럼 예원에게 달려들어 손을 잡았다. 로운을 내려다보는 예원의 눈빛이 여전히 매서웠다.

"……잘못했어요."

들릴 듯 말 듯한 목소리였지만 예원의 눈이 풀어졌다. 예원은 로운을 자극한 것이 무엇인지 알고 있었다. 그렇게까지 만든 로운의 상처가 안타까웠지만, 받아들여줄 생각은 없었다. 예원이 로운의 앞에 무릎을 굽히고 앉았다.

"네가 다치면 잠깐은 관심을 붙들 수 있겠지. 하지만 그게 옳은 방법은 아니야. 아까 너 그러는 거 보고 난 오히려 무서워졌어. 내가 널 더 다치게 할까 봐. 널 망가뜨릴까 봐."

로운이 맑은 눈으로 예원을 올려다보았다. 흥분하는 눈은 아니었다. 예원의 말을 가만히 듣고 있었다. 직원들은 여전히 어리둥절하게 그들을 바라보고 있었다. 겉보기에는 가족 같았는데 대화가 심상치 않다고 여길지도 몰랐다.

"이제는 네 엄마가 이해가 돼. 엄마도 무서웠을 거야. 너한테 나쁜 엄마일까 봐. 내가 그랬던 것처럼 널 다치게 할까 봐 무서웠을 거야."

예원이 로운의 손을 마주 잡았다. 로운의 눈을 정면에서 똑바로 응시했다.

"널 지키기 위해서 떠나게 하지 마."

한 발짝 뒤에 떨어져 있던 선준은 안도했다. 더 큰 문제로 번지지 않아서 다행이었다. 로운도 더 이상은 무모한 행동을 하지는 않을 것 같았다. 로운의 자해가 멈추길 바랐다. 널 지키기 위해 떠난다. 혹시 로운의 엄마도 그런 두려움이었을까, 하고 문득 생각했다. 그리고 예원이 가지고 있는 '엄마의 마음'이 선쥬의 마음을 아프게 했다.

그때 선준의 휴대폰이 울렸다. 양 형사의 전화인 것을 보고 심장이 쿵, 떨어져 내렸다. 황급히 전화를 받았다.

ㅡ양 형삽니다. 아까 물어본 거요. 금평이더군요. 정확한 주소는 문자로 넣어드리겠습니다.

예원과 시선이 교차됐다. 다시, 여정이 시작될 시간이었다.

18

−목적지에 도착했습니다. 경로 탐색을 종료합니다.

휴대폰 내비게이션에서 안내 멘트가 들려오자 예원의 길게 뺀 목이 내려올 줄을 몰랐다. 선준은 주변을 둘러보며 일단 인도 변에 정차했다. 차에서 내려 여기저기를 살폈지만 양 형사가 말했던 공중전화 부스는 보이지 않았다. 이제는 공중전화를 사용하는 사람이 거의 없으니 철거됐을지도 모른다. 어쨌든 주소상 이 자리가 확실하다.

예원이 로운의 손을 잡고 뒤따라 내렸다. 선준이 로운에게 다가갔다.

"혹시 여기쯤이 아닌지 알아볼 수 있겠니?"

로운은 멍한 눈을 들었다. 한 번 쓱 둘러보고는 고개를 내저었다. 여기가 아니라는 건지 모르겠다는 건지 알 수 없었다. 조바심이 날 정도로 무성의한 태도였다. 선준은 불안한 기색을 숨기려 깊이 숨을 들이쉬었다. 금평에 내려오는 즉시 찾을 수 있을 거라고 생각하지는 않았다. 다만 공중전화가 금평에 있었다는 말을 들은 순간 로운의 기억에 대한 신빙성이 견고해진 것은 사실이었다. 억누르려 해도 기대는 몸집을 불렸다. 하지만 거대해진 기대는 그만한 실망을 물고 왔다.

말하지 못할 마음도 기저에 깔려 있었다. 믿음의 반대에는 항상 불신이 존재했다. 3년 전 공중전화에서 걸려 온 전화가 정말로 선우와 관련된 전화였을까? 양 형사의 말대로 범인이라면 그냥 전화를 끊을 리도 없거니와, 형사의 존재를 눈치챘다면 나중에라도 다시 전화를 걸어 왔을 것이다. 전화를 건 사람이 선우일 리도 없다. 누군가에게 납치되어 간신히 전화를 걸 수 있었다고 해도 선우라면 선준이 전화를 받았을 때 아무 말도 안 했을 리가 없다. 게다가 전화가 걸려 온 휴대폰이 선준의 것이었다는 게 마음에 걸렸다.

선준은 당시 교통사고로 크게 다쳐 입원해 있었다. 선우는 엄마와 한 달이 넘게 단둘이 생활했다. 위기의 상황에서 전화를 건다면 반사적으로라도 예원에게 전화했을 터였다.

믿음과 의심이 혼란스럽게 뒤섞였지만 선준은 어딘가에 선우가 존재하고 있을 것처럼 열심히 주변을 살폈다. 근처에 시장이 있었는데 오늘이 장날인 모양이었다. 많은 사람들이 오갔고 여러 물건을 파는 상인들이 쉴 새 없이 목소리를 높이며 호객했다.

"일단 여기저기 좀 물어보자."

예원이 가방을 대각선으로 어깨에 메며 말했다. 가방을 열고 선우의 전단지를 꺼냈다. 울림 기도원을 알고 있는 사람도 찾아야 하지만 선우를 본 사람이 있을 수도 있었다. 선준이 고개를 끄덕였다.

그들은 일단 시장 안으로 들어갔다. 이곳에서 오랫동안 장사를 한 시장 상인이 있다면 울림 기도원에 대해 들어봤을 가능성이 크다.

"안녕하세요."

선준과 예원은 일단 생선을 파는 상점 안으로 들어갔다. 노상에서 장사하는 사람들은 전국의 여러 장을 돌아다니는 사람들이다. 노상보다는 가게를 운영하는 쪽이 당연히 지역 사정에 대해 훨씬 더 잘 알 것이다.

조립식으로 지어진 가게에는 냉동고가 벽을 따라 늘어서 있었다. 생물 생선은 바깥에 깔아놓은 매대 위 스티로폼 박스 안에 얼음과 함께 들어 있었다. 그들이 들어서자 주인으로 보이는 60대 아주머니가 가게 안쪽에 임시로 만들어놓은 마루 위에서 내려왔다. 무릎에 덮고 있던 얄팍한 이불이 한쪽으로 밀려났다. 주변은 세워놓은 열풍기에서 나온 뻘건 빛에 물들어 있었다. 뒤뚱거리는 걸음으로 생선 가게 주인이 세 사람의 앞에 섰다. 발목까지 내려오는 방수 앞치마를 두른 몸은 꽤 뚱뚱했다. 검은색 바지 위로 검은 장화를 신었다. 바닥은 비린내가 나는 물에 젖어 있었다.

"뭘 드릴까?"

"아……. 사려는 건 아니고요. 뭐 좀 여쭤보려고요."

선준이 말하자 생선 가게 주인의 푸근한 얼굴에서 웃음기가 사라졌다. 따뜻한 바닥에서 무거운 몸을 간신히 일으켜 상대해줬는데 귀찮게 군다고 생각하는지도 몰랐다. 하지만 그걸 입 밖으로 내지는 않았다. 생선 가게 주인의 시선이 로운에게로 향했다가 떨어졌다. 아이가 있으니 냉대할 수 없다고 생각하는 것이다.

예원이 황급히 전단지를 내밀었다.

"혹시 이 아이 본 적 없으세요? 이쪽이 3년 전 사진이고요, 이쪽 그림은 지금 추정 모습이거든요."

예원의 말에 여자가 눈을 크게 떴다. 그녀는 조금 전보다 훨씬 적극적인 자세로 전단지를 보았다. 아이를 잃어버린 부부에 대한 측은지심이 느껴졌다. 한참을 들여다보던 그녀는 다시 고개를 저었다.

"이런 애는 본 기억이 없는데."

"한 번만 더 자세히 봐주시면 안 될까요? 추정 모습은 틀릴지 몰라도, 어릴 때 모습이 많이 남아 있으면 알아보실 수도 있어요."

예원이 다급하게 말했다. 그녀는 다시 한번 전단지에 시선을 던졌지만, 오래 걸리지 않아 고개를 저었다.

"잘 모르겠는데."

"그럼 혹시 울림 기도원이라고 들어보신 적 있으세요?"

선준이 끼어들며 물었다.

"울림 기도원?"

생선 장수가 고개를 갸웃거렸다.

"내가 이 시장에서 일한 것만 30년쯤 되는데 처음 들어봐. 금평에 있다고 해요?"

선준이 흘깃 로운을 바라보았다가 다시 생선 장수에게로 눈을 돌렸다.

"그렇다고는 들었는데, 정확한 건 아니라서요."

자신도 모르게 말끝을 흐렸다. 로운이 올려다보는 게 느껴졌다. 로운을 아직 완전히 믿지 않는다고 말하는 것이나 다름없었다. 있는지 없는지도 모를 신기루를 쫓을 때는 계속 흔들릴 수밖에 없었다.

"그런 이름은 들은 적이 없긴 한데……. 그래도 확실히 없다고는 말 못 하겠네요. 이 동네에 워낙 별의별 게 다 있어서 말이지. 점쟁이들도 많고, 크게 집을 지어놓고 뭐 하는지 모를 사람도 많으니까. 이름만 대면 알아주는 큰 사이비 교회도 여기에 본회가 있거든."

그 말을 들으니 조금 위안이 됐다. 없을 수도 있는 신기루는, 반대로 있을 수도 있다는 여지를 남겼다.

"알려주셔서 감사합니다."

"유자차 한잔하고 갈라우?"

그렇게 말하는 생선 장수의 얼굴에는 좀 전의 귀찮다는 기색이 전혀 보이지 않았다. 따뜻한 동정이 그녀의 눈에 담겨 있었다.

선준이 예원을 보았다. 예원이 작게 고개를 저었다. 선준 역시 마음 편히 차를 얻어 마실 수 있는 상황은 아니라고 생각했다.

"감사합니다만 빨리 가봐야 해서요."

"그래요. 애기 꼭 찾아요."

선준은 다시 한번 감사하다며 허리를 숙였다. 살짝 고개를 숙여 인사를 한 예원이 로운의 손을 잡고 가게에서 먼저 나갔다. 로운이 발을 끌며 예원을 따라 나갔다. 선준도 그 뒤를 따랐다.

"아 참!"

이번엔 어디로 가야 할까, 두리번거리는 그들을 생선 장수의 목소리가 잡았다. 선준이 뒤돌아보았다. 그녀는 가게 밖까지 따라 나와 있었다.

"기도원이라고 했지?"

뭔가 생각이라도 난 것일까. 선준이 황급히 그녀를 향해 돌아섰다.

"울림 기도원이요."

"기도원이면 그 가게가 좀 알 수도 있겠네."

"예?"

"여기 시장 안쪽 말고, 도로변으로 나가면 진평 불교사라고, 불교 용품 파는 데가 있어요. 양초도 팔고 향도 파는데, 그렇다고 해서 꼭 절에만 물건이 들어가는 게 아닌 것 같더라고. 신녀들도 자수 들락거려. 이 근방에는 그런 거 파는 집이 거기 하나밖에 없거든. 그 집이면 알 수도 있지 않을까 싶어서."

일리 있는 말이었다. 선준은 진평 불교사라는 이름을 머리에 새겨 넣었다.

생선 가게 주인의 말대로 장터를 벗어나 도로변으로 나오자 진평 불교사의 간판이 커다랗게 보였다. 가게 밖 유리 절반에는 탱화가 인쇄된 선팅지가 붙어 있었는데 그 너머로 도금을 한 작은 불상이나 향로들이 보였다. 세 사람은 빠르게 길을 건넜다.

문을 열자 상부에 매달려 있는 종이 찔그렁 소리를 냈다. 계산

대에 앉아 뭔가를 쓰고 있던 남자가 고개를 들었다. 안쪽에서는
중년 여자가 거대한 박스를 풀고 있었다.

"어서 오세요."

"뭐 좀 여쭤보려고 하는데요."

이번에는 예원이 먼저 나섰다. 그녀는 마른 입술을 연신 입안
으로 말아 넣었다. 기대가 긴장하게 만드는 것이다. 선준도 다르
지 않았다.

계산대에 있던 남자가 눈을 껌벅였다. 손님이 아니라는 것은
이미 알고 있다는 듯한 표정이었다. 이 가게에 아이를 데리고 오
는 손님은 거의 없었을 것이다.

"혹시 울림 기도원이라고 아세요?"

김대평은 그 이름을 오늘 두 번이나 들어 신기했다. 안 그래도
오전에 찾아온 그 이상한 여자가 놓고 간 물건이 아직도 가게 한
편에 세워져 있는 참이었다.

"알기는 아는데……."

김대평의 입이 열리는 순간 예원의 몸이 뒤로 휘청였다. 선준
이 재빨리 한 팔로 그녀의 등을 받쳤다. 예원은 괜찮다고 말하듯
선준의 손을 밀었다. 울 것 같은 눈으로 김대평을 향해 상체를 숙
였다.

"어딘지 아세요?"

"그게……. 여보!"

안다고 말할 게 아니었는지도 모른다고, 김대평은 아내를 부르
면서 생각했다. 실상 이름만 들었을 뿐 알고 있는 내용은 별로 없

었다. 게다가 이 사람들이 누구인지도 알지 못하는 상황이었다. 아내의 말을 들어보니 울림 기도원은 정상적인 곳 같지는 않았다. 아내조차 위치도 모르는 곳이다. 만약 이 사람들이 울림 기도원에 억하심정이라도 있는 사람들이라면 거래처가 떨어져 나가는 일일 수도 있다.

안에서 물건을 정리하던 아내가 나오며 어리둥절한 얼굴로 선준과 예원을 쳐다보았다.

"울림 기도원이라는 곳을 찾으신대서."

김대평의 말에 예원이 한 발짝 앞으로 나섰다. 어느새 로운의 손을 놓고 있었다. 예원과 떨어지자 로운이 재빨리 붙어 섰다. 놓치기라도 할세라 예원의 옷자락 끝을 잡았다.

"울림 기도원이 어디 있나요?"

김대평의 아내가 크게 뜬 눈을 껌벅거렸다.

"위치는 나도 몰라요. 무슨 일인지 모르지만……."

"제발 부탁드려요! 제발 알려주세요."

무릎이라도 꿇을 기세로 예원이 외쳤다. 주인이 울림 기도원에 대해 알지만 가게를 운영하는 입장에서 고객의 정보를 함부로 흘릴수는 없다고 생각하는 것 같았다. 여자가 당황한 얼굴로 말했다.

"정말로 몰라요. 여기 물건만 사러 오고……. 기도원 이름만 들었지."

선준은 설명해야 한다고 생각했다. 이렇게 기회를 놓칠 수는 없었다. 다급히 선우의 전단지를 꺼내 내밀었다. 여자가 머뭇거리다 종이를 들여다보았다. 내용을 살핀 그녀는 다시 두 사람의 얼굴로 고개를 돌렸다. 이 전단지를 내밀 때마다 수없이 받았던 동정이 다시 두 사람에게로 향했다.

"3년 전에 잃어버린 아이가 있습니다. 그런데 그곳에서 아이를 봤다는 사람이 있어요. 어딘지도 기억나지 않는다고 해서 이렇게 수소문하고 있습니다. 제발 부탁드립니다. 아는 대로 말씀 좀 해 주세요."

여자는 곤란해하는 기색을 감추지 않았다.

"정말로 알려주고 싶은데 나도 아는 게 없어요. 그냥 이름만 얼핏 들었을 뿐이지, 거기서 일하는 사람이 물건을 직접 사러 나와서 배달 가본 적도 없고…… . 아!"

말하다 말고 생각이 났다는 듯 그녀가 손바닥을 쳤다.

"그러고 보니 오늘 물건 사러 왔다가 그냥 갔거든요. 저거, 저거."

구석에 놓인 봉지 꾸러미를 가리켰다. 그것이 마치 선우를 끌어낼 마중물이라도 되는 것처럼 선준과 예원이 눈을 번뜩이며 쳐다보았다.

"저거 가지러 오지 싶은데."

"언제 올까요?"

"그건 나도 잘 모르겠어요. 뭔 일이 있는지 허둥지둥 가서…… . 다시 온다는 보장은 없긴 한데, 그래도 다른 가게는 없으니까 오긴 올 것 같아서 물건 안 풀고 저렇게 둔 거거든요."

"혹시 그분이 물건 가지러 오면 연락 주실 수 있을까요?"

"그래요. 그 정도야, 뭐."

그녀는 전단지를 보며 고개를 끄덕거렸다. 선준이 말했다.

"저희가 찾고 있다는 말씀은 말아주시고요. 오는 대로 연락을 주시면 이 근처에 있다가 금방 오겠습니다."

여자가 의아한 눈으로 선준을 보았다.

"혹시 몰라서요."

울림 기도원에 대한 생각은 출발할 때와 다르지 않았다. 상대는 사이비 종교인일지도 모르는 사람들이다. 게다가 정말 선우가 거기에 있다면 그들이 선우를 유괴했다고밖에 볼 수 없다. 엄마 아빠의 이름은 물론 집 전화번호와 주소까지 모두 알고 있는 선우가 돌아오지 못하는 것은 그들의 구속이 있지 않고서야 있을 수 없는 일이다.

주인도 더 깊이 묻지 않고 알겠다고 말했다. 문제는, 그들이 언제 물건을 찾으러 올지 모른다는 것뿐이었다. 그래도 이곳에 내려올 때의 막연함이 눈앞에서 조금 걷히는 기분이었다. 뿌연 안개 속에서 버둥거리던 손에 줄이 잡힌 것 같았다. 이 줄만 따라가면 안개 속을 벗어날 수 있다는 기대감이 생겼다.

"꼭 부탁드립니다."

다시 한번 인사를 하고 가게 밖으로 나왔다. 예원은 몇 번이고 가게를 뒤돌아보았다. 막연할 때보다 더 짙어진 조급함은 선준도 마찬가지였다. 그래도 지금은 기다릴 수밖에 없었다.

직직—.

로운이 발을 끄는 소리가 그의 신경을 잡았다. 아까도 비슷한 소리를 들었다. 선준은 로운의 발을 내려다보았다. 바닥에 발을 끄는 것은 나쁜 버릇이라고 가르쳐줄 생각이었다. 그런데 작은 발등이 둥그렇게 올라와 있었다. 신발 안쪽에서 발을 둥글게 말고 있는 것 같았다. 그걸 보자 선준은 이마를 짚으며 낮은 탄식을 흘렸다.

로운이 신고 있는 것은 선우의 신발이었다. 선우가 여섯 살일 때 신던 신발이 로운의 발에 맞을 리가 없었다.

예원 역시 자신의 실수를 알아차렸다는 듯 손으로 입을 가렸다.

건물 옆에 있는 커다란 아름드리나무 밑에 낡은 벤치가 있었다. 선준은 재빨리 로운을 벤치로 데려가 앉혔다. 로운의 발 앞에 무릎을 굽히고 앉아 운동화를 벗겼다. 발등이 운동화에 짓눌려 빨개졌다. 문제는 발가락이었다. 작은 신발에 끼워 넣느라 힘주어 오므린 발가락 끝에 물집이 잡혀 있었다. 아팠을 텐데, 하는 생각이 들자 불쑥 화가 치밀었다. 사태를 늦게 깨달은 자신에 대한 것이었다.

"아프면 아프다고 했어야지, 왜 말 안 했어?"

로운은 말없이 눈을 끔벅거렸다. 그러고는 선준의 손에 들린 운동화를 아무런 말 없이 가져갔다. 억지로 발에 다시 꿰려는 것을 예원이 막았다.

"아줌마가 잘못했어."

로운이 고개를 갸웃했다. 예원이 로운의 손에서 운동화를 가져왔다.

"아줌마가 새로 사줄게. 로운이 발에 맞는 걸로."

그제야 로운이 고개를 끄덕였다.

장터 안에서 신발을 파는 노점상을 찾을 수 있었다. 브랜드 신발은 아니지만 지금 신고 있는 작은 신발보다는 나을 터였다. 노점상 쪽으로 가까이 다가가자 플라스틱 파라솔 의자에 앉아 국수를 먹던 주인이 일어섰다.

"신발 사시게?"

"아이 운동화를 하나 사려고요."

선준이 말하자 신발 가게 주인의 눈이 곧장 로운의 발로 향했다. 곧 그녀의 얼굴이 의아함으로 바뀌었다. 낡은 신발일 수는 있지만, 심하다 싶을 정도로 작은 신발을 강제로 꿰신은 것이 이상할 것이다. 관심을 차단하듯 예원이 주인을 스쳐 지나 매대 앞으로 갔다. 예원은 묻지 않아도 안다는 듯이 몇 개의 신발 중 검은색 줄이 가 있는 흰색 운동화를 골라 로운의 앞에 놓았다.

"신어보자."

로운이 한쪽 신발을 벗었다. 운동화로 발을 옮기는 사이 몸이 기우뚱했다. 선준이 손을 내밀었다. 로운은 그 손을 물끄러미 보았다. 생경해하는 듯한 눈이었다. 선준은 로운의 작은 손을 잡았다. 로운을 만난 이후 처음으로 자신이 먼저 손을 내밀었다는 것을 그는 깨닫지 못했다.

"신어봐."

운동화는 로운의 발에 꼭 맞았다. 아이의 발등이 편안하게 내려앉았다. 선준은 무릎을 굽히고 앉아 엄지발가락 근처를 꾹꾹 눌러보았다. 발가락이 신발 안에서 제대로 자리 잡고 있었다. 예원이 나머지 한쪽을 신겼다. 그러는 사이 로운의 손이 자연히 선준의 어깨를 짚었다.

"얼만가요?"

선준이 물었다. 가게 주인의 표정은 온화했다.

"2만 원인데 만 8천 원만 줘요. 단란한 가족 보니까 나도 우리 애 어릴 때 생각나네."

대답 없이 선준이 지갑에서 2만 원을 꺼내 내밀었다. 주인이 얼른 받아 허리에 찬 전대에 넣고 천 원짜리 지폐 뭉텅이를 꺼냈다. 거스름돈을 건네받으면서 선준이 물었다.

"혹시 가까운 곳에 호텔 없을까요?"

"아, 여행 왔나 보고만? 시장 서문 쪽으로 나가서 쭉 걷다 보면 리젠트빌 호텔이라는 곳이 보일 거예요. 이름만 호텔이고 모텔이긴 하지만."

주인은 자신이 대단한 농담이라도 한 것처럼 뿌듯한 얼굴로 벙긋 웃었다.

"근처에도 몇 군데 더 있긴 한데, 애랑 자기에는 거기가 좀 나을 거야. 지은 지 얼마 안 돼서 방음이 괜찮을 거거든."

낮은 목소리로 선준에게 말하며 주인이 은근하게 웃었다. 선준의 얼굴에 곤혹스러운 빛이 서렸다. 아이를 데리고 모텔에 들어가기가 꺼려졌다.

"모텔 말고 다른 곳은 없나요?"

"이 시골에 호텔이 어딨겠수?"

주인이 로운의 머리를 쓰다듬었다.

"엄마 아빠랑 여행 왔나 보구나. 엄청 좋겠다. 애기가 아주 엄마

껌딱지네."

예원이 얼른 일어나 로운의 손을 잡았다. 재촉하듯 선준에게로
시선을 던졌다. 선준이 자리를 뜨려고 할 때였다. 이상한 기색을
느꼈는지 주인이 당황했다.

"아, 엄마 아빠가 아닌가?"

선준이 대답하려 할 때였다.

"맞아요. 엄마, 아빠."

선준이 아래쪽을 내려다보았다. 그의 말을 가로막고 대답한 것
은 로운이었다. 로운은 그 어느 때보다 또렷한 눈으로 연신 싱글
거리며 주인을 바라보고 있었다. 잡고 있는 예원의 손을 더 꼭 잡
았다.

"우리 엄마예요."

"아이고, 귀여워라. 엄마가 미인이라 좋겠네?"

주인이 로운의 머리를 쓱쓱 쓰다듬었다. 선준은 먼 곳을 보았
다. 예원은 로운이 벗은 선우의 운동화를 챙겨 가방에 넣었다.

신발 가게 주인이 말한 리젠트빌은 금방 찾을 수 있었다. 지은
지 얼마 안 됐다는 말 그대로 주변의 모텔들보다는 외양이 깨끗
했다. 출입문을 검은색 선팅지로 가려놓은 다른 모텔들과는 달리
안이 훤히 보이는 강화유리 도어가 설치되어 있었다. 40대 초반
쯤 되어 보이는 풍채 좋은 남자가 카운터에 서 있었다. 선준이 앞
장서서 조심스레 문을 밀고 들어갔다. 로운의 손을 잡고 예원이
뒤따랐다.

"어서 오세요."

남자는 두툼한 겨울 조끼를 입고 있었다. 조끼 안에 셔츠를 입었고, 잘 빗어 넘긴 머리가 깔끔했다. 바닥 타일에 조명이 부딪혀 반짝였다. 모텔이지만 호텔 같은 자긍심이 여기저기서 느껴졌다. 인사는 정중했다.

"방 있나요?"

"네. 며칠 머무시나요?"

선준의 입이 다물렸다. 숙소가 필요하다는 생각만 하고 왔지, 며칠이나 머물러야 할지는 그도 알 수 없었다. 진평 불교사에 물건을 놓고 갔다는 여자가 언제 다시 올지는 모를 일이었다. 그들의 앞날도 장담할 수 없었다. 그들이 정할 수 있는 것은 아무것도 없었다.

"일단은 3일만요."

카운터에 있는 노트에 뭔가를 적어 넣은 남자가 어떤 방이 필요하느냐고 물었다. 방은 싱글 침대가 두 개 놓인 곳도 있고, 킹사이즈 침대가 있는 곳도 있다고 했다. 선준은 킹사이즈 침대가 있는 방을 골랐다. 3일에 27만 원이라고 했다. 변명처럼 관광 시즌이 아니라서 금액이 저렴하다고 남자가 말했다. 모텔을 써본 적이 거의 없는 선준으로서는 비싼지 아닌지 알 수 없었다. 현금으로 계산하자 남자가 카드 키를 내밀었다.

"301호입니다."

엘리베이터를 타고 3층으로 올라갔다. 복도에는 붉은색이 감도는 진한 갈색 카펫이 깔려 있었다. 조도가 낮은 간접조명이 복도를 밝혔다. 301호는 제일 안쪽이었다. 입구에 달린 기계에 카드 키를 대자 삑 소리를 내면서 문이 열렸다.

안은 컴컴했다. 복도처럼 간접 조명등 몇 개만이 방을 밝히고 있었다. 붉은 기운이 선준을 불편하게 했다. 전체를 밝힐 수 있는 등 스위치는 없는지 찾아보았지만 그게 전부였다. 예원이 창을 가리고 있는 암막 커튼을 열었다. 덕분에 방이 조금 더 밝아졌다. 그래도 모텔은 모텔이었다.

"다른 데로 옮길까?"

선준이 말했지만 예원은 대답하지 않았다. 로운을 침대에 앉히고 양말을 벗겼다. 선준에게로 향한 등이 여기 온 목적을 잃지 말라고 말하는 듯했다. 그녀를 잠시 보다가 화장실을 확인했다.

"보디 클렌저랑 샴푸, 린스는 있네. 애 갈아입힐 옷도 살 걸 그랬나. 시장 문 닫기 전에 내가 다시 나가보고 올게. 우리 속옷도 좀 사고."

문을 다시 닫으면서 말했다. 그때 선준의 휴대폰이 울렸다. 로운의 옷을 벗기던 예원의 손이 멈췄다. 크게 뜬 눈이 달려들 듯 선준을 보았다. 선준은 황급히 주머니에서 휴대폰을 꺼냈다.

발신자를 보는 순간 심장이 쿵, 떨어졌다.

민서진이 경찰에 신고할 경우 거의 100퍼센트의 확률로 경찰은 선준의 휴대폰 위치 추적부터 할 것이다. 그것을 신경 쓴다면 당연히 꺼놓아야 했지만, 위험을 감수하면서도 휴대폰을 꺼놓을 수 없는 이유가 있었다.

"어디야?"

떨리는 목소리로 예원이 물었다. 선준은 예원을 보고는 안심하라는 듯 고개를 저었다.

"회사."

"아."

실망하는 기색을 감추지 않으면서 예원이 다시 로운에게로 고개를 돌렸다. 그동안에도 휴대폰은 계속 울렸다. 선준은 휴대폰을 꾹 잡으며 예원에게 말했다.

"내가 시장 한 번 더 나가보고 올게."

"응."

예원이 대답했다. 선준은 휴대폰을 들고 밖으로 나갔다. 그런 자신의 표정이 굳어 있다는 것도, 안색이 파랗게 질렸다는 것도 의식하지 못했다.

복도로 나가는 동안 전화가 끊겼다. 선준은 황급히 걸려 온 번호로 다시 전화를 걸었다. 신호가 길게 이어졌다. 애가 탔다.

-네, 금평 경찰서 박…….

"박진우 형사님?"

전화기 너머가 조용해졌다. 선준이 조급하게 말했다.

"이선준입니다. 조금 전에 전화하셨죠?"

-아…… 네. 유전자 감식 결과가 나와서 전화드렸습니다.

선준은 눈앞이 아찔해지는 것을 느꼈다. 딛고 있는 바닥이 물컹거리는 것 같았다. 정신을 차리려고 깊게 눈을 감았다가 힘 있게 떴다.

"말씀하세요."

상대방이 다시 말해오는 잠깐의 공백을 선준은 견딜 수 없었다. 모든 피와 수분을 다 뺏기는 것만 같았다. 아랫입술을 깨물었다.

―이선우 군이 아니었습니다. 아버님의 유전자와 일치하지 않아요.

다리에 힘이 풀렸다. 무릎이 꺾이면서 몸이 벽에 부딪혔다. 간신히 손바닥으로 벽을 짚어 지탱했다. 호흡이 가빠졌다. 왠지 숨이 잘 쉬어지지 않는 것 같았다. 누군가에게 매달려 도움을 청하고 싶었지만 그가 의지할 수 있는 것은 없었다. 이 아찔함의 정체가 기쁨인지 충격인지 알 수 없어서 불쾌했다.

그는 떨리는 목소리로 물었다.

"하지만 그 시체가 우리 선우의 목걸이를 걸고 있었다고……."

―네. 그래서 저희도 아버님께 연락을 드렸던 거고 유전자 분석까지 했는데……. 결과는 아니었습니다.

선준은 무슨 대답을 해야 좋을지 알 수 없었다. 분명 그 목걸이는 예원이 만든 것이었다. 목걸이 모양이 우연히 같을 수는 있지만 예원이 넣은 무늬까지 똑같을 수는 없었다. 그 목걸이를 왜 시체가 걸고 있었던 건지 알고 싶었고, 알아야만 했다. 하지만 그 질문 자체가 불온하게 느껴졌다. 왜 그 시체가 선우가 아니냐고 따져 묻는 것만 같았기 때문이다.

무슨 말을 해야 할지 어쩔 줄 몰라 하던 그가 무심결에 고개를 돌렸을 때였다. 선준의 눈이 커다래졌다. 그는 심장이 굳는 것을 느꼈다.

"예원아……."

언제부터 예원이 거기 서 있었는지 모를 일이었다. 그녀의 눈은 풀려 있었다. 말도 안 되는 것을 들은 사람처럼 멍하니 그에게 말했다.

"……시체?"

19

"여보세요? 여보세요?"

박진우 형사는 휴대폰의 액정 화면을 다시 확인하며 고개를 갸웃거렸다. 전화는 끊어지지 않았지만 상대방은 대답하지 않았다. 통신에 문제가 생겼을 수도 있다는 생각이 드는 한편으로 혹시 실종된 아이의 보호자가 큰 충격을 받아 쓰러진 건 아닐까 걱정되었다. 다시 한번 상대를 불러보려고 할 때 전화가 끊어졌다. 충격을 받았는지도 모르지만 일단 쓰러진 건 아닌 것 같았다. 다행이었다.

급편이 강 아래에서 떠오른 백골 시체에는 나무 목걸이가 걸려 있었다. 시체에서 유전자 정보가 나올지는 의문이라고 했다. 감식 결과만 기다릴 수 없었다. 전국에서 등록된 실종 아동의 정보를 훑는 과정에서 시체에 걸려 있던 목걸이와 같은 것을 발견했다. 실종된 아이가 착용했을 것으로 추정되는 목걸이였다. 워낙 모양이 똑같아 아이의 아버지에게 전화를 걸었고, 직접 확인한 그는 대답하지 않았으나 사색이 된 얼굴은 대답을 한 것이나 다름없었다. 시신이 그의 아들일 거라고 박진우는 확신했다. 그런데 검사 결과 유전자가 일치하지 않았다. 그는 책상에 올려져 있는 서류를 내려다보았다. 발견 당시 백골 시체의 사진을 프린트한 것이다.

"그럼 넌 누구니……."

대부분의 실종 아동의 경우 보호자들이 경찰에 유전자를 등록한다. 그러나 그 정보에서는 시신의 유전자와 일치하는 정보가 나오지 않았다. 아이를 잃어버렸으나 유전자를 등록하지도, 신고하지도 않았을 가능성이 그의 머리를 스쳤다.

학대 아동.

그것은 근거가 없는 가설이 아니었다. 담당 검시관은 육안으로도 시신의 7, 8번 늑골 골절과 견갑골 골절이 보인다고 했다.

실종된 아이는 자료에 남는다. 부모가 잊지 않으니까 전산에라도 존재하는 것이다. 반대로, 부모가 잊고 싶은 아이라면 신고조차 안 되었을 수도 있지 않을까.

그는 다시 서류로 시선을 주었다. 국과수에서 방금 넘어온 보고서였다. 그는 조금 전 통화한 아이의 보호자가 떠올라 마음이 좋지 않았다. 성급하게 연락한 것은 실수였다. 하지만 시체가 자신의 아이가 아니라는 것은 보호자 입장에서 오히려 다행스러운 일일지도 모른다. 지금은 괜한 죄책감을 느끼는 것보다 더 중요한 일이 있다.

서류를 한 장 넘기자 시신에서 나온 치아 자료가 보였다. 내용을 확인하던 그는 만족스러운 듯 고개를 끄덕거렸다. 치아에 크라운을 씌운 것이 발견되었기 때문이다. 돌출된 앞니도 특징이 될 만한 것이었다.

"이 자료 전국 치과에 공유해줘."

옆자리에 앉아 있는 신입 형사에게 자료를 넘겼다. 시간이 조금 걸릴지라도 시신의 신원을 확인하는 데에 확실한 방법 중 하나였다. 신원만 확인되면 누가 보호자인지 알 수 있다. 아이가 죽었거나 사라진 것을 알면서도 신고하지 않은 보호자 말이다. 그 혹은 그녀의 존재는 드러나기만 하면 보호자에서 가해자의 신분으로 바뀔 가능성이 크다. 그는 기대감을 가졌다. 그 순간 그에게 오늘 유전자 검사 결과를 전달받은 실종자 부모의 상처는 기억되지 않았다.

거칠게 문을 열고 예원이 방 안으로 들어섰다. 선준이 따라 들어오는 순간 예원은 몸을 돌려 그에게 달려들었다.

"꺼져! 나가!"

예원의 목소리가 방 안을 흔들었다. 선준은 문을 닫을 정신도 없이 자신에게 달려드는 예원의 두 팔을 잡았다. 팔을 잡힌 예원이 몸을 거칠게 흔들었다. 그의 손길이 닿는 것도 견딜 수 없는 듯했다. 예원의 눈이 희번덕거렸다.

"이래서였어! 이래서 돈도 마련 안 한 거야, 선우가 죽었다고 생각해서. 그렇지? 친구한테 빌리려고 했다는 것도 다 거짓말이지?"

"말도 안 되는 소리 마!"

선준도 북받치는 감정을 조절하지 못해 소리를 질렀다.

"그럼 내가 여기에 왜 왔겠어?"

"그래, 돈만 있으면 기도원에 들어갈 수 있었는데 우리가 왜 이러고 있을까?"

"뭐?"

선준의 눈빛이 일렁였다. 예원은 비난의 눈초리를 감추지 않았다. 픽, 뱉는 웃음 속에 그를 향한 불신이 들어 있었다.

"결과가 나올 때까지 시간이나 벌어보려고 했던 거 아니야? 돈 날리는 것도 싫고, 나한테 아무것도 안 한다는 말은 듣고 싶지 않으니까."

"말 함부로 하지 마."

"찔려서 아픈 건 아니고?"

"그래, 나도 아파! 나도 인간이고……. 나도 선우 아빠야! 네가 그걸 알긴 아냐?"

"뭐?"

"나도 아프다고. 나도 선우 아빠라고! 너만 선우 생각하는 거 아니란 말이야. 나도 너처럼 애 잃어버린 아빠야. 근데 나 아플 겨를 없었잖아. 우린 부분데, 함께 키우던 아이를 잃어버렸는데, 너는 기절하고, 울고, 그러다 혼자 망가졌어. 그래서 난 아플 수도 없었어. 널 지켜야 하니까, 선우가 돌아올 가정을 지켜야 하니까. 슬퍼할 겨를도 없이 너만 챙겼어. 왜? 이게 다 나 때문이니까! 내가 입원만 안 했으면, 사고만 안 냈으면……."

선준의 눈에서 눈물이 떨어졌다. 그는 결국 무릎을 꿇었다. 더 이상 버틸 힘이 없었다. 바닥을 짚은 두 손이 덜덜 떨렸다.

예원은 떨리는 눈으로 그를 응시했다. 자신의 앞에서 선준이 눈물을 보인 것은 실종 수사가 종료된 이후 처음 있는 일이었다. 그의 말대로였다. 선준 역시 슬플 것은 당연한 일이었다. 그런데도 그를 원망했다. 두려웠던 건지도 모른다. 그가 더 이상 자신을 지탱해주지 않을까 봐. 선우를 포기할까 봐. 선준을 원망하는 걸로 두려움을 이기려 했다.

"나도 내가 무서워. 무섭다고. 네 말대로 그 시체가 선우였으면 하고…… 바란 거면 어떻게 해?"

예원은 선 채로 굳었다.

"우리 애가 아니라 그러면 기뻐야 하는데, 아니라는데…… 순간적으로 나는…… 끔찍한 거야. 앞으로 또 어떻게 그 막막한 시간을 보내야 하고……."

선준의 어깨가 가늘게 떨렸다. 눈물이 바닥에 뚝뚝 떨어졌다.

"힘들어. 나도……. 너무 힘들어. 희망 고문도 이런 고문이 없어. 이번엔 찾을까 하면 없고, 또 없고……."

선준의 앞에 예원이 천천히 무릎을 꿇었다. 고개를 숙인 선준의 얼굴을 양손으로 잡았다. 그의 얼굴은 잔뜩 일그러져 있었다. 눈물과 죄책감으로 엉망이었다. 간신히 버티다 무너진 순간 참아온 만큼의 고통이 그를 덮쳤다. 사과를 해야 하는데, 예원은 말이 잘 나오지 않았다. 그가 선우로 추정되는 시신이 발견됐다는 사실을 왜 말하지 않았는지는 뻔했다. 자신의 병 때문이었다. 알아도, 원망했다. 원망이 그녀를 지탱했다.

선우는 예원이 잃어버렸다. 하지만 그것도 선준 때문이라고 치부했다. 혼자서 아이를 돌보게 만들지만 않았어도 그런 일이 벌어지지 않았을 거라고 생각했고, 그렇게 말했다. 그래야 버틸 수 있었다. 내 탓이라는 사실에서 눈을 돌리지 않으면 죽을 것만 같았다.

"여보……."

"무서워."

선준이 눈을 들었다. 충혈된 눈에 핏줄이 서 있었다. 당장에라도 터질 것 같은 눈에서 피 같은 눈물이 흘러내렸다.

"무서워. 선우 못 찾을까 봐……."

예원이 선준을 안았다.

"나도, 나도 그래. 근데……."

선준은 예원을 밀어냈다. 그는 그뿐만이 아니라고 말하고 싶은 듯 자신을 보는 예원을 향해 고개를 저었다.

"더 무서운 건……. 내가 지쳐서 선우를 포기할까 봐."

예원은 아팠다. 그 마음을 너무도 잘 알았다. 그녀도 함께 갖고 있는 공포였다. 알면서 선준이 혼자 고통스러워하도록 내버려뒀다. 그의 말대로 둘 모두 선우를 잃었는데 예원은 혼자서 슬픔에 빠져 있었다. 두 사람이 아니면 아무도 알지 못할 그 아픔을 선준이 혼자 감내하도록 내버려뒀다.

"미안해. 미안해."

예원은 선준의 손을 붙잡고 애원했다. 깊고 긴 울음은 선준을 놓아주지 않았다. 예원은 그 울음을 함께했다. 선우를 잃어버린 후 처음 있는 일이었다. 그간 선준은 혼자서 울음을 삼켰을 것이다. 자신이 버티지 않으면 발아래에 있는 살얼음판이 깨어질 거라 생각했을 것이고, 그것은 사실이었다. 선준이 없었다면 예원은 마음껏 아파하지도 못했을 것이다. 하지만 그건 선준에게 너무나 가혹한 일이었다.

부서지듯 쓰러지는 선준의 몸을 예원은 힘껏 껴안았다. 이제 자신의 순서였다. 끊어지지 않을 듯 이어지는 울음을 예원은 온몸으로 받아냈다. 예원의 눈에서도 쉴 새 없이 눈물이 떨어졌다.

그 상태로 두 사람은 하염없이 울었다. 예원의 입에서는 계속 미안하다는 사과가 흘러나왔고, 선준은 이번에도 예원을 놓지 못했다. 선준이 예원의 몸을 끌어당겨 힘껏 안았다. 이상하게도 그 품속에서 예원은 처음으로 완벽한 안정감을 느꼈다.

얼마나 시간이 흘렀을까. 두 사람의 울음소리가 사그라졌다. 선준의 목에서 뜨거운 한숨이 새어 나왔다. 그는 예원의 등을 가볍게 두드렸다. 예원의 울음도 잦아들었다. 문득 부끄럽다는 생각이 들었지만 두 사람에게 한 번은 지나갔어야 할 폭풍이었다고 생각하기로 했다.

"잠깐."

갑자기 든 생각에 선준은 예원을 품에서 떼어냈다. 예원이 퉁퉁 부은 눈으로 그를 올려다보았다. 선준은 말없이 일어나 방 한가운데로 들어갔다. 눈으로 여기저기를 훑던 그의 발이 우뚝 멈췄다. 침대와 벽 사이 틈에 로운이 몸을 웅크리고 있었다. 무릎에 얼굴을 파묻은 채였다.

"로운아."

선준이 불렀다. 로운은 움직이지 않았다.

"로운아."

작은 어깨가 꿈틀거렸다. 로운이 천천히 고개를 들었다. 울고 있지는 않았지만 놀란 듯 눈을 휘둥그렇게 뜨고 있었다. 자고 있던 사이 선준과 예원이 문을 벌컥 열고 들어와 싸워댔으니 놀라는 것도 무리는 아니었다. 그렇다고 해도 둘 사이에 끼거나 크게 울음을 터트리는 것이 아니라 침대 옆에 숨어 몸을 웅크리고 있다니. 로운을 이렇게 만든 아이의 삶 또한 마음이 아팠다.

선준은 로운을 향해 손을 내밀었다.

"놀라게 해서 미안해. 이리 와."

로운은 눈을 깜박거리며 가만히 앉아 있었다. 선준의 기색을 살피는 것 같았다. 눈치를 보다 일어났다. 선준의 손을 거부하지는 않았지만 얼른 잡지도 않았다. 선준이 대신 로운의 손을 부드럽게 잡았다. 로운이 침대와 벽의 틈에서 나올 수 있도록 자신의 앞으로 당겼다. 예원이 어느새 두 사람의 뒤에 와 있었다.

"아줌마랑 아저씨랑 싸워서 미안해. 놀랐지? 이젠 안 싸울게. 정말 미안해."

로운은 시선을 바닥에 두고 있었다. 그래도 잠시 사이를 두고 고개를 끄덕거렸다. 선준은 로운의 머리를 부드럽게 쓰다듬어주었다.

어느새 해가 방 안을 훤히 밝히고 있었다. 몇 시쯤 된 걸까. 선준은 뻑뻑한 눈을 비볐다. 눈꺼풀이 뭔가를 매단 것처럼 무거웠다. 굳이 거울을 보지 않아도 눈이 퉁퉁 부어 있다는 것을 알 수 있었다. 그는 옆을 돌아다보았다. 예원은 아직 잠들어 있었다. 그녀와 선준 사이에 로운이 누워 있었다. 선준은 조심스럽게 일어나 침대에서 내려왔다. 이불을 끌어 로운의 턱밑까지 덮어주었다. 작은 입에서 쌔근거리는 숨소리가 들려왔다. 선우를 절대 잊을 수 없다는 마음처럼 이 아이를 제자리에 무사히 돌려놓겠다는 약속을 잊지 말아야 한다고 다짐했다.

그때 휴대폰이 울렸다. 선준이 급히 뒤돌아봤을 때 로운은 여전히 잠에 빠져 있었지만 예원은 눈을 어렴풋이 뜨고 고개를 들어 선준을 보고 있었다. 바로 발신자를 확인했다.

전화가 걸려 온 번호는 선준이 기억하고 있는 것이었다. 손이 덜덜 떨렸지만 지체할 수 없었다. 급히 손가락으로 화면을 눌렀다. 두 번이나 허튼 곳을 눌러 벨소리가 계속 이어졌다. 다행히 끊기기 전에 전화를 받았다.

"여보세요?"

여기 이제 오셨던 진평 불교신인데요.

선준은 대답도 하지 못한 채 숨을 꿀꺽 삼켰다. 예원이 긴장한 얼굴로 그를 응시했다. 전화를 걸어 온 것은 남자 사장이었다. 어제 본 남자의 얼굴이 머릿속에 떠올랐다.

─말씀하셨던 그 여자요. 울림 기도원에 있다는 여자. 그 사람이 곧 물건 찾으러 온다고 하거든요? 금방 오실 수 있어요? 어디세요?

벌써 가게 안에 여자가 와 있기라도 한 것처럼 남자가 목소리를 잔뜩 낮춘 채로 말했다. 선준은 입술이 바짝 탔다. 목구멍이 마르는 것이 느껴졌다.

"지금 바로 가겠습니다."

선준은 정신없이 전화를 끊었다. 몸을 돌렸을 때 이미 예원은 침대에서 일어나 있었다.

20

리젠트빌 호텔로 한 여자가 문을 밀고 들어섰다. 모텔에 묵는 것은 처음이라 어색한 표정으로 두리번거렸다. 그녀의 이름은 정분옥으로 금평에 귀향할 예정이었다. 낡은 집을 사 수리를 맡겨 놓았다. 오늘은 수리 상황을 확인하는 날이었다. 한창 공사 중이라 모텔에 묵어야 했지만 자신이 살 동네라고 생각하니 새삼 설렜다. 꽤나 오랜만의 감정이다.

카운터에 남자 직원이 서 있어서 그쪽으로 몸을 틀었다. 그때 계단에서 빠르게 뛰어 내려오는 사람들이 있었다. 가족으로 보이는 남자와 여자, 그리고 어린아이 하나였다. 그들은 계단을 다급하게 뛰어 내려왔다. 여자가 아이를 붙잡고 뛰며 정분옥의 옆을 스쳐 지나갔다. 어깨가 부딪혔지만 여자는 그것도 모르고 그대로 모텔을 벗어났다. 중심을 잃은 정분옥의 몸이 휘청거렸다. 들고 있던 손가방을 놓쳤다.

"죄송합니다. 정말 죄송합니다."

함께 뛰어오던 남자가 정분옥의 팔을 잡았다. 남자는 바닥에 떨어진 가방을 집어 들어 정분옥에게 내밀었다. 중심을 잡은 정분옥이 남자에게서 가방을 받았다.

"괜찮아요."

남자는 다시 한번 죄송하다는 듯 정분옥에게 고개를 숙이고 모텔을 뛰쳐나갔다. 어지간히 급한 일이 있는 모양이라고 생각했다. 남자가 나간 뒤 카운터로 향하던 정분옥의 발걸음이 멎었다.

그녀는 고개를 갸웃했다.

'조금 전 그 아이……'

잘못 본 것이 아닐까 하는 생각을 했다. 정분옥은 자신의 조카를 떠올렸다. 안쓰러운 아이였다. 어린 나이에 아기를 낳았다. 아이의 아버지는 두 사람을 책임지지 않았다. 혼자 남은 조카가 방황한다는 이야기를 들었다. 설상가상 아이까지 정상이 아니라고 했다. 정신이 온전치 않아 기도원에 보냈다는 것은 알고 있었다. 젊은 애가 그런 걸 믿는다는 게 이상하긴 했지만, 제 자식 일인데 오죽 잘할까 싶었다. 한번 들러보고는 싶었지만 조카가 반가워하지 않는 데다, 자식들의 눈치를 보고 있는 자신의 삶도 녹록치 않아 조카에 대한 걱정이 오래가지 않았다.

혹시 금평에 다시 내려온 걸까. 하지만 같이 있는 사람들은 정분옥이 아는 얼굴이 아니었다.

자신이 잘못 봤다는 생각은 금세 접었다. 아이답지 않은 그 무덤덤한 얼굴은 흔한 것이 아니었다. 어쩌면 이제 많이 좋아져 아는 사람과 함께 여행을 보낸 건지도 모른다. 조카는 마음을 잡았을까? 오랜만에 조카의 근황이 궁금했다.

'나 여기서 로운이 봤잖니.'

전화를 그렇게 시작할 생각이었다. 오랜만의 어른 노릇이 될
터였다.

방값을 치르고 카드 키를 받아 방으로 들어간 정분옥은 입은 옷
을 갈아입지도 않은 채 휴대폰을 들고 침대에 걸터앉았다. 조카
의 전화번호는 휴대폰에 저장되어 있었다. 꽤 오랜 시간 전화도
안 해봤다 싶은 생각이 들었다. 통화 버튼을 누르고 기다리는 동
안 그녀는 신발을 벗고 발바닥을 주물렀다.

소파에 웅크린 몸 위로 햇빛이 비추고 있었다. 눈을 감은 정주
희의 얼굴이 구겨졌다. 잠에서 깼으나 머릿속은 혼탁했다. 기분
나쁜 두통 때문에 괴로웠다. 속이 쓰린 것도 같았고 울렁거리는
것도 같았다. 바닥에 굴러다니는 술병에서 나는 냄새가 속을 뒤
집어놓았다. 모든 것이 엉망이었다. 그 현실이 싫어서 술을 마셨
다. 현실 속의 자신을 직시하고 싶지 않았다. 엉망인 인생은 계속
반복됐다.

휴대폰이 울리지 않았다면 다시 잠이 들었을지도 모른다. 한
동안 무음으로 해놓았는데 언제 벨소리로 바뀐 건지 모를 일이었
다. 희망 요양원이면 전화를 받지 않을 거라고 생각했다. 원장이
라는 여자는 얼마 전부터 로운의 퇴원을 종용하다시피 했다. 이
지옥 같은 곳에서 아이와 둘이 뭘 어쩌라는 건가 싶었다.

팔을 뻗어 바닥을 더듬거렸다. 움직이니 두통도, 속 울렁거림
도 기세를 더해갔다. 자신도 모르게 신음이 흘러나왔다. 간신히

휴대폰을 쥐고 눈앞에 갖다 대었다. 고모였다.

"네."

전화를 받지 않을까 고민했지만 결국 전화를 받았다. 친인척을 통틀어 그나마 정주희에게 우호적인 인물이었다. 그쪽에서야 인사치레를 위해 전화했을지도 모르지만, 죽는소리를 하면 얼마쯤 돈을 빌려줄지도 모른다. 두 달 전 전자 제품을 판매하는 인터넷 쇼핑몰의 전화 상담직을 그만두면서 받은 마지막 월급이 바닥을 보이고 있었다.

─전화 받는구나. 잘 지내니?

"네. 잘 지내고 있어요."

이 꼴이 잘 지내는 것이라는 생각은 들지 않았지만 일단 그렇게 대답했다. 사람은 불안한 사람에게 지갑을 열지 않는다.

─다행이다. 고모가 자주 연락 못 해서 미안하다. 내가 규식이를 생각해서라도 널 잘 챙겨야 하는데 말이야.

정주희는 오랜만에 들은 아버지의 이름이 낯설었다. 고모는 자신의 동생에 대한 의무감을 아직도 갖고 있는 것 같았다. 돈이 필요한 정주희로서는 다행인 일이었다.

─애는 요즘 어떠니? 괜찮니?

"뭐……. 그냥저냥요. 병원에 있어요. 치료받느라."

전화기 너머가 잠깐 조용해졌다.

─그래? 그럼 혹시 병원이 금평이니?

금평 소리만 들어도 더 속이 울렁거리고 머리가 아픈 것 같았다. 생각하고 싶지 않은 것이 떠올랐다.

"아뇨. 아니에요."

-그래? 그럼 비슷한 앤가?

"네? 무슨……."

-일이 있어서 금평에 좀 내려왔는데.

정분옥은 금평에 집을 사놨다는 얘기는 하지 않았다. 다른 의도가 있어서라기보다는 본능에 가까운 것이었다. 기댈 곳이 있으면 기대는 것이 인간이니까.

-여기서 로운이를 봤어. 어떤 여자랑 같이 있던데? 난 네가 로운이 여행이라도 보낸 줄 알고.

"그럴 리가요. 로운이는 지금……."

거기까지 말하는 순간 입이 다물렸다. 불안함이 가슴속에서 일렁였다. 두통이 엄습했지만 이전과 같은 것은 아니었다. 그건 로운이가 아니라고 단호하게 말하지 못했다. 금평이라는 단어가 그녀의 신경 술을 조였다. 불과 며칠 전 기억하기도 싫은 그곳을 묻던 남자의 얼굴이 머릿속을 스치는 게 그저 기우이기를 바랐다.

"고모, 죄송해요. 제가 다시 전화드릴게요."

전화기 너머에서 뭔가 말하는 소리가 들렸지만 정주희는 재빨리 전화를 끊었다. 오른쪽 이마 근처에서 뭔가 쿵쿵거리며 움직였다. 손을 들어 이마를 짚었다. 툭 불거져 나온 핏줄이 만져졌다.

휴대폰에 저장되어 있는 연락처 목록에서 희망 요양원의 번호를 찾아 눌렀다.

-감사합니다. 희망 정신요양원입…….

"저 정주흰데요. 신로운 환자 엄마요."

상대방의 멘트가 끝나기도 전에 불쑥 말을 뱉자 당황한 건지 전화를 받은 여자가 멈칫했다. 정주희는 로운이 병원에 있는지만 확인하면 됐다. 로운을 바꿔달라고 할 생각은 없었다. 그런데 전화를 받은 여자는 무슨 생각에선지 정주희의 용건을 들으려 하지 않았다.

-잠시만요.

그렇게 여자가 말하는 순간 음악이 이어졌다. 전화를 어딘가로 돌리는 것 같았다. 무슨 상황인지 이해가 되지 않았다. 잠깐을 그러고 있자 달칵하는 소리가 들렸다. 연결이 된 것 같았다.

-로운 어머님.

목소리가 들려온 순간 정신이 아찔해졌다. 몸이 뒤로 훅 무너졌다.

전화를 받은 것은 원장 민서진이었다.

로운이 잘 있다고 거짓말을 할 수는 없었다. 바꿔달라고 할 수도 있고, 로운 엄마는 이미 로운의 부재를 알고 전화한 것 같았다. 최대한 차분히 그동안의 사정을 이야기했지만 로운 엄마가 어디까지 알아들었을지 민서진은 감이 잡히지 않았다. 로운 엄마는 흥분했다. 선준과 예원 두 사람이 로운을 데리고 금평의 기도원을 확인하러 갔다는 이야기를 하자 완전히 패닉에 빠졌다. 허락을 받지도 않고 무슨 짓이냐며 정주희는 두서없이 소리를 질러댔다. 지금 무슨 짓을 한 건지 아냐고도 했고, 민서진에게 도둑년이라고도 했다. 무슨 소리든 들을 각오가 되어 있었다. 고함을 내지

190

르던 로운 엄마는 돌연 전화를 끊어버렸다. 경찰에 신고를 하려는 건지 병원으로 쫓아오려는 건지 감이 잡히지 않았다.

민서진은 깊은 한숨을 내쉬며 머리를 쓸어 넘겼다. 휴대폰을 움켜쥐고 생각에 잠겼다. 그녀는 화면을 열어 선준의 전화번호를 눌렀다. 한참이나 연결음이 이어졌지만 전화를 받을 수 없다는 안내 멘트가 나올 때까지 선준은 전화를 받지 않았다.

'신고를 했어야 했어.'

하지만 민서진은 그러지 않았다. 로운 엄마는 자주 병원에 찾아오는 사람이 아니었다. 단 며칠이라면 아이를 잠깐 보내도 될 것 같았다. 이선준은 믿을 수 있는 사람이었다. 잃어버린 아이를 찾기 위해 평생을 건 사람은 아이라는 존재를 그냥 넘기지 못한다. 그게 누구든지 간에, 아이의 불행을 보아 넘기지 않는다. 저 아이의 불행이 마치 어디에 있을지 모르는 내 아이에게 전염되기라도 하는 것처럼. 그러니 로운을 안전하게 병원까지 데려올 것이라고 생각했다. 총무인 오빠의 말대로 정부 지원 평가가 그녀이 결정에 영향을 끼치지 않았다고는 말할 수 없었다.

민서진은 휴대폰을 내려다보았다. 부재중 발신 목록에 떠 있는 선준의 전화번호를 응시했다.

이제 더는 기다릴 수 없을 것 같았다.

그녀는 다시 어딘가로 전화를 걸었다.

"경찰이죠?"

21

뒷좌석에 앉은 예원과 로운의 몸은 앞으로 잔뜩 기울어져 있었다. 운전을 하는 선준의 발은 계속 액셀러레이터를 밟았다. 마음이 급해서인지 오늘따라 차가 속도를 내주지 못하는 것 같았다.

'이 고물차.'

선준은 이를 악물고 더욱 속도를 높였다. 모든 신경은 오로지 지금 향하고 있는 진평 불교사에 쏠려 있었다. 그래서였다. 그는 휴대폰의 진동이 울리는 것을 느끼지 못했다. 물론 휴대폰이 울리는 것을 안다고 해서 받지는 않았을 것이다. 발신자가 희망 정신요양원이었으니까.

전날 신발 가게 주인은 시장에서 모텔까지 5분 거리라고 말했지만 벌써 몇 시간이나 흐른 것 같았다. 입술이 바짝 탔다. 신호가 걸리자 가슴이 터질 듯 뻐근해졌다. 룸미러로 뒷좌석을 확인했다.

긴장한 예원이 아랫입술을 꾹 깨물고 있었다. 아마 지금의 자신도 같은 표정이리라고 생각했다. 로운이 예원의 팔에 매달려 있었다. 잠에 빠져 있던 로운은 예원의 '가야 한다'는 말에 벌떡 일어났다. 그렇게 하지 않으면 버림받을 거라고 생각하는지도 모른다. 선준은 처음으로 로운의 부모와 만나고 싶다고 생각했다. 로운이 얼마나 애정에 목말라하는 아이인지 말해주고 싶었다. 하지만 지금은 그런 생각에 빠져 있을 때가 아니었다. 신호가 바뀌자 선준의 눈빛도 바뀌었다. 곧장 액셀러레이터를 밟았다. 속도가 높아진 채로 좌회전을 했다. 기울어지는 로운의 몸을 예원이 꼭 끌어안는 것이 보였다.

오른쪽 인도 변 앞쪽으로 진평 불교사가 보였다. 선준이 속도를 줄이는 사이 진평 불교사의 문이 열리면서 누군가 나왔다. 진평 불교사의 남자 사장이었다. 선준이 급히 브레이크를 밟았다. 남자 사장이 곧장 그의 차를 알아본 듯했다. 그는 손가락으로 앞을 가리켰다. 선준의 눈이 반사적으로 손가락을 따라 앞으로 향했다.

평일임에도 사람들이 꽤 많았다. 장날은 아니었지만 상설 매장을 운영하는 시장 상인들이 문을 열고 있었고, 출근길에 오른 듯 보이는 사람도 꽤 있었다. 비스를 타러 니기기 위해 시장을 통과하는 길인지도 모른다. 사람들 사이에서 사장이 가리키는 사람을 찾아 선준은 다급하게 시선을 옮겼다.

'누구지, 누구야.'

애가 탔다. 기다리지 못한 예원이 차에서 내리려 할 때였다. 사람들 사이로 한 여자가 보였다. 걷고 있는 여자는 이따금 사람들에게 가려졌다가 다시 모습을 드러냈다. 여자의 손에 커다란 봉지가 들려 있지 않았다면 선준은 그녀를 알아보지 못할 뻔했다.

예원 역시 선준의 시선을 따르다가 여자를 발견한 것 같았다.

"기다려!"

차에서 내리려던 예원이 선준의 외침에 움직임을 멈췄다. 예원이 뭐라 말하기도 전에 선준은 밟았던 브레이크에서 발을 뗐다. 아주 천천히 차가 출발했다.

선준은 여자가 가는 길을 따라 차를 몰았다. 뒤에서 다른 차량이 오면 옆으로 피해 뒤차를 먼저 보냈다. 피할 여력이 되지 않을 때는 속도를 빨리해 여자를 지나쳤다. 그러고 나서는 여자를 놓치지 않기 위해 재빨리 유턴해 돌아오거나 여자가 차를 지나칠 때까지 기다렸다.

여자를 통해 기도원의 위치를 알아낼 생각이었다. 뒷자리에 앉은 예원은 완전히 숨을 죽이고 있었다. 여자를 놓칠세라 창밖에서 시선을 떼지 않았다. 이따금 차가 여자를 지나쳐 갈 때면 아랫입술을 꾹 깨물 뿐 선준을 채근하지 않았다.

시장을 벗어난 여자는 버스 정류장에서 걸음을 멈췄다. 들고 있는 무거운 짐을 버스 정류장에 설치된 나무 벤치에 올려놓았다. 앉을 생각이 없는 것 같았다. 기도원에서 쓸 물건들을 바닥에다 둘 수 없다고 생각하는지도 몰랐다. 선준은 차를 버스 정류장이 보이는 건물 옆에 세웠다. 여자가 조금 주의력이 높은 사람이었다면 자신을 계속 따라오는 선준의 존재를 눈치챌 수도 있었다. 하지만 여자는 누군가 자신을 쫓고 있다는 생각을 전혀 하지 못하는 듯했다.

10분여가 흐를 동안 버스 두 대가 지나갔지만 여자는 타지 않왔다. 여자의 목적지는 훨씬 더 구석진 곳인 듯했다.

예원이 말했다.

"우리가 태워다 준다고 해볼까?"

선준은 고개를 저었다.

"그렇게 하면 경계만 심해질 거야. 괜히 눈에 띄는 건 안 좋아."

선준의 말에 동의한다는 듯 예원이 고개를 끄덕였다. 로운이 둥근 눈을 껌벅이며 예원을 보았다. 예원은 로운의 머리를 쓰다듬었다. 그렇게라도 조급함을 누르고 싶었다.

"졸려?"

로운이 고개를 가로저었다. 예원이 몸에 팔을 두르자 로운이 자연스럽게 기댔다. 예원은 자신의 긴장이 아이에게 전해져서는 안 된다고 생각하는 것 같았다. 룸미러를 통해 그 모습을 보던 선준이 다시 앞을 보았을 때 버스의 후미가 보였다. 잠깐 시선을 돌린 사이 다른 버스가 온 것이다. 선준은 목을 길게 빼고 앞을 보았다. 버스에 여자가 탔는지 아닌지 보이지 않았다.

정차했던 버스가 출발했다.

정류장에 여자가 없었다.

선준은 재빨리 차를 출발시켰다. 버스의 뒤에 바짝 붙었다. 정류장에 버스가 설 때마다 뒤에 차를 세웠다. 정류장에서 내린 사람 중에 여자가 보이지 않으면 다시 버스 뒤를 따랐다. 시간이 지날수록 차창 밖의 풍경이 바뀌어갔다. 민가와 밭이 뜨문뜨문 이어지다 산이 보였다. 여자가 탄 이후 일곱 번째 정류장에 들어섰을 때는 행인이 거의 보이지 않았다. 선준은 이번엔 버스 뒤를 따르지 않았다.

여자가 버스에서 내렸기 때문이다.

버스에서 내린 여자는 길의 끝까지 걸어 오른쪽으로 꺾었다. 옆으로는 이름 모를 산이 이어졌다. 여자가 산 밑으로 난 길을 따라 들어갔다. 차가 들어갈 수 있는 길이었지만 선준은 바로 따라가지 않았다. 바짝 붙으면 여자가 눈치챌 수도 있다. 일단 여자가 보이는 지점까지는 여기서 기다리기로 했다. 산을 끼고 한참을 걸어간 여자가 길을 따라 다시 오른쪽으로 굽어 들어갔다. 드디어 여자가 보이지 않자 선준은 차를 천천히 움직여 여자가 걸어간 길을 짚어나갔다. 다행히 길은 갈라지지 않고 한곳을 향해 나아갔다. 멀지 않은 곳에서 여자가 보였다.

길을 걸어가던 여자가 힐끔 뒤를 보았다. 자동차 소리를 들었을 것이다. 이쪽 길로는 거의 차가 다니지 않아 이상하게 생각하고 있는지도 모른다. 속도를 빨리해 여자를 지나칠까 하는 고민을 했지만 곧 그 생각을 접었다. 여자가 서 있는 곳은 Y 자처럼 생긴 갈림길이었다. 오른쪽으로 난 길은 가파른 오르막이었다. 그 길은 계속 이어지지 않았다. 50미터쯤 될까 싶은 길 끝에 철문이 보였다. 저 곳이 기도원이 아닐까. 심장이 쿵쿵 뛰었다. 그 와중에도 여자는 무덤덤한 시선으로 선준의 차를 보고 있었다. 선준의 차가 스쳐 지나갈 때까지 계속 보고 있을 작정인 것 같았다.

선준은 차를 세웠다.

"여보······."

예원의 목소리에 긴장과 걱정이 뒤섞여 있었다. 선준은 손을 뻗어 예원에게 차에서 기다리라는 제스처를 해 보이고 내렸다. 여자는 이제 완전히 몸을 돌려 선준을 대놓고 응시했다. 작고 얄팍한 눈을 치뜨고 경계하는 기색을 감추지 않았다. 가까이 가보니 여자는 놀랄 만큼 초췌했다. 푸석한 머리는 제대로 빗지 않은 듯 보였고, 파리한 피부는 메말라 있었다. 울림 기도원이라는 곳에서 노예처럼 산다던 진평 불교사 여사장의 말이 떠올랐다.

"여기가 울림 기도원이죠?"

선준은 긴장한 내색을 지우며 일부러 여유롭게 물었다. 여자의 눈빛에는 경계심이 더욱 번뜩였다. 여자는 대답도 하지 않은 채 치뜬 눈으로 선준을 살폈다. 선준이 말했다.

"천주님께서 불러주신 주소는 여기가 맞는데."

여자의 작은 어깨 너머를 일부러 흘깃거렸다. 여자는 선준의 얼굴과 자신의 뒤편 철문을 번갈아 보았다. 다시 선준에게로 향한 얼굴엔 눈에 띄게 경계심이 줄어 있었다. '천주'라는 단어 때문이었다. 그 단어를 입에 담는 사람은 더 이상 외부인이 아니라고 생각하는지도 몰랐다. 로운의 엄마를 만났을 때 들었던 '천주'라는 단어가 생각나서 다행이었다. 선준은 여자에게서 생각할 시간을 뺏으려 다시 입을 열었다.

"아, 그냥 지나가시는 분인가. 죄송합니다."

선준이 살짝 목례를 하고는 차를 향해 몸을 돌렸다. 여자의 목소리가 선준의 발목을 잡았다.

"이곳은 성지입니다. 그냥 들어가실 수는 없어요."

선준이 여자를 돌아보았다. 여자는 눈을 슬쩍 내리깔며 시선을 피했다.

"아, 기도원 직원이셨습니까?"

여자는 대답하지 않았지만 부정하지도 않았다.

"알고 있습니다. 잠시만요."

선준은 차를 향해 걸었다. 뒷좌석을 지날 때 창밖을 내다보고 있던 예원과 눈이 마주쳤다. 예원의 얼굴에는 걱정이 가득했다. 선준은 걱정하지 말라는 듯 슬쩍 고개를 흔들어 보이고는 차의 뒤로 돌아가 트렁크 문을 열었다.

가죽으로 만든 갈색 스포츠 백이 들어 있었다. 정세에게서 빌린 그대로였다. 그것을 집어 들었다. 묵직함이 그대로 전해졌다. 선준은 다시 트렁크를 닫고 차를 지나 여자에게로 갔다. 창밖을 통해 내다보던 예원이 가방을 발견하고는 놀란 눈을 했다. 정세에게 빌린 것을 예원에게는 얘기하지 않았었다. 선준은 설명을 뒤로하고 여자에게 가방을 내밀었다.

"두 명입니까?"

여자의 물음에 선준이 뒤를 돌아보았다. 조수석에 가려져 로운이 보이지 않았다.

"세 명 몫입니다. 애가 있거든요."

디테일한 거짓말은 신뢰를 준다. 여자는 의심 없이 가방을 건네받았다. 가방을 든 여자의 팔이 아래쪽으로 늘어졌다. 한쪽 손으로는 진평 불교사에서 받은 물건을 들고 있었다. 분명 벅찰 텐데도 어떤 도움도 요청하지 않고 여자가 몸을 돌렸다.

"좀 들어드릴까요?"

비틀거리며 앞으로 걸어가던 여자가 뒤를 돌아보았다. 그녀는 무슨 생각을 하는지 알 수 없는 눈으로 지그시 그를 응시했다. 선준은 자기도 모르게 살짝 뒤로 물러섰다. 그것이 대답이라고 생각하는 듯 여자는 다시 기도원을 향해 몸을 돌렸다.

"천주님의 허락이 떨어질 때까지 기다리세요."

잘 들리지도 않는 목소리였다.

천주님은 안에서 나오는 일이 거의 없다. 외부인이 함부로 들어오지 못하도록 하는 것이 김실자의 중요한 업무 중 하나였다. 문에 열쇠를 꽂아 비틀자 철컹하는 소리와 함께 열렸다. 문을 밀어 열고 안으로 들어간 뒤 스포츠 백을 내려놓고 잠금쇠를 걸고, 철로 된 봉을 밀어 한 번 더 잠갔다. 이제 밖에서는 열 수 없다. 김실자는 철문 틈으로 바깥을 보았다. 찾아온 남자는 어느새 차에 올라탄 것 같았다. 선팅 때문에 안이 잘 보이지 않았다. 스포츠 백을 집어 들었다. 상당히 묵직한 편이었다.

'세 명의 몫.'

아이가 있다고 했다. 그 말이 왠지 귓가에서 떠나지 않았다. 가슴이 일렁거렸지만 김실자는 그것을 외면하며 가방을 더욱 힘주어 잡고 몸을 돌렸다.

철문을 따라 난 길을 걸어 안으로 들어갔다. 옆으로는 셀 수도 없을 만큼의 돌무덤이 쌓여 있었다. 돌무덤의 숫자는 천주님을 통해 하느님에게 귀의한 사람의 숫자와 같았다. 사람들은 속세의 모든 것을 바치고 하늘의 땅으로 들어왔다. 그들이 가져온 욕심의 제물들은 모두 하늘의 땅에 묻혀 천주님의 기도와 함께 돌무덤에 봉인된다. 이 중에는 자신의 돌무덤도 있다. 가끔 믿음을 놓치고 이곳에서 나가 속세의 규율로 천주님을 얽매려는 악귀와도 같은 자들이 있다. 그들은 천주님께서 자신들의 재물을 가로챈 거라고 주장하지만 말도 안 되는 일이다. 저 돌무덤 안에는 진실이 있다. 그들의 주장대로 돌무덤을 열어 보이면 그만이지만 하늘의 심부름꾼인 천주님께서는 허락하지 않는다. 저 돌무덤을 여는 즉시 기다리고 있던 악귀들이 그자들의 영혼을 집어삼킬 것이기 때문이다. 본때를 보여주면 좋겠다고 생각할 때도 있지만 돌을 맞는 상황에서도 그들의 영혼을 위해 그렇게 하지 않으시는 것을 보면 역시 천주님은 다르다는 생각을 하게 된다.

한참을 걸어 본당 안으로 들어갔다. 스포츠 백을 바닥에 내려두고 진평 불교사에서 받아 온 봉투를 열었다. 향 한 상자를 꺼내 기도실로 들어가 제단 위에 올렸다. 어제 갑자기 교육청에서 용희를 찾아 나오는 바람에 물건을 챙기지 못하고 돌아와서 천주님의 아침 기도 시간에 향이 부족할 뻔했다. 김실자는 제단을 향해 두 손을 들어 합장하고는 기도실을 나왔다.

스포츠 백을 들고 계단을 걸어 올라갔다. 오래된 나무 계단에서 삐걱거리는 소리가 심하게 났다. 복도로 올라서자 복도 끝 방에서 높은 옥타브의 목소리가 들려왔다. 천주님의 방언 소리였다.

'천주님이 기도하고 계신다.'

점점 목소리가 세기를 더해갔다. 빠르게 방언들이 쏟아졌다. 그 사이사이로 옅은 비명 소리가 흘러 나왔다. 연약하게도 들렸고 이따금 애원하는 것도 같았다. 그 어린아이의 목소리가 누구의 것인지 김실자는 알고 있었다. 애절한 목소리에 머리가 굳는 것도 같았으나 이내 고개를 흔들었다. 저것은 악마가 발악하는 소리다, 사람의 마음을 홀리기 위해 어린아이의 목소리를 내고 있는 것뿐이다.

천주님은 악이 깃든 영혼에게 구마 의식을 하셨다. 천주님의 기도로 눈을 뜬 악마들은 격렬하게 저항했다. 천주님은 하늘의 나무로 만든 회초리로 그것들에 맞섰다. 구마 의식을 하면 악마는 잠잠해진다. 하지만 약한 인간의 육신은 다시 악마를 담아냈다. 그때마다 구마 의식이 필요했다. 악마가 완전히 떠나갈 때까지 천주님은 인간을 포기하지 않았다.

김실자는 소리가 낮아질 때까지 문 앞에서 기다렸다. 어느 정도 잠잠해진 뒤 노크를 했다.

"들어와."

조금은 지친 듯한 천주님의 대답이 들려왔다. 조심스레 문을 밀어 열었다.

방 한가운데에 천주님이 나무 회초리를 들고 서 있었다. 화장은 화려했지만 복장은 평범했다. 아이보리색 스웨터에 검은색 기모 바지 차림. 어느 곳에서든 눈에 띄지 않을 특출하지도 모나지도 않는 모습이었다. 말하지 않으면 누구도 천주님을 알아보지 못할 것이었다. 천주님은 스스로 특별해지기를 원치 않으셨다. 가장 평범한 곳에서 인간을 위해 일하시는 분이었다.

"무슨 일이야?"

천주님이 가슴을 씨근덕거리며 물었다. 발밑에는 몸을 웅크리고 있는 아이가 있었다. 그 아이는 용희이기도 하고 아니기도 하다. 발가벗은 아이의 몸 위에 흩뿌려진 것처럼 회초리 자국들이 빨갛게 자리하고 있었다. 이번에는 어떤 악마가 아이의 몸을 차지하려 한 걸까. 김실자는 애써 아이의 몸에서 시선을 뗐다.

"천주님을 만나 뵙기 위해 사람이 찾아왔습니다. 이미 통화하셨다고 하는데요."

그 증거라도 되듯이 김실자가 천주에게 가방을 내밀었다. 천주의 눈이 가방을 훑었다. 탐욕스러운 빛이 천주의 눈을 핥듯이 지나갔지만 김실자는 그것을 보지 못했다. 천주가 가방을 받았다.

"얘 데려가고."

천주가 눈짓으로 용희이기도 하고 아니기도 한 아이를 가리켰다. 김실자는 무릎을 굽혀 바닥에 쓰러져 있는 아이를 일으켜 앉혔다. 여기저기 피멍울이 보였지만 눈을 피했다. 악마에게 잡아먹히지 않으려면 어쩔 수 없다. 구마 의식은 이 아이를 위해 꼭 필요한 일이다.

김실자가 아이를 일으키는 사이 천주가 가방의 지퍼를 열었다. 곧 천주의 얼굴이 굳었다. 그녀는 잔뜩 이마를 구겼다. 당혹스러움이 얼굴을 점령했다.

"이게 뭐야."

천주가 가방 안으로 손을 넣었다. 잠시 뒤 천주의 손에 들려 나온 것은 카메라였다. 안에는 그녀에게 바쳐진 재물 대신 뭔지 알 수 없는 장비들이 들어 있었다. 천주가 인상을 쓰고 김실자를 노려본 다음 창밖으로 시선을 던졌다. 그때였다.

큰 굉음이 지축을 흔들었다. 천주를 따라 김실자 역시 창에 붙어 서서 밖을 내다보았다. 부서진 철문이 안쪽으로 넘어져 있었고, 차가 어느새 마당까지 들어와 있었다.

"뭐야!"

천주가 비명과도 같은 소리를 질렀지만 김실자도 영문을 알 수 없는 일이었다.

스포츠 백을 든 여자가 철문 안으로 들어간 뒤 선준은 곧장 차로 되돌아갔다. 들어가자마자 선준은 휴대폰을 켰다. 미리 설치해두었던 앱을 켜자 화면 한가득 낯선 풍경이 펼쳐졌다. 풍경은 여자의 걸음에 맞춰 일렁거렸다. 어딘가로 들어가 물건을 내려놓고 2층으로 올라간 것 같았다. 여자는 한참이나 거기에 그러고 서 있었다. 소리는 전달되지 않기에 선준은 그녀가 무엇을 하는지 알 수 없었다. 그리고 한참 만에 화면에 변화가 있었다. 문이 열리고 어디기 안으로 들어갔다.

가방이 여자의 손에서 다른 사람의 손으로 넘겨지는 듯 카메라가 빠르게 공간을 훑었다. 얼핏 바닥에 엎드린 누군가가 보인 것 같았으나 정확하지는 않았다. 곧 다른 사람에게 넘어간 가방에 붙은 카메라가 여자의 얼굴을 비췄다. 여자는 바닥에 엎드린 누군가를 일으켜 세웠다. 그제야 아이의 얼굴이 화면에 정확히 잡혔다.

"아……."

예원의 입에서 신음과도 같은 소리가 튀어나왔다. 휴대폰을 들고 있는 선준의 손이 덜덜 떨렸다.

아무리 오랜 시간이 지나도, 얼굴이 바뀌어도 알아볼 수밖에 없는…… 내 아이.

"선우다."

로운의 목소리가 두 사람의 정신을 깨웠다. 선준이 결심한 듯 말했다.

"예원아."

예원이 로운의 손을 잡고 빠르게 차에서 내렸다. 선준은 곧장 사이드브레이크를 풀고 드라이브를 D로 바꿨다. 힘껏 액셀러레이터를 밟았다. 차의 앞 유리창으로 굳게 닫힌 철문이 뚫고 들어왔지만 선준은 브레이크를 밟지 않았다.

그대로 선준의 차가 철문을 박고 기도원 안으로 뛰어들었다.

22

"선배님, 찾았습니다!"

문이 벌컥 열림과 동시에 들려온 외침에 박진우 형사는 고개를 들었다. 소리를 친 것은 신입 형사였다. 그의 표정에서 환호가 느껴졌다. 그는 빠르게 다가와 들고 있는 서류를 박진우의 책상에 올려놓았다. 공문이었다. 발신자는 지민 치과.

박진우가 신입 형사를 올려다보았다.

"백골 시신의 치아 기록과 일치한다는 발신입니다."

박진우는 재빨리 공문으로 시선을 돌렸다. 현재 만 9세이 서용희. 치과 치료를 받은 것은 4년 전의 일이었다. 치료 완료 6개월 후 추적 검사를 받아야 했지만 이후의 내원 기록은 없었다. 그는 얼른 책꽂이에 꽂힌 파일을 꺼내 열었다. 얼마 전 치과에 돌린 공문의 사본이 꽂혀 있었다. 치과에서 보내온 사진은 경찰에서 돌린 공문 속 치아 상태의 특징과 일치했다.

"여기랑 여기가 완전히 똑같습니다."

신입 형사가 들고 있던 볼펜으로 양쪽 사진의 치아 위에 동그라

미를 그렸다.

"실종 신고 들어온 거 있어?"

"아뇨. 없습니다."

박진우의 미간이 찌푸려졌다.

"그런데 선배님."

신입 형사가 다른 서류를 내밀었다.

"이상한 게, 석용희는 지금 홈스쿨링을 한다고 신고가 되어 있습니다. 그래서 교육청에 문의해봤는데요, 얼마 전 전수조사에서도 홈스쿨링을 하고 있는 게 확인되었다고 합니다."

"그럼 치과 기록이 같은 게 우연이란 말이야?"

"그게 이렇게 같을 수가 있나요? 과수대 배 팀장님도 거의 제로에 가까운 확률이라고 했습니다."

박진우는 이마를 짚었다. 눈앞에 있는 경찰 공문과 치과에서 보내온 공문 속의 치아 상태는 동일 인물의 것이라고 봐도 좋을 정도로 같았다. 하지만 전수조사에서 살아 있는 게 확인된 아이라니. 이런 경우는 지금껏 단 한 번도 없었다.

박진우가 생각에 잠겨 있자 자리를 지키고 서 있던 신입 형사는 우물쭈물하다가 자신의 자리로 돌아갔다. 방해돼서는 안 된다는 생각 때문이었다. 박진우는 공문에 시선을 박은 채로 꼼짝하지 않고 앉아 있었다. 모든 경우의 수를 생각해보려 했지만 떠오르는 것이 없었다. 짙은 안개가 눈앞에 드리워진 것 같았다. 그때 신입 형사가 다시 박진우의 책상으로 다가왔다.

"아, 펜을 바꿔 갔네요."

순간 날카로운 무언가가 박진우의 머리를 빠르게 치고 지나갔다. 박진우는 머리를 번쩍 치켜들었다. 책상 위에 신입 형사가 놓고 간 자신의 볼펜이 남아 있었다.

'바뀌었다?'

교육청에서 전수조사를 어떤 방식으로 하는지 알 수 없었다. 사진으로 대조까지 할까? 같은 나이의 아이가 있으면 의심 없이 돌아가지 않을까?

박진우 형사는 떨리는 시선으로 사진을 보았다.

'그렇다면 석용희라고 한 그 애는 누구지?'

선준은 숙였던 고개를 천천히 들었다. 핸들을 힘껏 잡은 두 손이 파들거렸다. 거친 호흡이 목을 긁었다. 눈앞에 부서진 철문이 보였다. 그는 재빨리 차에서 내렸다.

"선우야! 선우야!"

문이 부서진 것을 본 예원이 로운의 손을 잡은 채 뛰어 들어왔다. 그녀는 쓰러질 것처럼 보였다. 하기만 지금 그녀가 원하는 것은 자신을 지탱해주는 것이 아닐 터였다. 선준 역시 주변을 마구 돌아보며 소리를 질렀다.

"선우야!"

두 사람은 안쪽에 난 길을 따라 빠르게 달려 올라갔다. 옆으로 기괴한 돌무덤들이 보였다. 그런 것에 신경 쓸 겨를이 없었다. 조금 전 화면 속에서 본 선우만이 그들의 목적이었다.

길 끝에 흰색 페인트를 칠한 건물이 있었다. 뛰어 들어가려는 순간 안에서 문이 열리며 두 명의 남자가 나왔다. 한 명은 머리가 희끗한 60대의 노인이었고, 다른 한 명은 30대 정도로 보이는 덩치 큰 남자였다.

"당신들 뭐야?"

젊은 남자가 소리를 질렀다. 위협적인 태도였다.

"여기 내 아들이 있는 걸 보고 왔어! 당장 비켜!"

선준이 젊은 남자를 지나쳐 안으로 들어가려고 했다. 그러나 젊은 남자가 한 발 빨리 선준의 앞을 막아섰다. 그는 으르렁거리듯 말했다.

"뭐라는 거야. 여기는 아무나 함부로 들어올 곳이 아니야!"

"비켜, 선우야! 선우야!"

"이 새끼가!"

젊은 남자가 돌연 주먹을 휘둘렀다. 갑작스레 벌어진 일에 선준은 그대로 나가떨어졌다. 예원이 비명을 질렀다. 선준은 재빨리 몸을 일으키려 했지만 젊은 남자가 그의 어깨를 발로 밟았다. 그사이 예원이 안으로 뛰어들려 했다. 이번에는 노인이 그녀의 앞을 막았다. 무슨 재미있는 게임이라도 하는 것처럼 히죽 웃으며 예원을 위협하듯 발을 굴렀다. 예원은 손을 뒤로 하며 로운을 가렸다.

"로운아, 차에 가 있어."

눈치를 보던 로운이 재빨리 뒤로 달려 나갔다. 젊은 남자가 로운의 뒤를 시선으로 좇았지만 아이를 잡으려고는 하지 않았다. 대신 바닥에 널브러져 있는 선준의 멱살을 잡아 일으켰다.

"여기가 어딘 줄 알고 함부로 이 난리를 쳐? 죽고 싶어 환장했어?"

"이거 놔! 내 아이 찾으러 왔어! 놔!"

선준이 발악하며 남자의 손을 뿌리쳤다. 선우를 발견한 순간 자제력은 사라졌다. 자제할 이유가 없었다. 남자가 선준을 향해 발을 치켜들었다. 선준이 그 다리를 부여잡았다. 그러고는 온 힘을 다해 그를 밀었다. 중심을 잃은 남자가 한 발로 쿵쿵 뛰더니 이내 넘어져버렸다. 충격 때문인지 금세 일어나지 못했다. 바닥에 뒹구는 남자를 그대로 두고 앞으로 내달렸다.

"선우야!"

건물을 향해 들어가는 선준이 계속해서 선우의 이름을 불렀다. 자신의 앞을 막아선 노인이 선준에게로 몸을 돌리자 예원은 있는 힘을 다해 그의 팔을 잡았다. 노인이 팔을 휘둘렀다. 상당한 힘에 예원이 휘청거리며 중심을 잃었다. 노인은 예원을 버려두고 선준을 쫓으려 했지만 예원이 바닥에 넘어지며 그의 발목을 잡았다. 뒤돌아보는 노인을 향해 예원이 휴대폰을 내밀었다.

"경찰에 신고했어. 니들 전부 가만히 안 둬."

노인의 표정이 일그러졌다. 들리지 않는 목소리로 욕지거리를 내뱉고는 발을 힘껏 차내 예원의 팔을 떨쳐냈다. 선준을 향해 다시 걸어가는 노인을 잡으려 예원이 몸을 일으킬 때였다. 그녀의 눈길을 사로잡는 형체가 있었다.

건물 유리창에서 한 남자아이가 내려다보고 있었다.

"선우? 선우야!"

예원의 고함이 들린 건지도 모른다. 유리창 앞에 서 있던 형체가 눈 깜짝할 새 사라지고 없었다.

선준 역시 아이의 존재를 보았다. 다급히 건물의 문손잡이를 잡았다. 힘껏 당겨보았으나 잠겨 있었다. 선준의 눈이 마당 여기저기로 황황히 돌았다. 돌무덤을 만들 때 사용했던 건지 큼직한 돌들이 한구석에 쌓여 있었다. 두 손으로 들어야 들릴 만한 무게의 돌을 잡아 들고 단숨에 문 앞으로 왔다. 숨을 들이켜며 양팔을 치켜들었다. 그때였다.

사이렌 소리가 들렸다.

아이로서는 처음 들어본 굉음이었다. 하지만 그 엄청난 소리도 아이의 흐릿한 정신을 깨우지 못했다. 매질은 끝났지만 아직도 온몸이 불에 달군 쇠에 닿은 것처럼 홧홧했다.

오늘도 귀신이 아이의 몸을 탐한다고 했다. 그저 배가 고파 주방을 기웃거렸을 뿐이었다. 주방 안쪽 방에 천주님이 계시는지는 몰랐다. 천주님이 방에서 나오셨을 때 아이는 냉장고 앞에 서 있었다.

"뭘 훔쳐 듣고 있니?"

물음에 대한 답을 해야 했지만 아이는 고개를 저을 뿐이었다. 아무것도 듣지 못했다. 그저 배가 고프다고 했다. 천주님은 악귀에 씌어 그런 거라고 했다. 배가 고픈 걸로 아이를 속여 천주님을 훔쳐보게 만든 거라고 했다. 훔쳐본 것은 없었다. 그리고 배가 고픈 것도 속은 것 같지는 않았다. 벌써 뭔가를 먹은 지 하루하고도 반나절이 지났다.

'악귀가 깃들어 곧 죽임을 당할 것이니, 모든 욕심을 내려놓고 하느님의 땅으로 들어와라.'

천주님은 전화기를 붙잡고 그렇게 말했다. 하지만 들었다고 말하기가 무서웠다. 어차피 그게 무슨 뜻인지도 몰랐다. 열린 문 사이로 천주님의 책상과 금고가 보였다.

"안 되겠구나. 네 몸이 또 악귀를 받아들였어."

천주님의 손이 입을 벌린 악어처럼 아이에게로 다가왔다.

아이는 또다시 그 방으로 끌려 들어갔다. 방에는 천주님의 나뭇가지가 있었다. 천주님 앞에서 스스로 옷을 벗었다. 아이가 나체가 되기 무섭게 천주님이 나뭇가지로 몸을 후려쳤다. 아직 아물지도 않은 상처 위로 나뭇가지가 지날 때마다 피망울이 맺혔다.

아이는 몸을 웅크렸다. 이를 악물고 몸에 힘을 주면 버틸 수 있을 것 같았다. 비명을 지르지는 못했다. 그것을 뱉으면 의식이 더 길어졌다. 악귀 소리라고 했다. 눈을 꾹 감았다. 가끔 정신을 잃은 때도 있었다. 나뭇가지로도 모자라 발로 밟힌 날이었다. 숨도 못 쉴 정도의 고통이었지만 차라리 오늘도 빨리 정신을 잃었으면 좋겠다고 생각했다.

그렇게 얼마쯤 지났을까. 정신이 몽롱해졌을 때 문이 열렸다. 엄마가 아닌 엄마였다. 아이는 여자를 엄마라고 부르기도 했고, 아줌마라고 부르기도 했다. 어떻게 부르든 아줌마는 단 한 번도 웃지 않았다.

두 사람이 뭔가 얘기를 하고 가방 같은 것을 주고받는 것이 보였지만 자꾸만 눈이 감겼다. 굉음이 들린 것은 가방을 열어본 천주님이 불같이 화를 낼 때였다. 천주님이 황급히 밖을 내다보았다. 아줌마가 외쳤다.

"그 사람들인가 봐요!"

"뭐? 도대체 뭘 달고 온 거야!"

천주님이 아줌마의 뺨을 후려쳤다. 아이는 생각했다. 아줌마에게도 악귀가 든 걸까.

"제가 나가볼게요."

"잠깐!"

천주님이 아줌마를 잡았다. 아줌마가 멈칫하며 뒤돌아보았다.

"아이를 찾는다고 했다며? 분명 경찰에 신고했을 거야."

아줌마는 당황한 눈으로 아이를 보았다.

"그럼……."

"저 애는 내가 알아서 할 테니까. 일단 나가서 시간을 끌어. 무슨 소린지 알지?"

아줌마가 고개를 끄덕였다.

"우린 용희를 지켜야 해."

용희의 이름이 나오자 아줌마의 눈이 희번덕거렸다. 굳은 약속을 하듯 고개를 끄덕거리고는 재빨리 방에서 나갔다.

아줌마가 나가자 천주님이 아이를 일으켰다.

"선우야!"

밖에서 들려온 외침이 아이의 귀를 자극했다. 아이의 어깨가 흠칫했다. 그것은 아이의 기억 밑바닥에 가라앉아 있었던 이름이었다.

"……엄마?"

그 순간 천주님의 큰 손바닥이 아이의 뺨을 후려쳤다. 아이의 작은 몸이 바닥에 널브러졌다. 천주님은 다시 아이를 일으켰다. 작은 팔을 부숴버리기라도 할 것처럼 힘주어 잡았다.

"너 내가 뭐라고 했지?"

아이는 눈을 깜박였다. 와중에도 계속해서 '선우'라는 이름을 부르는 외침이 들려왔다. 그 소리는 뜨거운 불에 던져진 짐승을 떠올리게 했다.

천주님이 다시 아이의 몸을 흔들었다. 아이의 눈이 천주에게로 향했다.

"뭐라고 했지?"

아이의 눈동자가 파르르 떨렸다. 천주님이 말했다.

"뒷문으로 나가. 설대 누구도 만나서는 안 돼."

아이는 뭔가에 홀린 듯 복도로 나갔다. 천주님이 어딘가로 전화를 거는 것 같았다. 출국, 운행, 현금 같은 단어들이 들려왔지만 아이는 그 소리를 엿듣고 싶지는 않았다. 천주님의 의식 덕분에 자신에게 씐 악귀가 잠이 든 거라고 생각했다. 대신 아이는 복도의 창을 통해 바깥을 보았다. 두 명의 남자와 여자가 아저씨들에게 붙들려 있었다. 여자와 남자는 계속해서 고함을 질러댔다. 아이는 홀린 듯이 창문 밖을 내다보았다. 바깥의 여자와 눈이 마주치지 않았다면 아마 언제까지고 거기에 서 있었을지도 모른다.

눈이 마주쳤다고 생각한 순간 아이는 뒷걸음질을 쳤다. 그러고는 재빨리 복도를 달려 아래로 내려갔다. 1층에는 뒷문이 있었고, 그 뒷문은 뒷마당으로 통했다. 뒷마당에는 풀이 엉망진창으로 자라 아이의 무릎을 덮고 있었다. 아이는 어디로 가야 할지 알고 있었다. 뒷마당 끝에는 나무로 지은 창고가 있었다. 안에는 별의별 물건들이 쌓여 있었다. 제일 안쪽으로 들어갔다. 그곳의 벽 아래를 짚어 힘껏 옆으로 밀었다. 그냥 나무 벽으로 보였던 곳이 갈라지며 작은 공간이 드러났다. 아이가 간신히 몸을 밀어 넣을 수 있는 크기였다. 아이는 안으로 들어가 다시 벽을 밀어 문을 닫았다.

앞마당과는 꽤 멀리 떨어진 곳인데도 고함 소리가 그대로 들렸다. 아이는 눈을 꾹 감고 귀를 막았다. 하지만 아이의 머릿속을 떠다니는 천주님의 목소리가 여전히 들려왔다.

'너한테는 악귀가 씌었어. 널 만나면 엄마 아빠가 죽고 말 거야.'

예원과 선준의 앞을 막은 김실자는 필사적이었다. 천주의 말대로 어떻게든 시간을 끌어야 했다. 적어도 아이가 평소에 교육받은 대로 몸을 숨길 때까지는 말이다. 김실자에게는 절대 아이의 존재를 들켜서는 안 되는 이유가 있었다.

경찰차에서 사람들이 내렸다. 김실자는 긴장하면서도 예원과 선준에게 경계를 늦추지 않았다. 김실자는 그들이 예원과 선준의 신고를 받고 출동한 경찰들이라고 생각했다. 어떻게든 막을 방법이 있다고 믿었다. 어제 찾아온 교육청 직원들도 무사히 돌려보냈으니까.

"여기는 신성한 곳입니다. 아무나 함부로 들어올 수는 없어요. 영장 있습니까?"

그러나 다가온 경찰들은 의외의 말을 뱉었다.

"김실자 씨 맞으시죠? 석용희 어린이 어디 있습니까?"

김실자의 눈이 크게 흔들렸다. 예원과 선준도 무슨 일인지 알지 못했다. 자신들이 신고해 출동한 줄 알았는데 아닌 모양이었다.

박진우 형사는 김실자에게서 눈을 떼지 않았다. 하얗게 질린 얼굴로 김실자가 우물거렸다.

"우리 용희는…… 안에 있습니다만……. 기도 중에는 아무도 만나서는 안 된다는 규율이 있어서……."

"저희는 꼭 석용희 군을 만나야겠습니다. 협조 바랍니다."

박진우가 영장을 내밀어 보였다. 그의 얼굴은 단호하고 차가웠다.

"학교……. 학교 문제 때문이라면 이미 교육청에서 다녀갔어요. 확인했다고요."

"석용희 군 어머니신가요?"

"……네."

"안에 있는 아이가 석용희 군이 맞습니까?"

김실자가 퍼뜩 얼굴을 들었다. 휘둥그레진 눈을 껌벅였다.

"2주 전, 인근의 강에서 아이의 백골 시신이 발견됐습니다. 치과 기록 등을 토대로 저희는 그 아이를 석용희 군으로 보고 있습니다. 아니라면 아이를 만나게 해주시죠."

"이 사람들이 저희 아이도 데려갔어요!"

예원이 박진우에게 매달렸다. 박진우는 당황한 얼굴로 두 사람을 보았다. 선준이 주머니에서 휴대폰을 꺼내며 녹화된 영상을 플레이시켰다. 엉망으로 찍혀 있었지만 아이의 얼굴은 확실히 보였다. 예원은 성마른 손길로 선우의 전단지를 꺼내 보였다.

"실종된 저희 아이입니다. 이곳에서 봤다는 얘기를 듣고 왔는데 이렇게 감금해둔 아이가 있었습니다. 이 아이는 분명 저희 아이가 맞아요!"

박진우의 얼굴이 눈에 띄게 굳었다. 발견된 사체가 용희라면 그 아이의 자리는 비어 있어야 했다. 천주는 그 빈자리를 다른 아이로 채웠다. 용희를 대신한 그 아이를 찾아야 한다. 박진우는 날선 눈을 김실자에게로 돌렸다. 무슨 생각을 하는지 김실자는 양손으로 머리를 감싼 채 고개를 숙이고 있었다.

"지금 강제 수색하겠습니다."

"……안 돼."

"김실자 씨."

김실자가 숙였던 고개를 치켜들었다. 번들거리는 눈에는 초점이 없었다. 머리를 이리저리로 흔들었다.

"안 돼……. 꺼내면 안 돼. 이제 다 왔는데. 금방 부활일이 오는데! 안 돼! 우리 용희 돌려놔!"

김실자가 비명을 지르며 박진우에게 달려들었다. 함께 온 경찰들이 김실자를 잡았다. 생각지도 못한 일에 박진우도, 예원과 선준도 김실자를 멍하니 바라보았다.

23

유괴 신고가 접수된 것은 오전 9시 30분경의 일이었다. 신고자는 희망 정신요양원의 원장 민서진. 그녀는 이미 용의자의 정보를 가지고 있었다. 관할서인 영인서에 선준과 예원의 신병 확보 지시가 떨어졌을 때, 양 형사는 경찰서 마당 구석의 흡연실에서 자신의 일곱 살 난 딸과 통화를 하고 있었다. 딸을 못 본 지 이틀째였다.

손가락 사이에 담배를 끼운 손으로 양 형사는 씻지도 않은 얼굴을 쓸어내렸다. 온몸 여기저기에 묻은 피로는 씻기지 않았지만 내뿜는 연기가 그나마 가슴을 시원하게 했다. 그 소리가 전화기 너머로 전달된 모양이었다. 딸 진희의 앙칼진 목소리가 들렸다.

-아빠, 또 담배 피우지!

양 형사의 입가에 미소가 어렸다. 세상에 듣기 좋은 잔소리는 이것 하나뿐일 것이다. 양 형사는 재떨이에 재를 탁탁 털면서 말했다.

"딸. 자동차 출발할 때 연기 나는 거 못 봤어? 그거랑 같은 거야. 아빠 입에서 연기가 나야 힘이 나서 일하고 그래요. 몇 번 말해줬는데? 우리 진희, 아빠가 그러라고 영재 교육 시켜줬어?"

-그래서 언제 집에 놀러 올 건데?

그 말에 양 형사가 대답을 하려 할 때였다. 본관 건물에서 낯익은 인물이 뛰어나왔다. 팀원인 박 형사였다. 그는 좌우를 두리번거리더니 양 형사를 발견하고는 곧장 이쪽으로 방향을 틀었다. 분명 자신을 찾는 것이다. 양 형사의 미간이 찌푸려졌다. 집에도 못 들어가는데 딸과의 통화만은 자유롭게 하고 싶다. 양 형사는 홱 몸을 돌리며 휴대폰에 대고 말했다.

"누가 자기 집에 놀러를 가? 아빠 언제 귀가하실 거예요, 해야지."

-근데 아빠, 짭새가 뭐야?

"뭐?"

양 형사가 멍하니 입을 벌렸다. 형사 일을 하면서 제일 듣기 싫은 소리였는데 그 단어가 진희의 입에서 나올 줄은 몰랐다. 그사이에 박 형사가 양 형사에게 달려들 듯 다가섰다.

"선배, 지금……."

양 형사는 그 말을 저지하듯 손을 들어 보였다.

"또 엄마가 그랬지? 이 여자가 진짜……. 엄마가 잘 몰라서 그러는데 민중의 지팡이한테 그렇게 말하면 철컹철컹 잡혀가요. 알았어요?"

-그래서 아빠가 지팡이라는 거야, 경찰이라는 거야?

진희는 요즘 하루가 다르게 어휘력이 늘고 있다. 그것이 즐거

218

움이기도 하지만 양 형사를 곤란하게 할 때가 몇 번이나 있었다. 집에 들어가는 대로 아내와 입조심에 대해 진지하게 토론해봐야겠다는 생각이 들었다. 그사이에도 박 형사는 더 이상 기다릴 수 없다는 듯 손목시계를 가리켜 보이며 재촉했다. 양 형사는 한숨을 내쉬었다.

"이 문제는 나중에 토론하자, 알았지?"

—응.

전화를 끊자 박 형사가 반색하며 다가섰다. 양 형사는 냉정한 얼굴로 박 형사의 옆을 지나쳤다. 곧장 뒤로 박 형사가 졸졸 따라왔다. 양 형사가 새끼손가락으로 귀를 후비며 귀찮다는 듯 물었다.

"뭔데."

"전단지 아줌마, 애를 납치했대요."

양 형사의 발걸음이 우뚝 멈췄다. 그는 믿을 수 없다는 얼굴로 박 형사를 돌아보았다. 잘못 들은 거라고 생각했다.

납치.

잃어버린 자신의 아이에게 남은 삶을 바친 사람이 할 수 있는 일이 아니었다.

곧장 사무실로 돌아온 양 형사는 거칠게 의자에 앉아 휴대폰을 쥐어 들었다. 두 사람의 전화번호는 이미 저장되어 있었다. 몇 번이나 전화를 걸었지만 두 사람 모두 전화를 받지 않았다. 선우의 실종 이후 두 사람은 전화기가 생명 줄이라도 되는 것처럼 굴었다. 전화가 울릴 때마다 경련하듯 몸을 떨며 놀라는 것을 양 형사도 몇 번이나 보았다. 스팸 전화라는 안내가 떠도 전화를 받았다. 혹시 방전될까 하는 걱정 때문인지 가방에 보조 배터리를 세 개씩 넣고 다녔다. 두 사람이 전화를 받지 않는 것은 하늘이 두 쪽 나도 일어나지 않을 일이라 여겼는데, 그 일이 벌어졌다.

"위치 추적했는데 금평 기지국에서 떠요. 시내에서 좀 떨어진 곳인데 일단 금평서에 공조 요청을 해서 그 일대를 뒤져보도록 했어요. 신고자인 정신요양원 원장도 두 사람이 금평에 있는 무슨 기도원에 간다고 했다는데, 이름은 못 들은 모양이더라고요."

금평이라는 말을 듣는 순간 양 형사의 가슴속에 큰 돌이 굴러떨어졌다. 금평. 기도원. 두 단어 모두 양 형사에게 낯설지 않은 것이었다. 모두 얼마 전 찾아왔던 선준에게 들었다. 그 당시에는 가볍게 듣고 넘겼다. 사이비 종교에 빠진 아내를 찾기 위해 남편이 신고한 사건을 조사했던 경험이 더욱 그렇게 만들었다. 사이비 종교는 모든 수단을 이용해 사람을 사로잡는다. 마음이 약한 사람일수록 더 그렇지만, 꼭 그렇지 않은 사람에게서도 어떻게든 약한 부분을 찾아내는 것이 탁월하다면 탁월한 재주였다.

선준에게도 그런 집단이 접촉한 것이라고 생각했다. 선우를 안다는 아이에 대해서 들었을 때는 그들의 방법이 참 치밀하다는 생각을 했을 뿐이었다. 어찌 보면 정확한 판단이라고 생각했다. 두 사람이 마음을 여는 데 아이만큼 확실한 매개는 없으니 말이다. 아이를 이용해 기도원을 알게 하고 돈을 요구한다. 양 형사에게는 질릴 만큼 익숙한 이야기일 뿐이었다.

그런데 그 익숙함이 결국 사건을 만들었다. 양 형사의 무관심이 선준으로 하여금 극단적인 선택을 하게 만들었다. 유괴를 벌일 거라고는 생각도 못 했다.

양 형사는 머리를 움켜쥐듯 쓸어 넘겼다. 피가 몸 밖으로 쓸려 나가는 것 같았다.

양 형사는 자신의 기억을 더듬었다. 분명 선준에게서 기도원의 이름을 들었다. 검색도 되지 않는다는 말은 명확하게 떠올랐지만 기도원 이름이 생각나지 않았다. 몇 년간 열지 않은 창고에서 낡은 앨범을 찾는 것처럼, 양 형사는 열심히 자신의 머릿속을 정리하려 했지만 먼지만 부옇게 일어나는 것 같았다. 그는 힌트라도 있을 것처럼 이곳저곳으로 시선을 옮겼다. 답이 목을 갉작거렸지만 튀어나와주지 않았다. 가슴이 터질 것 같을 때 느닷없이 머리를 치는 것이 있었다. 양 형사는 책상을 치며 자리에서 벌떡 일어섰다.

"울림 기도원!"

"네?"

벌떡 일어서는 양 형사를 박 형사가 당황한 눈으로 보았다. 양 형사는 설명할 시간이 없었다. 황급히 전화를 들고 금평서의 전화번호를 눌렀다. 신호가 가는 시간이 굉장히 길게 느껴졌다. 신호음이 불길했다. 가슴이 쿵쿵 뛰었다. 입이 바짝 마를 때 상대방이 전화를 받았다.

-금평 경찰서 형사과입니다.

"안녕하십니까? 영인서 형사팀 양준욱 형사입니다."

-네. 아까 공조 요청하신 사건은 긴급히 형사들을 출동시켜

서…….

"혹시 금평에 울림 기도원이라고 있습니까?"

양 형사의 말이 황급히 터져 나왔다. 전화기 너머에서 잠깐 말이 끊어졌다. 양 형사는 자기도 모르게 주먹을 움켜쥐었다. 박 형사가 이상하다는 듯 쳐다보았지만 설명할 시간이 없었다.

-그 건은 지금 다른 형사들이 출동해서…….

"네?"

-울림 기도원이라고 하셨잖습니까? 신원 확인 불가한 아동 시신이 발견된 적이 있는데, 그 관련 건으로 형사들이 출동했습니다. 게다가 애가 감금되어 있다고 신고하신 실종자 부모님 건도 있고요.

아동 시신에 대해서는 금시초문이었지만 실종자 부모님이라고 말한 것은 아마도 선준과 예원일 것이다. 양 형사는 최대한 간단히 상대방에게 상황을 전했다. 그들과 함께 있는 아이에 대한 유괴 신고가 들어왔으니 최대한 빨리 신병을 확보해야 한다는 것이 주요 골자였다. 전화를 받는 형사는 당황한 듯 보였지만, 곧 상황을 노련하게 이해해냈다.

"신병 확보되는 대로 연락 주시기 바랍니다. 이선준 씨와 장예원 씨라고 확인되면 곧장 실종 신고된 신로운 어린이와 함께 저희 쪽으로 인도해주셔야 합니다."

-알겠습니다. 출동한 인원이 있으니 바로 통보하겠습니다.

전화를 끊자마자 설명이 필요한 듯 쳐다보는 박 형사가 보였다. 길게 설명할 시간이 없었다. 그는 의자에 걸쳐두었던 점퍼를 들고 급히 출입문 쪽으로 걸음을 옮겼다.

하지만 양 형사는 밖으로 나가지 못했다. 그보다 먼저 문이 열리면서 한 여자가 들어왔기 때문이다. 의경의 안내를 받아 들어온 그녀는 무척이나 지쳐 보였지만 눈에서 이상한 광채를 뿜고 있었다.

그 여자를 본 순간 양 형사는 직감했다. 이 여자가 예원이 요양병원에서 데려간 아이의 엄마라는 것을.

"안 돼! 안 된다고! 이거 봐, 이 새끼들아! 우리 용희를 돌려놔! 우리 용희, 우리 용희!"

김실자는 경찰차를 향해 끌려가면서도 괴성을 지르는 것을 멈추지 않았다. 그 말이 상황을 바로 파악하게 만들었다. 사망 원인은 아직 알 수 없으나 김실자는 죽은 자신의 아들 용희가 부활한다고 믿고 있었던 것이다.

박진우 형사는 자신의 앞에 선 예원과 선준을 보았다. 두 사람은 잔뜩 흥분해 있었다. 연신 자신의 아이를 찾아야 한다고 말했다. 그렇다면 용희 대신 자리를 채운 아이의 부모인 걸까? 그 아이는 왜 자신을 석용희라고 말했던 걸까.

"진정하시고, 저희 대원을 들여보낼 테니 기다려주십시오."

천주로 보이는 여자는 금고가 있는 방 앞에서 체포됐다. 현금 다발과 금괴로 가득 채운 가방을 짊어진 채였다. 금고에서는 다량의 장부가 발견되었다. 천주는 끝까지 하늘의 일을 위해 중간자적 역할을 했을 뿐이라고 소리를 질러댔다. 하지만 경찰은 천주의 휴대폰에서 자신의 아들과 남편에게 도주를 지시한 문자 내용을 확보했다.

그러나 두 사람이 찾는 아이는 아직 발견되지 않았다. 예원이 초조하게 발을 굴렀다. 당장 안으로 들어가게 해달라고 했지만 박진우는 두 사람을 현장에 들여보낼 수는 없었다.

"박 선배, 전화 좀 받아봐요."

긴장된 얼굴로 신입 형사가 전화기를 내밀었다. 심상찮은 일이 벌어진 것 같았다. 박진우는 두 사람을 응시하며 전화를 받았다. 그런 그의 얼굴이 통화가 이어지는 동안 점점 더 굳어지고 일그러졌다.

"알겠습니다."

통화를 끝낸 박진우가 두 사람을 보았다.

"신로운 어린이를 아십니까?"

시간이 멈춘 것처럼 예원과 선준의 움직임이 멈췄다.

"유괴했습니까?"

예원이 중심을 잃은 듯 비틀거렸다. 선준은 빠르게 예원을 잡은 뒤 앞으로 나섰다.

"설명드리겠습니다. 그게……."

"지금 아이는 어디 있습니까?"

박진우는 두 사람의 옆으로 눈을 옮겼다. 아이는 두 사람의 옆에 없었다.

"아이는 안전합니다. 차에 있습니다."

박진우는 옆에 선 형사를 향해 고개를 끄덕여 보였다. 신입 형사가 기도원 밖으로 달려 나갔다. 두 사람의 차가 입구에 있던 것을 진입할 때 이미 보았다. 아이를 확인하러 간 형사를 기다리는 동안 박진우는 두 사람에게서 시선을 떼지 않았다. 그들을 보는 눈길이 고울 수 없었다. 자신의 아이를 찾겠다고 다른 사람의 아이를 유괴하다니, 믿기지가 않았다. 조금 전까지만 해도 측은하기만 하던 두 사람의 인면수심이 드러나는 것 같았다.

"제가 설명드리겠습니다."

나서는 선준을 향해 박진우가 차갑게 말했다.

"설명은 아이의 안전을 확인한 뒤에 듣죠."

선준은 고개를 숙였다. 아직 선우를 찾지 못한 초조감에 로운에 대한 죄책감이 뒤엉켰다. 그는 설명하고 싶었다. 자신들이 그런 선택을 할 수밖에 없었던 이유를. 처벌은 감수하겠지만 이해를 구하고 싶었다. 하지만 선준이 설명할 수 있는 기회는 금방 찾아오지 못했다. 밖으로 뛰어나갔던 형사가 돌아오면서 외친 말 때문이었다.

"차에 아무도 없습니다!"

황망한 눈으로 자신을 보는 박진우 형사의 표정만큼이나 선준은 아연해졌다.

나무 벽 밑바닥에 만들어진 작은 공간은 아이도 몸을 납작 엎드려야 하는 크기였다. 원래는 빗자루 같은 것을 넣어두는 공간이었다. 흙냄새와 함께 눅눅한 곰팡내가 났다. 냄새 때문에 머릿속이 어지러울 지경이었지만 아이는 꾹 참았다.

바깥에서는 더 이상 외침이 들려오지 않았다. 아이는 슬퍼졌지만 한편으로는 다행이라는 생각이 들었다. 귀신에 씐 자신 때문에 엄마 아빠의 목숨을 위태롭게 만들 수는 없었다. 용희이기도 하고 아니기도 하면서 선우이기도 하고 아니기도 한 아이는 차라리 자신이 선우가 아니어야 한다고 생각했다.

알 수 없는 일이었지만 목구멍에서 끅끅거리는 소리가 나왔다. 숨이 찼다. 눈에서 눈물이 나와서 자신이 울고 있다는 것을 깨달았다.

그 울음은 길게 이어지지 못했다. 거친 발소리가 어지럽게 들려왔기 때문이었다. 아이는 이를 악물고 가슴에 힘을 줬다. 소리를 내서는 안 됐다. 문이 벌컥 열리는 소리가 들려서 눈을 꼭 감았다. 나무 사이로 스며 들어온 빛이 아이의 몸 위로 뻗어 왔다.

발소리의 주인들은 창고의 여기저기를 돌아다녔다. 이따금 어떤 물건 속을 뒤지느라 마찰음 같은 것이 들려오기도 했다. 소리들은 꽤 한참이나 이어졌고, 아이는 감은 눈을 뜨지 않았다. 그렇게 하면 사람들이 자신을 찾아낼 수 없다고 믿는 것처럼.

그런 아이의 머릿속에 그날의 일이 떠올랐다. 아이가 이곳에 와 처음으로 당한 것은 매질이었다. 비명을 질러도 매질은 멈추지 않았다. 악귀라는 말은 그때 처음 들었다. 자신의 몸에 악귀가 들었다고 했다. 그것을 내쫓지 않으면 자신이 악귀가 되어버릴 거라고도 했다. 그래서 엄마 아빠를 만나면 안 된다고 했다. 악귀가 엄마 아빠를 죽일 거라고 했다.

하지만 아이는 견딜 수가 없었다. 매질이 매일같이 이어졌고,

매일같이 배가 고팠다. 어느 날 자신에게 석용희라는 이름이 주어졌다. 이름이 뭐냐고 묻는 질문에 석용희라고 대답하면 천주님은 즐거워했다.

한번은 도망을 친 적도 있었다. 집의 전화번호는 정확히 알고 있었다. 공중전화로 뛰어 들어간 아이는 전화번호를 눌렀다. 신호가 한 번이 지나가기도 전에 그립기만 하던 목소리가 귀에 박혔다.

"여보세요? 말씀하세요. 말씀하세요, 제발……."

아이는 말하고 싶었다. 악귀에게서 아빠가 자신을 구해줄 수도 있지 않을까 하고 생각했다. 하지만 아이는 그러지 못했다. 금세 쫓아온 천주 때문만은 아니었다. 말할 수 없는, 이유가 있었다.

아이가 거기까지 생각했을 때 발소리들이 멀어졌다. 쿵, 하고 문이 닫히면서 아이의 몸 위를 비추던 빛이 사라졌다. 아이는 또다시 암흑에 혼자 남았다. 용희이기도 하고 아니기도 한 아이는 서럽기도 하고 아니기도 했다.

'나가도 될까?'

아이는 조금 더 있어보기로 했다. 천주님의 지시가 떠올랐기 때문이었다. 언제고 지시가 있을 때는 이곳에 숨어 천주님이 오기 전까지 나타나서는 안 된다……. 천주님이 원하는 대로 하면 덜 맞을 수 있었다. 아이는 먼지가 가득한 바닥에 뺨을 대고 지루한 시간을 견딜 채비를 했다.

하지만 그 시간은 오지 않을 듯했다. 끼이익 하는 소리와 함께 다시 문이 열렸기 때문이다. 아이는 암흑을 가르는 빛줄기를 피하기 위해 눈을 감았다. 발소리는 하나였다. 집중하고 듣지 않으면 들리지 않을 것 같은 가볍고도 조심스러운 소리였다. 천주님의 것은 아니었다. 천주님의 발소리는 매질만큼이나 날카로웠다. 항상 신경을 곤두세우고 들었기 때문에 확신할 수 있었다.

발소리의 주인공이 누구인지는 몰랐으나 아이는 이번에도 자신이 발견되지 않을 거라고 생각했다. 그러나 그 생각은 틀렸다. 그것을 증명하듯 나무 문이 눈앞에서 밀려 나갔다. 아이는 별안간 벌어진 일에 들켜선 안 된다는 것도 잊고 자신도 모르게 고개를 들었다. 열린 창고 문을 등지고 있어 나무 문을 밀어 연 사람이 누군지 잘 보이지 않았다. 아이는 엎드린 채로 고개를 들어 눈을 껌벅였다. 문을 연 사람의 얼굴이 눈에 인식될 때까지 멍하니 쳐다보았다.

어둠이 눈에 익숙해진 걸까, 아니면 어둠이 사라진 걸까. 이윽고 아이의 눈에 얼굴이 보였다. 아이는 믿을 수 없다는 듯 눈을 껌벅였다. 멀지 않은 기억 속에 있는 얼굴이었다.

"선우다."

로운이 말했다.

"아이는 없습니다."

내부 수색에 들어갔던 경찰 중 한 명이 달려 나와 한 말을 선준은 믿을 수가 없었다. 쥐고 있는 휴대폰 안에 불과 한 시간 전에 찍힌 아이의 모습이 들어 있었다. 그사이 꿈이라도 꾼 걸까 생각해보지만 말도 안 되는 소리다. 3년이나 찾아 헤맨 아이가 눈앞에 나타난 순간 누구보다도 맑은 정신을 놓치지 않았다. 설령 너무나 선우를 찾고 싶은 마음에 다른 아이를 선우라고 착각한 것일 수도 있지만, 어쨌거나 선우든 아니든 그 아이가 있어야 하는 것 아닌가.

선준은 성마른 눈으로 옆을 보았다. 기도원 내에 진입한 경찰 차량에 천주가 체포되어 타 있었다. 곧 차는 출발할 것 같았다. 선준은 재빨리 경찰차로 달려갔다. 경찰들 사이에 끼어 앉은 천주의 머리가 얼핏 보였다. 달려들어 주먹으로 창을 마구 두드렸다. 형사들이 달려와 선준을 차에서 떼어내려 했다.

"내려! 말해, 말하란 말이야! 우리 애, 우리 애 어디 있어!"

가슴이 터질 것 같았다. 설령 곧 터져 죽어버리더라도 참을 수가 없었다. 선준의 목구멍에서 터진 소리가 분출하는 피처럼 퍼져나갔다.

"잠시만요, 진정하세요! 저희가 찾고 있으니까……."

설득하는 경찰의 말이 선준의 귀에는 들리지 않았다. 선준은 연신 소리를 질러댔다. 분명 다른 공범이 있을 것만 같았다. 어떻게든 죄를 가볍게 하기 위해 선우를 데리고 경찰들이 미처 알지 못하는 길로 도망쳤을 거라는 생각을 놓을 수가 없었다. 그런 말을 하려고 할 때 선준의 몸이 크게 기우뚱했다. 선준을 잡아당기던 경찰의 힘 때문이었다. 중심을 잃은 선준이 바닥에 굴렀다.

선준을 당긴 경찰이 당황하며 한 걸음 뒤로 물러났다. 과잉대응을 해버린 건 아닐까 하는 걱정 때문일 것이다. 선준은 어떤 취급을 당하든 상관없었다. 그는 그대로 바닥을 딛고 일어났다. 눈물에 흠뻑 젖은 예원이 보였다.

선준은 자신을 일으키려는 경찰들의 손을 온 힘을 다해 뿌리쳤다. 그러고는 건물을 향해 달렸다. 그 누구도 이제 자신을 말릴 수 없다. 꼭 찾을 거라는 경찰의 말도, 집에 가서 연락을 기다리라는 말도, 찾고 있다는 말도 다 믿었던 3년이었다. 하지만 더 이상 그 말만 믿고 있을 수는 없었다. 불신하는 것은 아니었다. 다만 이 세상 그 어떤 권력 기관도 선우를 찾고자 하는 의욕이 부모인 자신들과 비할 수 없다는 것을 깨달았다.

"비켜!"

울부짖듯 선준이 외쳤다. 예원도 자신을 가로막고 있는 경찰들을 밀어내고 선준에게 가려 하고 있었다. 저지하려는 경찰들과 두 사람을 놓쳐선 안 되는 유괴 전담반 형사들이 얽혀 혼란이 일었다. 그때였다.

"잠깐만요! 저기 애가 있어요!"

누가 지른 소리인지는 몰랐다. 다만 그 한마디의 외침이 공간을 장악했다. 미다스의 손이 닿기라도 한 것처럼 모든 것이 굳었다.

기도원 건물의 계단으로 로운이 나오고 있었다. 로운의 손이 선우를 붙잡고 있었다. 3년 전 놓쳐버린 선우의 손.

"선우야!"

예원의 외침에 선준은 정신을 퍼뜩 차렸다. 멍하니 서 있는 경찰들을 밀치고 예원이 미친 듯 달리는 것을 본 선준도 그 뒤를 따랐다. 다리가 후들거렸고, 딛고 있는 땅이 스펀지라도 되는 것처럼 발을 빨아들이는 것 같았다. 제대로 달릴 수가 없었다. 거의 구르듯 아이의 앞까지 갔다.

"선우야!"

예원이 아이를 덥석 안았다. 아이를 향해 뻗는 선준의 손이 덜덜 떨렸다. 만지면 사라지기라도 할까 봐 두려웠다. 선우를 찾는 동안 수십 번도 넘게 말했다. 올해로 아홉 살이 됐고, 어깨에 큰 점이 있고, 사고가 난 게 아니라면 제 이름은 물론 부모의 이름, 전화번호, 주소까지 모두 기억하고 있는 아이라고. 하지만 그런 것들은 더 이상 확인하지 않아도 되었다. 아이를 본 순간 알았다. 3년의 시간은 그들의 가슴에 박힌 선우의 존재를 잊게 하지 못했다. 3년이 아니라 30년이 지나도 알아볼 내 아이……. 선준과 너무나 똑같이 생긴 그 아이는, 선우였다.

"선우야……."

무릎을 꿇고 아이를 끌어안은 예원의 옆에서 선준은 조심스럽게 이름을 불렀다. 부모의 3년과 아이의 3년은 같은 무게가 아닐 수 있었다. 선우가 알아볼까, 크게 놀란 건 아닐까 그런 생각들이 두서없이 이어지는 동안 선준의 눈에도 눈물이 맺혔다. 하지만 선준은 그렇게도 기다린 이이를 만져 볼 수 없었다. 예원에게 안긴 선우가 몸을 뒤틀며 신음 같은 소리를 냈기 때문이었다.

"ㅇㅇㅇㅇ."

"선우야?"

예원도 놀라 선우를 품에서 떼어냈다. 예원은 선우의 양팔을 부드럽게 잡고 자신이 누구인지 보여주려 애썼다. 아이를 가두거나 위협할 존재가 아니라 지난 3년 동안 어둠 속에서 아이가 애타게 찾았을 부모가 바로 자신이라는 것을 확인시키려 했다. 하지만 얼굴을 보여줄수록 선우는 온몸을 버둥거렸다. 눈도 마주치지 않으려 하늘을 향해 목을 잔뜩 꺾고는 알 수 없는 소리를 질러 댔다.

"안 돼! 안 돼!"

"선우야! 아빠야, 아빠라고, 선우야!"

선준이 외쳤다. 그럼에도 아이는 눈을 꾹 감고는 목을 젖힌 채로 주먹을 불끈 쥐었다. 이를 앙다문 턱에 힘이 잔뜩 들어가 있었다. 선준은 분노했다. 짐승만도 못한 것들이 대체 아이를 어떻게 한 것인가. 엄마의 품에 안길 때마다 복숭아처럼 물들던 아이의 사랑스러운 볼도, 아빠의 입맞춤이 따갑다고 밀어내던 장난기도 모두 빼앗겼다. 선준은 털썩 주저앉았다. 기뻐야 할 순간이었지만 자신들이 모르는 사이 아이가 겪었을 지난 3년의 시간에 대한 상상이 그들을 절망의 구덩이에 처박았다.

뭘 어떻게 해야 하는 건가. 아이를 잃어버린 이후 처음으로 뭘 해야 하는지 모르는 순간이 찾아왔다. 두 사람이 어쩔 줄 모르고 있는 동안 로운이 다가왔다. 로운은 특유의 무덤덤한 얼굴로 선우의 앞에 와서 섰다. 와중에도 선우는 꼭 감은 눈을 뜨지 않았다. 로운의 작은 양손이 천천히 선우의 뺨 위로 올라왔다.

"네 이름은 선우야. 네가 알려줬잖아."

선준은 놀랐다. 로운을 본 이후로 이렇게 부드러운 목소리로 말하는 로운을 본 적이 있었던가. 게다가 로운의 목소리는 마치 마법 같았다. 예원이 퇴원하던 날 전단지를 뜯는 경비원을 향해 흥분하려던 예원의 손을 잡아 진정시키던 로운을 봤을 때의 경이

로움이 떠올랐다. 정말로 마법일지도 모른다는 생각이 들었다. 로운의 손길에 선우가 흔들던 몸을 멈춰 세웠기 때문이다. 아직 꼭 감은 눈은 뜨지 않고 있었다.

그런 선우를 향해 로운이 물었다,

"왜 그래?"

선준은 기도하는 심정으로 선우를 보았다. 살짝 벌어지던 선우의 입술이 파르르 떨리며 다시 닫히기를 반복했다. 그리고 이내 입을 열었을 때 아이의 꾹 감은 눈에서 눈물이 흘러내렸다.

"난 악귀야……. 날 만나면 엄마 아빠가…… 죽어."

"무슨 소리야! 그런 거 아냐, 그런 거 아냐, 선우야!"

예원이 선우의 몸을 힘껏 껴안았다. 선준은 아랫입술을 깨물었다. 분노로 몸이 떨렸다. 늘 의문이었다. 전화번호며 주소를 모두 알고 있는 영특한 아이가 어째서 나타나지 않는지 알 수 없었다. 그 원인이 이것이었다. 아이가 스스로 부모를 찾지 못하게 세뇌시킨 것이다. 아이의 영혼까지 옭아맨 저들을 용서할 수가 없었다. 선준은 떨리는 손으로 아이의 양 볼을 잡았다. 아이는 여전히 눈을 감고 있었다.

"선우야. 눈 떠."

아이는 눈을 더욱 질끈 감았다.

"괜찮아 선우야. 그건 다 거짓말이야. 눈을 떠서 봐. 그렇게 말한 사람들을 경찰이 전부 잡았어. 나쁜 거짓말을 했으니까. 경찰아저씨가 저 사람들한테 벌을 줄 거야."

눈물이 쉴 새 없이 흐르고 가슴이 턱턱 막혀왔지만 선준은 최대한 차분히 말했다. 그 마음이 통했는지 선우의 얼굴에서 차츰 힘이 빠지는 것이 느껴졌다. 아이는 오랜 시간 굴에 갇혀 지낸 사람처럼 아주 천천히, 몇 번이고 다시 눈을 질끈 감았다가 떴다. 예원이 선우가 경찰차 쪽을 보도록 몸을 비켜주었다.

선우의 떨리는 눈이 한참이나 주변 상황을 인지해나갔다.

"정말이야?"

그것은 선준의 설득이 얼마간 받아들여졌다는 것을 의미했다. 예원은 기도라도 하듯 모은 양손을 입에 대었다. 그러고는 선우를 다시 힘껏 끌어안았다.

"정말이야. 저 사람들이 한 말은 전부 거짓말이야."

선준은 보았다. 예원에게 안긴 채 힘없이 늘어진 아이의 손을. 그 손이 이제 천천히, 3년의 시간을 거슬러 자신의 엄마를 끌어안을 거라고 생각했다.

하지만 그의 생각과는 달랐다.

예원의 말에 선우는 더 이해가 가지 않는다는 얼굴을 했다.

"그럼 나 왜 버렸어?"

24

불행은 호시탐탐 그들을 노리고 있던 복수자처럼 느닷없이 찾아왔다. 층간 소음 때문에 찾아오는 아랫집 여자가 최대의 불행이었던 예원이었다. 그런 예원에게 본때를 보여주겠다는 듯 느닷없이 찾아온 불행은 한순간에 그녀를 지옥에 몰아넣었다.

시작은 선준의 교통사고였다. 처음 선준의 동료인 정세에게 연락을 받았을 때 예원은 단순한 접촉 사고라고 생각했다. 보안 회사에 다녀 출동과 설치 업무를 병행하는 선준은 업무 시간의 대부분을 운전했기 때문에 늘 사고의 위험이 있었다. 하지만 선준은 운전 스타일도 그렇고, 운행하는 차에 박혀 있는 회사의 이름 때문에라도 위험하게 운전한 적이 없었다. 그래서 정세가 전화해 놀라지 말라고 오히려 더 긴장되는 말을 했어도, 선준이 사고가 나 지금 응급실에 있다는 말을 했어도 단순히 병원 진료 시간이 끝나 응급실로 간 거라고 여겼다. 그래서 예원은 잠에 빠져 있던 선우를 업어다 옆집에 맡기고, 입원한 동안 선준이 사용할 세면도구와 물품들을 아주 침착하게 챙겨 병원으로 향했다.

하지만 병원에 들어선 순간 예원에게 던져진 통보들은 이제 그녀가 고작 불행의 첫 번째 계단에 오른 것뿐이라고 말하고 있었다.

음주 운전이라고 했다. 선준이 몸담고 있던 보안 1팀 팀장의 승진이 확정되어 예정되지 않은 회식이 열렸다고 했다. 선준은 거기서 한 병 가까이 술을 마신 걸로 경찰이 최종 확인했다. 회식 도중 관리하고 있던 금은방에 경보 벨이 울려 출동을 했다. 믿을 수가 없었다. 선준은 술을 마신 상태에서 차 키를 꺼내 들지 않는 사람이었다. 적어도 예원이 아는 선준은 그랬다. 아주 나중에, 선준은 출동이 늦어져 금은방의 피해가 커질 경우 팀장의 승진 취소는 물론이고 문책이 가해지기 때문에 차에 올랐다고 설명했지만 예원은 이해할 수 없었다. 그 잠깐의 선택이 그들이 그동안 쌓아온 가정을 단숨에 부숴버렸기 때문에 이해할 생각조차 할 수가 없었다.

선준의 차는 출동하던 길에 전복됐다. 마주 오던 차를 피해 급히 핸들을 꺾다가 차가 크게 돌았다. 도로 옆 가드레일에 부딪힌 뒤 뒤따르던 차와 2차 충돌한 결과였다. 후에 선준의 차에 달려 있던 블랙박스 영상으로 선준이 중앙선을 침범했다는 것이 밝혀졌다. 2차 충돌한 차량의 운전자는 전치 8주의 중상을 입고 곧장 수술실로 들어갔다. 수술실로 들어가야 했던 것은 선준도 다르지 않았다. 선준이 수술실에 들어간 열두 시간 동안 예원은 몸의 피가 마르는 것 같았다. 별의별 생각이 다 들었다. 열두 시간이 지나고 의사가 나와 예원에게 한 말은 예원이 했던 불길한 상상 중 하나였지만, 예상했다고 해서 충격이 없었던 것은 아니었다. 예원은 자기도 모르게 스러지듯 주저앉았다. 하반신 마비가 될지도 모른다고 했다.

하지만 곧 들이닥친 경제적 타격은 이전의 불행을 압도했다.

음주 운전이라 보험 처리가 되지 않는다고 했다. 선준의 퇴원은 기약이 없었다. 거액의 수술비와 입원비는 물론이고 사고 난 피해자의 치료비와 피해 보상까지 해주어야 하는 상황이었다. 예원이 선우와 살아가는 데 기본적인 생활비는 계산조차 할 수가 없었다.

둘 모두 넉넉지 않은 집안이었다. 그런 집에서 태어난 두 사람이 결혼해 넉넉지 않은 집안을 꾸리는 것은 예견된 절차나 다름없었다. 살고 있는 집은 당연히 빚을 가득 끌어안고 산 것이었고, 선우의 출산으로 회사를 그만둔 예원은 재취업할 만한 경력이 없었다. 그동안 선준이 벌어 오는 돈을 아껴가며 빚을 갚는 것도 행복이라 여겼는데, 상황이 이렇게 되고 보니 예원은 그동안 자신이 띨 흰 긴지 일 수기 없이졌다.

구체적으로 생각할 시간이 없었다. 예원은 일단 무작정 일자리를 구했다. 급한 대로 구한 것은 마트 계산원 자리였다. 파트타임 알바 자리였지만 그녀는 모든 시간대에 지원해 아침부터 저녁까지 일하기로 했다. 그렇게 일해도 겨우 한 달 생활비가 될까 말까였지만, 어쨌든 일을 하고 있어야 피해자와 금전적 합의를 할 수 있을 것 같았다.

사고 난 지 2주 만에 선준의 정신이 돌아왔다. 다행히 하반신에도 감각이 돌아왔지만 재활 치료는 필수였다. 가끔 선우를 데리고 선준의 병원으로 찾아갔지만 예원에게는 의무에 가까운 것이었다. 예원은 지쳐갔다. 그만큼 선준에게 좋은 소리가 나오지 않았다. 선준도 마음 편할 거라 생각하지는 않았지만 한순간의 실수로 모든 걸 엉망으로 만들어버린 선준을 용서할 수가 없었다. 싸우는 날이 많아질수록 예원이 선준의 병원을 찾는 간격도 길어졌다.

무엇 하나도 녹록하게 넘어가는 것이 없는 나날이었다. 누구보다 일찍 어린이집에 맡겨져 누구보다 늦게까지 남는 선우의 눈에 점점 날이 섰다. 헐레벌떡 달려온 예원에게 어린이집 선생의 매서운 눈초리보다 손을 밀치는 선우의 행동이 더 무거웠다. 처음에는 마음이 아팠지만 그 감정들은 시간이 지날수록 화로 변해갔다. 지금 당시 사진을 보면 놀랄 만큼 어린 선우였지만 그때는 뭐가 눈을 가렸는지 자신의 고생을 알아주지 않는 선우가 원망스럽기만 했다. 상황이 어떤지 '알면서' 그러는 것 같았다. 그녀의 삶은 말라버린 우물처럼 팍팍했다.

그날은 피해자로부터 고소장을 받은 날이었다. 예원이 피해 보상 약속을 이행해주지 않는 데 따른 것이었다. 법원에서 날아온 고소장을 읽는데 가슴이 답답하면서 눈앞이 깜깜해졌다. 숨이 쉬어지지 않았고 토할 것만 같았다. 눈앞이 휘돌았고 딛고 선 땅이 꺼지는 것 같았다. 그때 들려온 선우의 목소리는 예원의 신경 줄을 끊기에 충분했다.

"엄마! 불꽃놀이 간댔잖아! 미워!"

뭔가 눈앞을 스쳐 지나갔다고 생각한 순간 바닥을 뒹구는 선우의 장난감이 눈에 들어왔다. 선우가 집어 던진 것이었다. 순간적으로 예원은 불길에 사로잡히고 말았다. 정신을 차렸을 때는 선우를 끌어다 닿는 대로 마구 때리고 있었다. 악을 쓰며 우는 선우의 목소리에 지지 않고 분노를 쏟아냈다. 한참 후에는 미친 사람처럼 선우를 끌어안고 엉엉 울었다.

그러다 발작하듯 정신을 차렸다. 숨이 넘어갈 것처럼 우는 아이에 대한 미안함이 뒤늦게 찾아왔다. 선우를 달래면서도 자신의 인생이 왜 이렇게까지 되어버렸는지 알 수 없었다. 삶이 부서지고 있었다.

불꽃놀이 시간이 가까워져 예원은 선우를 데리고 집을 나섰다. 불꽃놀이는 일주일간 예정되어 있었지만 예원이 쉴 수 있는 건 그날뿐이었다. 그렇게 하면 아이의 마음이 풀릴 거라고 생각했는데, 선우는 무슨 마음에선지 집을 나서자마자 가지 않겠다고 떼를 썼다.

"가자며! 가자고 했잖아!"

억지로 선우를 끌고 축제장까지 갔을 때는 이미 많은 사람들이 자리를 잡고 있었다. 모두 행복해 보였고, 그래서 예원은 더 불행했다. 어쩌면 그 불행이 선우에게까지 옮아간 건지도 몰랐다. 그렇게 오고 싶다던 선우는 주변을 돌아보지도 않은 채 계속해서 걸음을 멈췄다. 잡아당기면 몇 걸음 걷긴 했지만 당장에라도 울 것 같은 얼굴이었다. 그때는 알지 못했다. 선우는 불꽃놀이보다 엄마와 함께하는 시간이 필요했다. 하지만 내내 화만 내는 엄마가 당혹스럽고 무서웠을 것이었다. 그때는 그걸 몰랐다. 예원은 지친 만큼 날 서 있었다. 아무렇지도 않게 선우에게 화를 쏟아내는 것이 마약처럼 예원의 일상에 스며 있었다.

"안 가⋯⋯. 안 가."

"맘대로 해!"

예원은 기어이 폭발해버렸다. 던지듯이 선우의 손을 놓았다. 잔뜩 내민 입과 치켜뜬 눈을 보고 있으니 뜨거운 것이 가슴을 치받았다. 홱 돌아섰다. 선우의 울음소리가 귓전을 때렸지만 왔던 길을 돌아 빠르게 걸어갔다.

나는 이렇게 살고 싶은 줄 알아?

내가 왜 이렇게 살아야 해.

너만 아니었으면⋯⋯.

인정하고 싶지 않지만 그 순간 예원의 머릿속에는 분명 그런 생각들이 뒤엉켜 있었다.

편의점에서 나오던 남자와 어깨가 부딪히지 않았다면 그 걸음이 언제까지 계속됐을지 모를 일이었다. 남자는 어린아이들이 마실 법한 푸른 음료수 병을 들고 있었다. 그 순간 정신이 들었다. 왔던 길을 보니 앞이 보이지 않을 만큼 사람이 가득했다.

"선우야⋯⋯."

예원은 부딪힌 남자에게 사과할 정신도 없이 사람들 사이를 갈랐다. 예원에게 밀쳐진 사람들이 불평을 쏟아냈지만 예원의 귀에는 들리지 않았다. 다시 돌아가는 길이 천 리 길 같았다. 몇 분 되지도 않는 찰나의 그 시간이 이렇게 긴 이별을 가지고 올 줄은 상상치도 못했다. 예원은 선우에게 사과해야 한다고 생각했다. 자신이 선우에게 화풀이를 한 것밖에 되지 않는다는 것을 깨달았다. 하지만 선우의 손을 놓고 온 그 자리에 선우는 없었다. 예원은 애타게 선우의 이름을 외쳤다. 그것은 마치 예원의 앞날을 예견이라도 하듯 길고 절절하게 이어졌다.

"선우야!"

그때 하늘 위로 쏘아 올려진 불꽃을 예원은 평생 잊지 못할 것 같았다.

25

선준은 믿을 수가 없었다. 자신이 뭘 들었는지 납득할 수 없었다. 뭔가 잘못 들은 거라고 생각했다. 하지만 그렇다면 왜 다가온 경찰들의 표정이 저렇게 아연한 걸까. 왜 예원이 다시는 놓지 않을 것 같던 선우를 놓고 저렇게 무릎을 꿇고 있는 걸까.

'혹시 엄마가 자길 버린 줄 아는 건 아니야?'

로운에게 묻던 예원의 목소리가 머릿속을 맴돌았다. 두려웠던 것이다. 자신이 손을 놓아버린 그 순간을 선우가 기억하고 있을까 봐. 그래서였다. 선우를 잃어버린 뒤 그녀가 그렇게 망가져버린 것은.

들불처럼 일어난 화가 가슴을 태워나갔다. 그 한순간으로 부서져버린 지난 시간은 어떻게 해도 복구될 수 있는 것이 아니었다.

선우는 선준의 몸을 방패 삼아 뒤에 서 있었다.

"미안해. 선우야, 엄마가 정말 잘못했어. 근데 아니야. 널 버린 게 아니야."

예원의 말소리는 계속해서 툭툭 끊겼다. 숨이 찬 듯 꺽꺽거리기도 했다. 당장에라도 쓰러질 것 같았다.

힘들었다. 병원에 누워 있던 선준도, 자신이 저질러버린 사태를 혼자 책임져나가는 예원에 대한 죄책감 때문에 괴로웠다. 하지만 그와 더불어 몸이 너무나 아팠다. 다시는 걸을 수 없을까 봐 두려웠다. 이어서 자신도 잘해보려다가 이렇게 된 거라는 당위성이 붙었다. 그래서 예원이 원망을 토로할 때마다 그 밑바닥에는 지치고 힘듦이 있는 걸 알면서도 오히려 더 목소리를 높였다. 모든 게 자신의 잘못이라는 것을 알지만, 불쑥불쑥 화가 치밀었다.

그것이 예원이라고 달랐을까. 더하면 더했을 것이었다. 새벽부터 밤까지 일을 해도 남는 것은 빚 독촉뿐이었다. 육아도 혼자 책임졌다. 그런 상황들이 예원을 얼마나 갉아먹었을지는 굳이 보지 않아도 알 수 있었다. 자신이 그랬던 것처럼 벼랑 끝에 선 예원은 스스로 감정을 컨트롤하기 힘들었을 것이었다. 그러니 충동적으로 아이의 손을 팽개쳐버렸을 수도 있다고 생각했다. 머릿속으로는.

하지만⋯⋯. 이해한다고 말하기에는 그 대가가 너무 컸다. 괜찮다고 말하기에는 그들에게 그간의 시간이 너무 길었다. 죄책감을 떨치라고 하기에는 선우가 받은 고통이 너무나 컸다.

박진우 형사가 앞으로 나섰다. 그는 선우와 예원을 번갈아 보다가 착잡한 얼굴로 선준에게 말했다.

"이선우 군을 납치 감금한 기도원장과 직원들은 모두 금평 경찰서로 이관되어 기초 조사를 받고 선우 군 사건 담당인 영인서로 이첩될 겁니다. 그리고⋯⋯."

말하던 도중 박진우는 선준의 어깨 너머로 시선을 보냈다. 뒤에 서 있던 형사들이 눈짓을 받고 그들의 옆으로 다가섰다. 예원은 두 손을 땅에 대고 쓰러지지 않기 위해 겨우 버티는 것처럼 보였다.

"신로운 군 유괴 신고는 영인 경찰서에서 병합 조사할 겁니다. 이선준 씨 역시 피의자지만 이선우 군의 보호를 위해 불구속 수사로 진행될 겁니다. 다만 장예원 씨는 사건의 주범임을 감안하여 불가피하게 바로 영인 경찰서로 연행됩니다."

박진우가 형사들을 향해 고개를 끄덕여 보였다. 형사들이 예원의 양팔을 부축하여 일으켜 세웠다. 선준이 예원을 향해 한 발짝 내디뎠다. 그러나 그것뿐이었다. 선준은 더 이상 다가서지 못하고 예원에게서 시선을 거두었다.

"잠시만요."

예원이 벌벌 떨리는 목소리로 애원했다. 그녀는 당장에라도 넘어갈 듯한 숨을 어떻게든 쉬려는 사람처럼 입을 벌렸다. 그리고 온 힘을 다해 경찰들에게 억압된 손을 선우에게로 뻗었다. 경찰들이 박진우의 눈치를 보았다.

"잠시만요. 잠시면 돼요."

박진우가 형사들에게 고갯짓을 해 보이자 형사들이 예원의 팔을 놓아주었다.

예원은 튕겨지듯 선우에게로 다가섰다. 선우가 선준의 뒤로 몸을 숨겼다. 예원은 다시 한번 선우에게 무릎을 꿇었다.

"엄마가 나빴어. 엄마가 잘못한 거야. 그러니까 선우야, 이것만 믿어줘. 넌 악귀 같은 거에 썰 게 아니야. 그래서 엄마가 버린 거라는 말도 다 거짓말이야. 그냥…… . 엄마가 나쁜 사람이었어. 그러니까 엄마를 미워해. 네 탓은 아무것도 없어. 응?"

선우는 대답하지 않았다. 예원은 고개를 숙이고 천천히 일어섰다. 하얗게 갈라진 입술로 선준에게 말했다.

"이해받고 싶어. 선우 엄마이고 싶어…… . 근데 용서받지 못해도 어쩔 수 없다는 거 알아. 그러니까…… 선우 잘 부탁해. 엄마 미워하더라도 나쁜 생각은 잊게. 그자들이 했던 모든 말과 상처 잊을 수 있게. 부탁해."

선준은 차마 볼 수 없어 고개를 돌려버렸다. 경찰관들이 다시 예원을 잡았다. 예원은 끝까지 선우를 향한 시선을 놓지 않았지만, 경찰관들에게 순순히 연행되어 갔다.

선준은 선우의 손을 잡았다. 가슴속에서 뭔가가 울컥 치받혔지만 어떤 감정인지 스스로도 정리가 되지 않았다. 다만 그 손을 가만히 내려다보았다. 이 손을 잡을 때까지 그렇게 많이 바라왔고, 많은 고통의 시간들을 건넜다. 돌아온 선우를 품는 것이 온전한 가정이기를 바라왔기 때문에 숱한 위기에도 예원의 손을 놓지 않았다. 텅 빈 손안에 선우의 손이 들어올 날만을 기다렸고, 그날이 꿈처럼 다가왔다.

그러나, 아직도 선준의 한 손은 비어 있었다.

"곧 도착한답니다."

빠끔히 열린 문안으로 머리를 집어넣은 박 형사를 향해 양 형사가 고개를 끄덕였다. 박 형사는 양 형사의 앞에 앉은 정주희를 흘끗 보고는 문을 닫으며 나갔다. 양 형사는 무심코 벽에 걸린 시계를 확인했다. 그들이 도착하면 밤 12시가 넘을 것 같았다. 낮은 한숨을 내쉬며 시계에서 뗀 시선이 정주희에게 닿았다.

이따금 지하철에서 그런 일을 겪었다. 다리를 절거나 말을 잃어버린 사람이 자신의 고통스러운 역경에 대해 기술한 종이를 무릎 위에 얹어두고 돈을 구걸하는 일 말이다. 양 형사는 그 종이를 못 본 척 눈을 감는 사람들을 보았다. 물론 자신도 다르지 않았다. 눈이 마주치면 돈을 뺏길까 봐서가 아니었다. 눈이 마주친 순간 자신도 모르게 생긴 동정을 그들이 읽을까 봐서였다. 그 동정이 혐오로 읽힐까 봐. 정주희는 그런 사람이었다. 보는 것만으로도 불편한 사람.

양 형사가 확인한 가족 관계 내역에 정주희는 스물네 살로 기록되어 있었다. 신로운은 아홉 살이었다. 정상이 아니라고는 말할 수 없지만 확실히 일반적이지는 않았다. 심지어 아들을 정신병원에 보냈다. 이걸로 모든 사정을 알 수는 없지만, 이 사실만으로도 고운 시선으로 볼 수는 없었다.

내내 책상 위만 바라보고 있던 정주희가 문득 시선을 들었다. 양 형사는 반사적으로 고개를 돌렸다.

"그냥 대놓고 보세요. 스물네 살 맞아요. 중학생 때 애 낳았고요."

이미 많이 당해본 상황이라는 듯 정주희의 목소리는 덤덤했다. 오히려 양 형사의 말문이 막혔다. 그는 애꿎은 서류만 뒤적였다.

경찰서에 온 정주희는 내내 같은 태도였다. 민서진이 찾아와 정주희에게 상황을 설명하고 사죄했지만 그녀는 사과를 받지도, 화를 내지도 않았다. 아무 말도 하지 않고 고요히 시간 속에 있었다. 이따금 아랫입술을 깨물기도 했지만 깊게 눈을 감았다 뜨는 걸로 평정을 찾았다. 무슨 생각을 하는지 알 도리가 없었다. 양 형사는 그녀를 이해할 수가 없었다. 부모라면 응당 보여야 할 행동들이 보이지 않아서였다. 양 형사는 만약 제 딸을 누군가 유괴했다면 맨 정신으로 있지 못할 것 같았다. 아무리 안전하다는 얘기를 들어도 가만히 있을 수는 없다. 당장에라도 아이가 있다는 곳으로 달려갈 것이다. 그렇게 생각하면 정주희의 아이가 정신병원 치료를 받는 것이 일견 이해가 가기도 했다. 정상적이지 않은 가정에서 정상적인 애정이 생길 것 같지는 않았다.

정주희의 평정이 깨진 것은 그로부터 10분쯤 뒤의 일이었다. 그들이 있는 회의실 문 너머에서 지금까지와는 다른 소음들이 들리는 것을 깨달았을 때 박 형사가 문을 두드렸다. 대답하자 빼꼼히 문을 열고 얼굴을 들이민 그가 양 형사를 향해 눈짓했다. 알겠다고 대답하며 양 형사가 일어서려 했지만 정주희가 훨씬 빨랐다. 벌떡 일어선 정주희는 양 형사가 뭐라 하기도 전에 회의실을 박차고 나갔다.

정주희는 형사팀 사무실 중간에서 우뚝 멈춰 섰다. 그녀의 시선이 이름 모를 형사의 손을 잡고 있는 로운에게로 향했다가 뒤에서 연행되고 있는 예원에게로 향했다. 번득이는 빛이 정주희의 눈을 스치는 것은 아무도 보지 못했다. 정주희는 한달음에 예원

앞으로 다가섰다.

짝!

날카로운 소리가 사무실의 모든 소음을 잡아먹었다. 모두들 입만 멍하니 벌리고 서서 반쯤 고개가 돌아가 있는 예원과 정주희를 번갈아 볼 뿐이었다.

뒤늦게 나온 양 형사의 충격은 다른 사람들보다 조금 더했다. 오늘 그가 보아온 정주희와는 전혀 다른 얼굴이었기 때문이다. 정주희의 얼굴은 무섭도록 일그러져 있었고, 부들거리는 몸에서는 분노가 쏟아져 나오고 있었다. 조금 전까지의 평정은 태풍 직전의 고요일 뿐이었다는 걸 양 형사는 알아차렸다. 자신이 생각했던 '정상'의 기준은 정상적이지 않았다.

"그래도 된다고 생각했던 거지! 엄마도 이 모양이고 애도 저러니까, 니들 쓰고 싶은 대로 쓰고 버리려고 했던 거지!"

빨갛게 손자국이 남아 있는 예원의 뺨 위로 눈물이 떨어졌다.

"죄송합니다. 정말……. 죄송합니다."

"용서 안 해. 절대 용서 안 할 거야."

낮게 말한 정주희는 매서운 눈을 예원에게서 거두었다. 그러고는 경찰이 잡고 있던 로운의 손을 낚아챘다. 경찰이 어안이 벙벙해서 정주희를 보았지만 말리지는 못했다. 정주희는 로운을 거의 끌다시피 사무실을 나갔다. 닫히는 문 사이로 로운이 뒤돌아보았지만 누굴 보는 건지, 무슨 말을 하고 싶은 건지는 아무도 알지 못했다.

"조사 결과 연락드리겠습니다. 로운 군의 진술이 필요할 수도 있는데……."

양 형사가 따라 나가며 말했지만 정주희는 걸음을 멈추지 않았다. 그녀는 곧장 경찰서 건물을 벗어났다. 양 형사는 더 따라 나가지 않았다.

정주희는 자신이 도망치고 있다는 것을 알고 있었다. 자신에게는 로운을 납치해 간 저 여자에게 화를 낼 자격이 없다고 모두의 눈빛이 말하는 것만 같았다. 실제로 자신은 로운을 병원에 방치했다.

그녀는 민서진과의 전화 통화를 떠올렸다. 민서진은 정주희가 알기 전까지는 로운의 납치 사실을 숨기려고 했었다고 솔직히 털어놓았다. 화를 낼 수가 없었다. 그 말은 다른 말로 '넌 우리가 알려주지 않으면 아이가 사라진지도 모르는 엄마잖아'와 같은 뜻이었다. 말은 하지 않지만 경찰들도 알고 있을 것이다. 납치는 잘못이지만 이번 경우에는 그 가정이 평범했다면 벌어지지 않았을 일이라고.

양 형사라는 남자도 분명 그렇게 생각하는 길로 보였다. 그 눈빛. 분명 그랬다. 아이가 왜 다른 사람들을 순순히 따라갔겠느냐고 생각하고 있었다.

"저기요, 저기요!"

누군가 부르는 통에 정주희는 정신을 차렸다. 걸음을 멈추고 뒤돌아보았다. 어느새 경찰서를 벗어나 식당과 카페가 이어진 상점가에 와 있었다. 자신을 부른 것은 누군지 모르는 중년의 여자였다. 잔뜩 찌푸린 얼굴로 비난하듯 그녀를 보고 있었다. 정주희가 돌아보자 여자가 한숨을 내쉬며 손에 들고 있던 운동화를 내밀었다.

"애 신발 벗겨졌잖아요!"

정주희는 무슨 말이냐는 듯 여자의 얼굴을 보다가 고개를 내려 로운의 발을 보았다. 한쪽 신발이 없었다. 신발이 벗겨질 때까지 몇 번이고 발이 끌렸을 텐데 알지 못했다. 여자가 고개를 가로저으며 로운의 앞에 신발을 내려주고는 되돌아갔다. 로운은 멍하니 서 있었다. 정주희는 무릎을 굽히고 앉아 로운의 발에 신발을 신겼다.

"엄마 화났어요?"

정주희는 고개를 들었다. 그녀의 눈빛이 흔들렸다. 로운의 목소리를 제대로 들어본 것이 근 몇 년 만에 처음이라는 것을 그제야 깨달았다. 로운이 제대로 말할 수 있다는 것조차 잊고 있었다.

정주희는 앉은 채로 로운을 올려다보았다. 어디를 보는지, 무슨 생각을 하는지 알 수 없는 눈이었다. 사막 같았다. 그것이 자신과 꼭 닮아 있었다. 그래서 로운을 보려 하지 않았다. 자신의 버석거리는 인생이, 차라리 아무것도 못 느끼고 싶은 절망이 로운에게 전염되는 것을 보고 싶지 않았다.

로운이 눈을 끔벅거렸다. 아무것도 느끼지 못하는 눈이라고 생각했던 그곳에서 눈물이 뚝 떨어져 내렸다.

"화내주세요."

정주희는 숨이 턱 막혔다. 정신이 아찔해져서 눈을 질끈 감았다. 갑자기 화가 치밀어 올랐다. 이를 악물고 눈을 번쩍 떴다. 그녀는 정신없이 로운의 등과 엉덩이를 손바닥으로 쳐댔다.

"왜 따라갔어, 왜? 그 사람들이 누군 줄 알고!"

정주희의 언성이 높아질수록 로운의 울음소리도 높아졌다. 로운은 입을 벌리고 엉엉 서럽게도 울어댔다. 처음 들어본 소리였다. 지나가던 사람들이 두 사람을 쳐다보다가 그냥 지나쳤다. 그들에게는 '보통'의 모자로 보일 것이었다.

새벽 4시가 넘을 때까지 조사가 이어졌다. 양 형사는 조사를 멈추고 잠시 조사실을 벗어난 참이었다. 피로가 몸을 누르는 상황은 이제 거의 일상이나 다름없었다. 하지만 오늘만큼 마음이 무거운 날도 많지는 않았다.

예원은 조사에 협조적이었다. 로운을 유괴하게 되기까지의 과정들을 차분히 이야기해나갔다. 거짓도, 숨기려는 의지도 없었고, 차후의 처벌을 피하기 위해 말을 아끼지도 않았다. 일부 정상참작될 여지는 있었지만 그녀의 유죄는 확실해 보였다. 정신 병력은 그다지 도움이 되지 못할 터였다. 그녀는 그 상황이 범죄라는 것을 명확히 인지하고 있었다. 다만 남편인 선준에 관해서는 자신이 막무가내로 일을 벌여 어쩔 수 없이 따라왔을 뿐이라는 입장을 고수했다.

"어떻게 돼가고 있어? 그 여자 자기 애도 버렸다며."

말을 걸어온 것은 팀장이었다. 양 형사는 사무실 한편에 마련된 탕비실 구석에서 컵에 믹스커피를 붓고 있었다. 컵은 딸이 현장학습을 가서 만들어 온 도자기 컵이었다. 양 형사는 팀장을 보다가 다시 컵으로 시선을 옮겼다. 투박하게 만들어진 컵에 딸아이가 그린 지팡이 문양이 새겨져 있었다.

그렇다. 문제는 아들 선우의 유기 부분이었다. 형사가 안 이상 그것은 사건이 된다. 아동 유기는 최대 징역 5년형이었다. 양 형사는 5년이 많다고 생각지 않았다. 피해 아동의 입장에서는 가혹하리만치 작은 벌이라고 생각했다. 살인에 못지않은 일이라고도 생각해왔다. 하지만 지금 이 상황에서도 같은 벌을 줄 수 있을까를 생각하면, 마음이 흔들린다. 딸아이를 가진 입장에서 자꾸만 예원을 이해하게 되어버리고 말았다. 무엇보다 그는 선우를 잃어버린 후 두 사람이 어떻게 살아왔는지를 너무 잘 알았다.

그의 아내도 그랬다. 아이를 처음 낳고 모든 것이 생소했다. 그녀도 아이의 엄마가 되어본 것은 처음이었다. 낯설 수밖에 없었고, 실수는 예견된 것이었다. 그럼에도 불구하고 사회로부터 완벽한 모정을 당연하게 강요받았다. 화는 낼 수 있지만, 화풀이가 되어서는 안 된다는 죄책감을 가지고 스스로를 검열했다. 아이를 혼내고도 단순히 화 때문이었는지, 아니면 교육 때문이었는지를 계산하며 남몰래 괴로워했다. 손……. 절벽 앞에 선 상황이라면 손을 놓을 수도 있지 않을까. 아주 잠깐이었다. 그녀는 다시 아이에게로 갔다. 그사이 유괴가 벌어진 것은 지독한 불운이었다.

"팀장님."

그는 컵을 내려놓고 피로가 몰린 두 눈두덩이를 손바닥으로 꾹꾹 누르며 말했다.

"그걸 유기로 볼 수 있을까요? 많은 엄마들이 떼쓰는 아이의 버룻을 고쳐준다고 애 손을 놓고 혼자 가버리기도 합니다."

"하지만 멀지 않은 곳에서 지켜보지."

"화가 나서 애 손을 놓고 간 것은 맞지만 금방 다시 돌아왔어요. 그사이 유괴가 벌어진 거구요."

"무죄다?"

팀장의 물음에 양 형사는 시선을 떨어트렸다.

"이선우 군의 실종 건에 대해서는 이미 울림 기도원 원장이 유괴범으로 입건되었습니다. 굳이 죄를 다퉈야 할까요? 무엇보다……."

양 형사는 마치 예원이 보이기라도 하듯이 출입문 쪽을 바라보았다.

"지금 본인이 스스로 벌을 받고 있거든요."

양 형사는 조사실의 문을 열었다. 잠시 쉬라고 말했지만 예원은 의자에 기대거나 책상에 엎드리지도 않고 양 형사가 나갈 때의 자세 그대로 앉아 있었다. 허얗게 질린 피부는 오기기 하나도 없었고 눈 밑의 검어진 그늘이 그녀의 긴 하루를 말해주고 있었다.

"오늘은 조사를 이쯤에서 마무리 짓도록 하겠습니다. 구속영장이 발부되었기 때문에 장예원 씨는 유치장에서 지내셔야 합니다. 내일은 구치소로 이감될 겁니다."

예원은 고개를 숙인 채로 가만히 있었다. 양 형사는 예원을 보며 바람이 불면 가루가 되어 날아가버릴 것 같다고 생각했다.

"신로운 군의 모친인 정주희 씨로부터 전화가 왔습니다."

언제까지고 굳어버린 채 있을 것만 같던 예원이 천천히 고개를 들었다.

"신로운 군 상태는 안정적이라고 합니다."

다행이라는 듯 예원이 고개를 끄덕거렸다. 양 형사가 말했다.

"정주희 씨께서 탄원서를 써주기로 하셨습니다. 재판에서 정상 참작될 겁니다."

다시 고개를 숙인 예원은 반응하지 않았다. 자신이 어떤 처벌을 받는지 궁금하지 않은 것 같았다. 어떤 것이라도 감수하겠다는 듯 보였다.

"이선준 씨와도 통화했습니다."

다시 예원의 고개가 퉁겨지듯 들렸다. 그녀는 애원하듯 양 형사를 보았다.

"선우 군도 집에 도착했다고 하네요. 아직 혼란스러워하지만 이선준 씨의 말을 거부하거나 부정하지는 않는다고 합니다. 천천히 상황을 이해해나가겠죠."

예원이 양손으로 얼굴을 가렸다. 손 안쪽으로 무엇이 흐르고 있을지는 보지 않아도 자명했다. 예원이 힘겹게 말했다.

"감사합니다."

양 형사는 안타까운 마음이 들었다. 그러나 더 이상 어떤 말도 도움이 되지 않을 거라는 생각이 들었다.

"곧 담당 직원이 들어와 안내해줄 겁니다. 잠시 기다리세요."

양 형사가 일어섰다.

"형사님."

예원이 그를 불렀다. 양 형사가 돌아보았다.

"3년 전에 저희 선우 잃어버렸을 때……. 형사님은 저를 의심하셨었죠?"

3년 전, 양 형사는 예원의 행적과 주변 사람들을 조사했었다. 처음에는 원한 관계가 없느냐고 하는 일반적인 질문이었지만 예원에게 내연남은 없는지까지 탐문했었다. 그 사실을 예원이 알게 되어 한차례 난리가 났다. 모든 인력을 동원해 아이를 찾아도 모자랄 판에 부모의 뒤나 캐고 다니냐는 거센 항의를 받았다.

양 형사는 예원을 향해 쓰게 웃었다.

"아이를 잃어버린 부모는 아이가 죽었다는 걸 확인하기 전까지는 절대 자살하지 않으니까요."

선우를 잃어버린 후 예원이 자살을 시도했을 때부터 양 형사는 의혹을 품었다. 예원에게는 특별한 죄책감이 있다는 확신이 들었던 것이다.

예원이 고개를 떨어트렸다.

두 달 뒤, 재판이 열렸다. 로운을 병원에서 데리고 나가는 데 강압이 없었던 점과, 정주희의 탄원이 참작되었다. 선준은 징역 1년 집행유예 3년을 받았다. 예원에게는 징역 2년의 실형이 선고됐다.

항소는 하지 않았다.

26

선준은 등받이가 없는 단단한 소파에 앉아 있었다. 클래식 음악이 낮게 깔렸고, 봄의 햇살이 창밖에서 비스듬히 들어와 바닥에 길게 누웠다. 선준은 고개를 들고 창을 올려다보며 시린 듯 눈을 떴다. 창문에 붙어 있는 형형색색의 캐릭터 스티커들을 보자 믿을 수 없는 평화 속에 자신이 앉아 있다는 것이 비로소 실감됐다.

그는 옆을 보았다. 예순은 넘음 직한 할머니도 있었고, 예원 또래의 엄마들도 보였다. 그들은 각기 다른 행동을 했다. 어떤 사람은 이 기다림이 익숙한 듯 휴대폰을 들고 무료하게 화면을 손가락으로 훑어 올리거나 TV를 보았다. 일부는 벽에 난 커다란 아크릴 창을 통해 초조한 듯 안을 들여다보았다. 선준은 처음엔 창에 붙어 서 있었고, 한 달쯤 지났을 때는 대기실을 돌아다녔으며, 이제야 슬슬 휴대폰이 눈에 들어왔다.

그는 은파 정신건강의학병원 부속 어린이심리치료센터에 와 있었다. 아크릴 창 너머의 널따란 방 안에는 서너 명의 아이들이 치료사들과 함께 장난감을 가지고 놀고 있었다. 오늘은 선우의 놀이 치료 날이었다.

　－두 달 전 아동을 납치한 사이비 교주 사건을 보도해드렸습니다. 오늘 이 사건의 공범이자 피해자인 김 모 씨가…….

　선준은 TV를 향해 고개를 들었다. 접수실의 간호사가 재빨리 다가와 리모컨을 들고 채널을 바꿨다. 대기하는 보호자들을 위해 TV를 틀어놓긴 했지만 아무래도 아이들이 다니는 치료센터에서 틀어놓기에는 부적절하다고 생각했는지도 모른다.

　선준은 울부짖던 김실자의 얼굴을 떠올렸다. 황폐한 얼굴과 깡마른 몸을 보아서는 상상할 수 없는 소리였다.

　'안 돼……. 꺼내면 안 돼. 이제 다 왔는데. 금방 부활일이 오는데! 안 돼!'

　조사를 받던 도중 양 형사로부터 그녀의 사정을 들을 수가 있었다. 그녀는 뉴스에서 보도된 대로 울림 기도원 천주의 공범이자 최대 피해자였다.

　조사 결과 김실자는 천주에게 속아 울림 기도원에 모든 재산을 기탁하고 들어간 걸로 확인됐다. 이들인 용희도 함께였다. 김실자의 남편은 오랜 기간 바람을 피웠고, 내연녀와 함께 김실자에게 지속적으로 이혼을 요구했다. 결국 이혼 서류에 도장을 찍고 남편이 그녀의 앞에서 사라질 때까지 김실자의 속은 있는 대로 썩었다. 그러던 와중 아들인 용희가 소아백혈병 진단을 받았다. 치료는 길어졌고 아이는 힘들어했다. 치료만 잘 받으면 나을 수 있다고, 희망이 있다고 의사가 말했지만 김실자는 지쳤다. 처음엔 왜 자신에게만 이런 불행이 오는 건가 좌절했다. 그 좌절은 아이가 아픈 것이 자신의 탓이라는 생각을 끌고 왔다. 그렇게 약해진 마음을 천주가 파고들었다.

천주는 그녀의 마음을 너무나 잘 알았다. 불행이 절대 그녀 때문이 아니라고 말해주었다. 모든 것은 악귀 때문이라고 말하기까지는 두 달쯤 걸렸다. 그 전까지는 아침저녁으로 전화를 걸어 친언니 이상으로 그녀를 보살폈다. 한약을 보내준 것도 천주였다.

의사의 반대도 무릅쓰고 악귀에 씐 용희를 퇴원시켜 기도원으로 들어갔다. 천주는 용희에게 일주일에 두 번 구마 의식을 행했다. 조사에 따르면 천주는 제대로 된 구마 의식을 배운 적이 없었다. 기도원 주변에 널린 가시나무를 꺾어다 벌인 무자비한 폭행일 뿐이었다. 결국 용희는 구마 의식 도중 목숨을 잃었다. 천주는 눈 하나 깜짝하지 않았다. 충격을 받은 김실자에게 드디어 악귀가 용희의 몸에서 빠져나갔다고 말했다. 그리고 누구의 눈에도 띄지 않는 곳에 용희를 잠재워야 한다고 말했다. 그렇게 3년이 지나면 용희가 부활할 거라고 했다. 말도 안 되는 소리였지만 김실자는 믿었다. 불신은 아들의 죽음을 인정하는 것이었으니, 그녀는 본능적으로 진실을 회피했다.

그럴 즈음 심심찮게 아동 학대 사건이 터지면서 교육청에서 미등교 아동들에 대한 전수조사를 벌이기 시작했다. 천주는 김실자에게 용희의 빈자리를 채울 아이가 필요하다고 했다. 만약 용희가 죽은 것이 알려지면 그들은 세상의 잣대로 용희를 깨울 거라고 한 것이다. 김실자가 선우를 발견한 것은 그녀의 마지막 재산인 집을 팔기 위해 영인시에 왔을 때였다.

선우를 데려온 김실자와 천주는 아이가 지니고 있던 소지품을 모두 버렸다. 그 과정에서 김실자는 선우의 십자가 목걸이를 빼돌렸다. 목걸이는 용희의 시신에서 발견되었다. 김실자 말고는 그런 일을 할 사람이 없었다. 그때까지만 해도 천주만 믿고 있던 김실자가 왜 그런 행동을 했는지는 명확하지 않았다. 어쩌면 그때 김실자는 스스로도 알지 못하는 사이 믿음의 밑바닥이 불안하게 흔들리고 있었던 건지도 모른다. 자신이 매달려야 하는 대상은 천주가 아니라는 것을 김실자의 본능은 알았던 거라고 뉴스에 출연한 분석관이 말했다. 그것이 진실인지 말해줄 김실자는 이제 세상에 없다.

자신의 아이를 위해 다른 아이를 유괴하고 한 가정을 파탄 냈다. 그 말도 안 되는 고리는 천주의 허황된 약속이 깨지면서 끊어졌다. 하지만 김실자는 마지막까지 용희를 강으로 돌려보내라고 소리쳤다. 처음엔 진심이었는지 몰라도 모든 것이 밝혀진 상황에서 김실자가 정말로 천주를 믿었는지는 모를 일이다. 하지만 믿어야만 했을 것이다. 그녀를 버티게 해주는 것은 희망뿐이었을 테니까.

그녀의 희망은 결국 깨어진 것 같았다. 뉴스에서 보도된 것은 김실자의 자살 소식이었다. 김실자에 대한 원망이 컸지만 안타깝고 불쌍했다.

"선우요."

여자의 맑은 목소리에 선준은 정신을 차리고 고개를 들었다. 진료실 앞에서 간호복을 입은 여자가 주변을 둘러보고 있었다.

선준이 일어나 진료실 쪽으로 걸어갔다. 놀이 치료실 창 너머에서는 바닥에 앉은 선우가 블록을 쌓고 있었다. 치료실을 지나쳐 진료실의 문을 열고 들어갔다.

"앉으세요."

부드러운 미소로 의사가 맞아주었다. 그녀는 동그란 뿔테 안경을 쓰고 있어 인상이 부드러워 보였다. 50대쯤 되어 보였는데 염색은 하지 않는지 머리가 희끗했다. 푸른빛이 도는 가운을 입고 있었다. 이 병원을 소개한 것은 민서진이었다. 잘못하면 본인까지 피해를 입을 수 있는 상황이었음에도 그녀는 선준을 원망하지 않았다. 감사한 일이면서 미안한 마음이 컸다.

"선우 많이 좋아졌네요. 이제 슬슬 학교에 가는 것도 좋을 것 같아요."

"그런가요?"

선우가 안정적이 되어간다는 것은 선준도 느끼고 있었지만 의사의 말을 들으니 마음에 불이 밝혀지는 것 같았다.

"네. 현실과의 괴리감도 거의 보이지 않고, 자기가 있었던 곳에서의 시간이 자신의 잘못 때문이 아니었다는 것도 확실히 인지하고 있어요. 사람을 기피하는 증상도 많이 나아졌고요. 놀이 치료 하는 걸 보면 아시겠지만 치료사님에게 먼저 말을 걸기도 하네요."

"이제는 방에 불을 끄고 자기도 합니다."

의사가 웃었다.

"잘하고 계세요. 아버님께서 아이와 이야기를 많이 나누면서 안전하다는 것을 계속 알려주신 덕이 커요. 지금처럼만 생활하시면 됩니다."

"감사합니다."

안도의 한숨을 내쉬며 미소 짓는 선준을 의사가 물끄러미 바라보았다.

"선우 어머님은 잘 지내고 계시나요?"

선준이 의사를 보았다.

"선우가 엄마에 대해 말하던가요?"

조금 놀란 선준의 목소리에 의사는 고개를 가로저었다. 의사가 말했다.

"치료사가 물어보지 않는 이상 선우는 엄마 이야기는 단 한 마디도 하지 않고 있어요."

"네."

선준이 고개를 끄덕였다.

"그런데요. 그건 아버님을 위해서이기도 해요."

"네?"

"선우는 눈치를 보고 있는 거예요. 아빠 앞에서 엄마 이야기를 해도 되는 걸까, 내가 엄마에 대해 말하면 아빠가 속상하지는 않을까, 하는 생각을 하는 거죠."

"그럼……."

선준은 눈을 깜박였다. 그동안 선우 앞에서 예원의 이야기를 최대한 하지 않으려 했다. 엄마에 대한 안 좋은 기억이 선우를 괴롭힐까 봐 두려웠고, 엄마를 용서하라는 강요로 받아들여질까 봐 무서웠다. 하지만 선우는 오히려 자신의 눈치를 보고 있었다. 선우가 그런 생각을 하고 있는지는 알지 못했다.

"아이가 엄마에 대한 미움을 털어낸 건지는 확실치 않아요. 하지만 엄마에 대해 이야기하는 것을 불편하게 생각하지 않도록 노력해주시는 것도 필요해요. 선우는 아직 엄마가 자신을 버리지 않았다는 것에 대해 확신을 가지지 못한 것 같아요. 이해할 수 있도록 기회를 만들어주세요. 그러면 우울 증세도 훨씬 좋아질 겁니다."

선준은 고개를 끄덕였다.

벌겋게 녹이 슨 철제 관물대 안에서 예원은 사진 한 장을 꺼냈다. 그녀는 수의를 입고 있었다. 어느새 수의 안에 입었던 내복을 벗을 정도로 작은 창으로 들어오는 빛이 따뜻해졌다. 절대 가지 않을 것 같던 시간이 조금씩 흐르고 있었다는 것을 그제야 느낄 수 있었다.

예원은 윤기 없는 손으로 사진을 가만히 쓰다듬어보았다. 사진 속에서 선우가 해맑게 웃고 있었다. 이제는 나쁜 기억들을 온전히 털어버린 것처럼 보이지만, 선우가 공원에 나오기까지 많은 시간이 걸렸음을 예원은 알았다.

예원이 선우의 손을 놓은 것은 영인강 공원이었다. 그리고 그곳에서 선우는 유괴를 당했다. 좋은 기억일 리 없었다. 그곳과 비슷하게 잔디밭만 있어도 선우는 별로 가고 싶어 하지 않는다고 했었다. 모든 것이 자신의 탓이었다. 그래도 선준의 노력으로 선우가 이만큼 나아진 데에 그녀는 진심으로 감사했다.

뭔가 스윽 밀리는 소리가 났다. 출입문 상단에 난 작은 창을 교도관이 밀어 여는 소리였다. 예원이 고개를 들었을 때 교도관이 그녀를 불렀다.

"3823, 면회."

교도관이 부른 것과 같은 숫자가 예원의 가슴팍에 붙어 있었다. 3823은 이곳에서 그녀의 호칭이었다. 예원은 자신이 들은 소리를 다시 한번 확인하듯 창밖의 교도관을 보면서 눈을 깜박거렸다. 대답 대신 교도관이 문을 열었다. 방에 있던 다른 수용자들이 예원을 보았다.

"남편 며칠 전에 왔었잖아?"

2474가 말했다. 그녀는 사기 명목으로 들어온 여자였다. 남편의 사업 실패로 인한 빚을 갚지 못해 고소를 당한 결과라고 했다. 사기라는 말을 들었을 때 예원이 가졌던 선입견처럼 2474 역시 유괴범인 예원에게 말조차 걸지 않았었다. 교도관에게 들은 것인지 사연을 안 뒤부터 2474는 예원에게 다정하게 대해주었다.

예원이 2474를 향해 고개를 끄덕거렸다. 2474가 말했다.

"아들이랑 같이 온 거 아냐?"

설마 하는 생각으로 예원이 고개를 저었다.

처음 선준이 찾아왔을 때 그녀는 할 말이 없어 울었다. 차마 용서를 빌지도 못했다. 그럴 자격이 자신에게는 없었다.

"우리는 부족한 부모였어. 그것뿐이야."

한참 만에 선준이 그렇게 말해주었다. 선준은 그 뒤로도 자주 찾아왔고, 교정 본부 사이트를 통해 인터넷 서신도 보내주었다. 면회 때마다 찍어 온 선우의 사진을 넣어주었다. 그때마다 점차 밝아지는 선우의 얼굴을 보는 것이 예원의 행복이었다.

하지만 선준은 선우를 이곳에 데리고 오지 않겠다고 했었다. 그것은 예원의 생각도 마찬가지였다. 아무리 선우가 현실을 받아들인다 하더라도 엄마가 수감되어 있는 것을 보여주고 싶지는 않았다. 그러니 선준이 선우를 데리고 온 것은 아닐 것이다.

"접견 신청인이 누군가요?"

교도관을 따라 접견장으로 향하면서 예원이 조심스럽게 물었다. 교도관은 손에 든 서류를 보았다.

"정주희? 정주희라는데?"

예원은 그 이름이 누구의 것인지 기억해내지 못했다. 그래서 접견실에 들어서는 순간 그녀의 얼굴을 보고 예원은 도망가고 싶은 충동을 느꼈다. 멈칫했던 예원이 접견실로 들어서자 아크릴판 너머의 정주희가 철제 의자에서 일어섰다. 그녀는 크림색 얇은 스웨터에 잔주름이 진 스커트를 입고 있었다.

정주희는 슬쩍 고개를 들어 오른쪽 위에 붙어 있는 플라스틱 기계를 올려다보았다. 아날로그형 전자판에 7이라는 글자가 빛나고 있었다. 두 사람에게 허락된 시간이었다.

"탄원서 넣어주셔서…… 감사했습니다."

의자에 앉은 예원이 조심스럽게 말했다. 정주희는 투명 아크릴판을 통해 예원을 가만히 바라보고만 있었다. 예원은 자신도 모르게 고개를 숙였다.

"로운이는…… 어떻게 지내고 있나요?"

자신 때문에 오히려 병이 커진 건 아닌지 걱정되었다. 물을 자격조차 없는 걸 알면서도 어떤 말이든 하지 않고서는 앉아 있을 수가 없었다. 목이 탔다.

"지금은 집에서 지내고 있어요. 아직 제 눈치를 보거나 관심을 끌려고 하는 행동을 할 때가 있긴 한데, 상담도 계속 받고 있고……. 저도 부모 상담 받고 있어요. 로운이가 문제가 아니라 제가 문제였으니까요."

"로운이한테 정말, 평생을 갚아도 모자랄 신세를 졌어요."

대화가 끊겼다. 정주희는 잠시 고개를 숙인 채 뭔가를 생각하다가 고개를 들었다.

"그날, 때려서 미안해요."

예원이 눈을 휘둥그레 떴다. 순간적으로 무슨 말인지 알아듣지 못했다. 곧 선우를 찾은 날 로운과 함께 간 경찰서에서 뺨을 맞은 일이 떠올랐다. 예원은 재빨리 손을 내저었다.

"무슨 말이에요. 제가 잘못한 건데."

"애를 버린 건 저예요."

예원은 아무 말도 하지 못한 채 그녀를 보았다.

"혼자 아이를 키워야 했을 때, 전 그 애가 제 인생을 잡아먹은 거라고 생각했어요. 게다가 자폐아라니. 그 애가 너무 싫었죠. 그래서 그 기도원에 보냈던 거예요. 버리긴 무서우니까, 뭔가 정당하게 애를 떨쳐버릴 곳을 찾았어요. 다른 피해자들과는 다르게, 전 제 발로 그 기도원을 찾아갔어요."

정주희는 마치 고백할 곳이 필요한 사람처럼 보였다. 차분한 목소리를 낼 수 있기까지 그녀가 보낸 시간들이 얼마나 격정적이었을지 예원은 느낄 수 있었다.

"애를 보내고 몇 달쯤 있다가 천주가 돈을 더 요구했죠. 말로는 욕심을 버려야 한댔지만⋯⋯. 돈이 없다고 하니 집을 팔라고 하더라고요. 처음엔 아무 의심도 못 하고 집을 내놨어요. 근데 돈을 보니까 아깝더라구요."

그녀는 스스로의 행동이 기가 찬다는 듯 한숨 같은 웃음을 터트렸다.

"애를 버려놓고 돈을 잃는 건 싫었던 거예요. 그래서 어쩔 수 없이 로운이를 데려왔구, 직장을 구해야 해서 영인으로 이사했는데⋯⋯."

그때부터 로운이 변했다. 계속 엄마의 눈치만 보았다. 어떻게든 사랑받기 위해 억지웃음을 지었고, 버림받지 않으려 순하게 굴었다. 정주희는 그것조차 싫었다. 아이의 얼굴에서 자신을 버린 남자에게 사랑을 구걸하던 제 모습이 보였다. 그래서 더 밀어냈다. 아이는 점점 엄마에게 사랑을 갈구하는 방식을 바꿨다. 자해가 시작된 것이다.

"병원에서 그랬어요. 로운이가 엄마의 관심이 필요해 그런 거라고. 하지만 전 두려웠어요. 제가 옆에 있으면 애가 점점 더 망가져버릴 것 같았어요. 제가 제대로 된 사랑을 줄 수 있을 리가 없잖아요. 그래서 입원시켰던 거예요. 그 병원에."

옆에 있지 않는 것이 로운을 위해 자신이 해줄 수 있는 최선이라고 여겼던 정주희는, 로운이 유괴된 것을 알자 이성을 잃었다. 방향이 잘못된 것이었더라도 그녀는 로운을 사랑하고 있었다. 아니, 엄마란 존재는 결국 자식을 사랑할 수밖에 없는 존재였다.

정주희는 로운을 되찾은 순간 자신이 해야 하는 것이 떼어놓는 일만이 아님을 깨달았다. 혼을 내더라도 자신을 봐달라는 로운의 말은 그녀의 머리를 후려쳤다. 눈이 뜨였다.

"따뜻했다고 했어요. 왜 따라갔냐고 하니까……. 아줌마가 너무 따뜻했다고."

자신의 잘못을 인정하듯 정주희는 고개를 끄덕였다.

"저는 나쁜 엄마예요. 애를 키울 자격이 없었던 거예요."

예원은 순간 그녀의 손을 잡아주고 싶은 충동을 느꼈다. 하지만 두 사람 사이를 가로막고 있는 아크릴 판이 아니더라도 그럴 수는 없었다. 엄마의 자격이 없는 건 정주희가 아니었다. 그녀는 단지, 사랑받지 못해 사랑할 수가 없었을 뿐이었다.

"로운 엄마는 나쁜 엄마가 아니에요. 제가 훨씬 나쁜 엄마예요."

정주희가 고개를 들었다. 그녀는 예원의 말에 반박하려 입을 열었다. 하지만 예원이 그녀의 말을 막았다.

"로운이의 자해 때문이었잖아요. 로운 엄마는 아이를 살리려 버렸고, 난 내가 살겠다고 손을 놔버린 거니까요. 로운 엄마가 나보다 훨씬 엄마 자격 있어요."

정주희의 눈이 충혈되었다. 뭔가 위로나 감사의 말을 하고 싶지만, 무슨 말을 해야 할지 떠오르지 않는 얼굴이었다.

"로운이가 아줌마를 보고 싶어 해요."

예원은 미소를 지으며 고개를 저었다. 그것이 무슨 뜻인지 이해했다는 듯 정주희가 다시 말했다.

"나중에 한번 만나요. 나중에."

그렇게 말했을 때 7분이 종료됐음을 알리는 벨이 울렸다. 둘 사이의 대화를 전달해주던 마이크도 끊어졌다. 예원이 먼저 일어섰다. 정주희가 따라 일어섰다. 그곳에 남아 있어야만 하는 예원이 안타까운 듯 정주희는 먼저 돌아서지 못했다.

예원은 그녀를 보고 미소를 짓고, 이내 허리를 숙였다. 사죄의 마음과 앞으로 행복하라는 바람과 찾아와준 고마움이 더욱 깊숙이, 오랫동안 허리 숙이게 했다.

27

선준은 룸미러를 통해 뒷좌석을 보았다. 안전벨트를 맨 선우가 창밖을 내다보다가 문득 시선을 느꼈는지 룸미러 속 선준을 향해 고개를 돌리고 웃어 보였다. 선우에게는 더 이상 안전시트가 필요하지 않았다. 그는 안전시트를 떼던 날을 떠올렸다.

선우가 사용하던 물건은 단 하나도 버릴 수가 없었다. 하지만 선우의 나이가 여덟 살이 되던 해 시트를 제거했다. 선우가 돌아올 자리를 마련한다고 생각했다. 그러면서도 울음을 멈출 수 없었던 치기운 주차장을 기억한다. 만약 선우가 있었다면, 이제 너무 커서 시트가 필요 없게 됐음을 기뻐하며 떼어냈을 것이다. 그들은 선우만을 빼앗은 것이 아니었다. 아이의 성장 과정을 지켜보며 울고 웃었을 부모의 시간과 추억마저 빼앗은 것이었다.

"다음 주부터는 학교 가야 하는데 무섭지 않아?"

교차로에서 신호를 받아 차를 세우면서 선준이 물었다. 선준은 선우를 데리고 학교에 다녀오는 길이었다. 이제는 학교에 보내는 것이 좋겠다는 의사의 판단을 받아들였다. 선우는 괜찮다고 했지만 학교에 들어가 상담을 하는 순간부터 눈에 띄게 표정이 굳어 있었다. 등교는 나흘 뒤 월요일부터 하기로 했다. 수업 진행 속도를 따라가기 힘들 수도 있겠지만 적응을 위해 제 학년인 2학년부터 다니게 되었다.

선우는 뭔가를 생각하듯 까맣고 동그란 눈을 위쪽으로 치켜떴다가 곧 고개를 가로저었다.

"괜찮을 거 같아. 근데 날 이상하게 생각하면 어떻게 하지?"

선우의 표정이 시무룩해졌다.

"그렇지 않아. 네가 이상한 데가 하나도 없는데 그럴 리가 있어?"

"이상하지 않아?"

"절대."

그제야 선우의 얼굴에 웃음이 서렸다.

"그럼 됐어."

선우는 자신이 처했던 상황이 정상적이지 않았다는 것을 인지하고 있었다. 그래서 모든 행동과 머릿속에 떠오르는 생각들이 이상하지 않은지 선준에게 확인받기를 원했다. 그나마 그런 상황들이 자신의 잘못으로 인한 게 아니라는 것만은 확실하게 알고 있었다. 자책하지 않는 것, 큰 발전이었다. 계속된 치료 덕분이었다.

정면을 향해 눈을 돌렸을 때 신호등이 주행 신호로 바뀌었다. 선준은 차를 부드럽게 출발시켰다. 그런 그의 눈이 인도에서 뭔가를 캐치했다. 공중전화였다.

선준은 룸미러 속의 선우를 흘끗 쳐다보고는 물었다.

"아빠가 궁금한 게 있는데."

선우가 창에서 시선을 떼고 선준을 보았다.

"혹시 그 사람들이 너 데려갔을 때……. 집에 전화한 적 있어?"

내내 마음에 걸렸던 일이었다. 선우가 실종된 이후 걸려 왔던 전화. 선우를 납치한 자들이 전화를 건 것이 아닐까 하는 것이 당시 수사진의 중론이었지만 추가적인 금전 요구가 없어 설득력을 잃었다. 그렇다면 두 가지 가능성이 남는다. 잘못 걸린 전화거나 선우가 직접 건 전화다. 잘못 걸린 전화라고 하기엔 장소와 시기가 너무 절묘했다. 그렇다면 선우가 걸었다는 뜻이다.

선우가 곤란한 듯 다문 입술을 살짝 깨물었다. 잠깐 눈을 깜박거리더니 곧 고개를 끄덕거렸다.

"되게 아픈 날이 있었어. 약 사러 가던 아줌마 뒤를 몰래 따라 내려갔어. 전화가 보였는데 안에 돈이 남아 있는 거야, 그래서……. 목소리만이라도 듣고 싶었어. 멀리 떨어져 있으니까 이제는 악마가 아빠 엄마한테 해코지를 못 하지 않을까 하는 생각이 들었어. 집에는 너무 가고 싶고……."

"근데 왜 아무 말도 안 했어?"

만약 선우의 목소리라도 들었다면 이렇게 긴 시간이 걸리지는 않았을 수도 있었다.

"엄마가, 그날처럼 운 걸 알았으면 말했을 텐데."

선우는 잘못이라도 한 것처럼 고개를 숙였다.

버림을 받았다고 생각했다. 아빠의 목소리를 들은 순간 정신이 들었다. 악귀 때문이 아니라면 엄마가 자신을 버릴 이유가 없다.

선우는 전화를 끊을 수밖에 없었다.

"그래."

뭐라고 대답해야 할지 몰라 선준은 애써 미소를 지었다. 선우의 말대로 '만약' 그랬다면 많은 상황이 바뀌었을 거라는 걸 알기에 가슴이 답답해졌다. 하지만 '그날처럼 울었으면'이라는 선우의 말에 희망이 보였다. 예원이 그토록 기다리던 선우를 품에 안았던 날, 그러나 다시 품에서 떠나보낼 수밖에 없었던 날, 그 울음의 의미를 선우가 이해한다는 뜻이었다.

집에 도착한 선준은 선우를 욕실로 데리고 갔다. 아직 익숙해지지 못해 아이의 몸을 볼 때마다 가슴이 찢어졌다. 선우의 작은 몸은 상흔으로 가득했다. 평생 흔적이 남을지도 모른다고 의사가 짚었던 상처는 아이의 등에 잔혹한 날의 궤적을 나타내고 있었다. 아랫입술을 꾹 깨물며 선준은 억지로 웃었다. 자신이 먼저 깊숙한 곳에 분노를 숨기지 않으면 아이의 기억이 시간 속에 흐려지지 못할 것 같아서였다.

선우의 몸을 구석구석 닦아주고 머리를 말린 뒤 몸에 한기가 들기 전에 잠옷을 입혔다. 보디로션을 발라주는 것도 잊지 않았다. 예원이 했던 그대로였다. 처음엔 손에 잘 익지 않아 어색했지만 이제는 노련해졌다. 선우 역시 이제는 손길을 거부하거나 몸을 움찔거리지 않는다.

선우를 침대에 눕힌 뒤 아이의 턱까지 이불을 끌어 올려주었다. 형광등을 끄고 침대 옆에 둔 보조등을 켰다. 불을 끄고도 잘 수 있었지만 잠들 때까지는 선준이 옆에 있어줘야 깊게 잘 수 있었다. 자다 깨서 어둠에 놀라 비명을 지르는 일도 이제는 없어졌다. 다시는 그곳으로 돌아갈 일이 없다는 것을 확실히 알고 있다. 어둠은 무섭지만 방문을 열면 아빠가 있고, 그곳은 여전히 안전한 자신의 집이라는 것도 잊지 않았다. 그나마로도 감사한 일이었다.

"선우야."

선준이 선우의 볼록한 이마 위에 흐트러진 머리를 쓸어 넘기며 말했다.

"다음 주에 엄마 보러 가려고 해."

"……응."

무슨 생각인지 선우의 대답이 약간 늦었다.

"또 사진 찍어?"

"응. 싫지 않지?"

다시 조금 늦게 선우가 고개를 끄덕거렸다. 선준이 미소 지으며 아이의 뺨을 살짝 쓰다듬었다.

"이제 가."

"아빠."

"응?"

선우가 말하기를 머뭇거렸다. 선준이 다시 "응?" 하고 물었다.

"지난번에 의사 선생님이, 이제는 일상으로 돌아가라고 했는데……. 일상이 뭐야?"

선준은 선우를 보았다. 흐릿한 보조등 불빛에 아이의 까만 눈이 빛나고 있었다.

"행복해지는 거."

"응."

선우는 뭔가 안심된 듯 고개를 끄덕였다. 선준은 이불 위로 아이의 가슴을 살짝 두드렸다. 선우가 천천히 눈을 감았다.

"아빠."

"응?"

"사진 찍으러 가자."

선준이 웃었다.

"응."

피곤했던지 선우가 잠에 빠지는 것은 오래 걸리지 않았다. 규칙적인 아이의 숨소리를 조금 더 듣다가 조심스럽게 방에서 나왔다. 선준은 바로 자신의 방으로 들어가지 않고 냉장고에서 탄산수를 꺼내 거실 소파에 앉았다. 이제는 더 이상 술을 마시지 않는다. 이 모든 일의 시작이 자신 때문이라는 죄책감이 그에게도 있었다. 모든 문제는 단 한 사람만의 잘못이 아니다. 일어나지 말았어야 할 일들이 쌓이고 쌓여 정신을 차리고 보면 잘못된 정거장에 도착해 있는 것이다. 선준은 처음엔 예원을 용서하려 노력했다. 하지만 깨달았다. 용서를 받아야 하는 것은 예원만이 아니었다. 예원을 그렇게 만든 것은 자신이었다.

일상이 뭐냐고 묻던 선우의 목소리가 귓가를 맴돌았다.

일상······.

선준은 고개를 들었다. 벽에 걸린 액자 속에서 그들이 웃고 있었다. 선우는 지금보다 어렸고, 예원은 훨씬 생기 있었으며, 선준은 어떤 상황에서라도 두 사람을 지켜줄 수 있는 가장처럼 보였다. 누가 봐도 행복해 보이는 가족이 거기에 있었다.

앞으로 그가 되찾아야 할 일상이었다.

28

예원이 한 걸음 내딛자 등 뒤로 철문이 닫히는 소리가 크게 들렸다. 그것은 마치 예원을 내미는 듯한 소리였다. 예원은 뒤돌아보는 대신 하늘을 올려다보았다. 그녀는 잠시 자신에게 허락된 빛이 익숙지 않은 듯 눈을 가늘게 뜨고 고개를 젖힌 채로 서 있었다. 뜨거운 햇볕이 내리쬐고 있었다. 그녀는 교도소 정문을 따라 이어진 플라타너스 길을 천천히 걸었다.

예원의 출소는 예정된 것보다 4개월 앞당겨졌다. 가석방 심사를 통과한 덕분이었다. 선준에게 연락은 했지만 나오지 않도록 부탁했다. 그런 대우를 받을 자격도 없거니와 선우의 앞에 바로 나타날 수 없다는 생각 때문이었다. 엄마의 자리로 돌아가고 싶은 마음은 간절했지만 자신만 생각해서는 안 되었다. 선우의 입장을 생각해 모든 것을 숙고했다.

예원은 가슴을 펴고 한껏 숨을 들이켜 폐를 부풀렸다. 안에서와는 다른 공기가 가슴을 시원하게 했다.

플라타너스 길 끝으로 큰 도로가 보였다. 인적이 없는 길을 빠져나가자, 도로를 가득 메운 차량들의 행렬과 지나가는 사람들에 예원은 잠시 걸음을 멈춰 세웠다. 또 다른 세상 속으로 들어가는 듯한 느낌이 들었다. 그녀는 용기를 내듯 다시 걸음을 떼었다.

출소 전 교도관이 가르쳐준 방향으로 걸어 내려가자 버스 정류장이 보였다. 정류장의 낡은 나무 의자에 앉아 잠시 생각에 잠겼다. 일단은 엄마 집으로 갈 생각이었다. 교도소까지 다녀온 딸을 보는 것이 엄마에게 좋을 리 없었지만, 보지 않는 것보다는 낫다고 말씀해주셨다. 죄스럽게도 예원은 그 말을 들으며 선우를 생각했다. 보지 못하는 형벌. 아득한 기분이 들었다.

뜨거운 햇살에 이마에 땀이 맺혔다. 예원은 손을 들어 이마를 훔치면서 버스 정류장 뒤쪽에 있는 논을 보았다. 네댓 명의 사람들이 한창 작업 중이었다. 후끈한 바람이 불어올 때마다 선명한 초록색의 물결이 일렁였다. 예원은 새삼스럽게 바쁘게 돌아가는 세상을 꼼꼼히 눈에 담았다. 부연 먼지를 일으키며 달려가는 공사 차량들, 몸이 망가지는 것도 두려워하지 않고 뙤약볕 밑에서 일하는 농부들, 목적지를 향해 바쁘게 옮겨 가는 걸음들. 너무나 오랜만에 본 광경들이 생경했다. 이제 자신이 너무나 평범한 그 광경 속으로 돌아간다는 것이 믿어지지 않았다.

문득 시선을 받았다. 아니, 받았다고 생각했다. 지나가던 두 명의 중년 여자가 그녀를 힐끗거린 것 같았다. 예원은 사라져가는 두 사람의 뒷모습을 응시했다. 두 사람이 나누는 대화가 자신에 대한 것 같았다. 이 버스 정류장의 이름이 '중선 교도소 앞'이라는 사실이 그녀를 불편하게 했다. 그녀는 숨어들 듯 어깨를 움츠렸다.

예원이 고개를 든 것은 누군가의 발소리 때문이었다. 또 호기심 가득한 시선을 받을까 걱정이 되었다. 그런 예원의 눈동자가 크게 흔들렸다. 예원은 잠시 숨을 쉬지 못했다. 자기도 모르게 허벅지에 올려둔 손이 주먹을 쥐었다.

한 아이가 걸어오고 있었다. 얼핏 보면 키가 작은 중학생이라고 해도 좋을 법한 체격이었다. 흰 피부에 잘 정리된 검은 머리가 어울렸다. 싱그러워 보이는 초록색 셔츠의 단추를 목까지 채우고, 긴 청바지에 운동화를 신었다.

예원은 아이를 알아보았다. 잃어버린 뒤 3년, 그리고 다시 2년에 가까운 시간이 흘렀지만 예원이 아이를 못 알아볼 수는 없었다. 그녀의 뼈 마디마디가 아이를 기억했다.

왜 여기에 선우가 있는 걸까, 그 답을 생각할 수 없을 정도로 머릿속이 새하얗게 비어버렸다. 그사이에 선우는 가까이 다가와 있었다.

선우는 예원을 흘끗 보고는 옆자리에 앉았다. 그러고는 무덤덤한 얼굴로 앞을 응시했다. 예원을 알아보는 것 같지 않았다. 예원은 심장이 조여드는 것 같았다. 빨갛게 충혈된 눈을 깜박이는 것이 고작이었다. 숨을 쉬지 않고 있다는 것을 알아차리지도 못했다. 다만 어느새 제 아빠의 가슴께까지 올라갈 만큼 큰 키와, 아기 때를 떠올리게 하는 영민한 눈동자와 건강해 보이는 얼굴빛에 감사할 뿐이었다.

그녀의 손을 선우가 잡을 때까지만 해도.

꾹 움켜쥔 예원의 주먹 위에 선우의 손이 얹어졌다. 예원은 눈을 크게 뜨고 선우를 보았다. 앞을 보던 선우가 고개를 돌렸다. 선우는 예원을 향해 부드럽게 미소 지었다.

"가요."

예원은 꿈을 꾸고 있는 게 아닌가 싶었다. 이 미소를 다시 보게 되는 순간을 바라 마지않았지만 자신을 향하게 될 거라고는 감히 상상조차 하지 못했다. 도무지 믿을 수가 없다는 표정의 예원을 보며 선우가 다시 한번 웃었다.

"같이 가요, 엄마."

예원은 이 순간이 꿈이 아니라고 확신할 수가 없었다. 선우가 일어서며 예원의 손을 잡아당겼다. 그러고는 반대편을 향해 고개를 돌리며 웃음 지었다. 눈부실 만큼 찬란한 그 미소를 따라 예원이 시선을 옮겼다.

조금 떨어진 곳에서 선준이 두 사람을 기다리고 있었다. 예원을 향해 선우가 고개를 끄덕거렸다. 다시, 일상으로 돌아갈 시간이었다.

예원이 선우의 손을 움켜쥐었다.

작가 후기

예원은 사막처럼 버석거리는 삶 속에서 선우의 손을 놓았다.

실종된 선우를 찾느라 피폐해진 예원은 선우의 존재에 대해 뭔가를 알고 있는 듯한 로운의 손을 잡는다.

분노조절장애를 앓고 있는 예원은 실종 전단지를 떼는 경비원을 보고 발작을 일으키려 하지만 로운이 그녀의 손을 잡자 진정된다.

선우를 잃어버린 날을 떠올리게 하는 천둥 때문에 괴로워하던 예원의 손을 로운이 잡아준다.

악귀가 씌어 부모를 만나면 둘 다 죽는다는 천주의 말에 속아 숨어 있던 선우에게 로운이 손을 내밀어준다.

죄책감을 이기지 못하는 예원을 찾아와 선우가 손잡아준다.

이것은 결국 손에 대한 이야기다.

우리는 살면서 많은 손을 잡고, 놓고, 놓친다. 하지만 놓친 손은 다시 잡을 수 있다. 그걸로 우리는 용서하고 용서받을 수 있는 것이다. 그래, 결국 용서의 이야기다.

지금까지 쓴 것과는 상당히 다른 결의 소설이었다. 그래서 좀 더 힘들었다. 가족이라서 할 수 있는 용서와 가족이라서 더 잔인하게 다가오는 상황들을 생각했다. 쓰는 동안 많은 감정들이 지나갔다. 내가 만들어낸 그들을 안타까워했고 사랑하게 되었다. 그런 그들의 삶이 지금 이 순간 어디선가 영위된다고 생각하면 행복하기만을 바란다. 여러 번 작품을 출간해왔지만 지금까지와는 전혀 다른 느낌을 받고 있다.

전형적인 스릴러 소설이 아니다. 그럼에도 출간을 결정해준 시공사에 감사드린다. 시공사 문학팀과는 《유괴의 날》에 이어 두 번째 작업이다. 언제나 작가와 독자의 입장을 모두 고민해 리뷰해주는 시공사 문학팀이 아니면 출간에 이를 수 없었을 것이다.

가장 감사드리는 것은 이번에도 여전히, 이 책을 들고 있는 당신이다. 그 귀한 시간을 이 책에 내어주셔서 감사드린다. 당신이 화를 내든 즐거웠든 안타까웠든, 내가 의도한 그 감정이 아니더라도 이것을 읽는 시간이 지루하지 않았기만을 바란다.

지금까지는 이야기를 짓고, 그것이 출간되면 다음 소설을 준비했다. 그것이 내가 할 일이라고 생각했고 사실이 그랬다. 그런데 이번에는 왠지 그럴 수 있을 것 같지 않다. 한동안은 이 가족에게서 마음을 뗄 수 없을 것 같다.

오늘은 컴퓨터 앞에서 자리를 떠나 밖에 나가볼 생각이다. 행여 피해라도 될까 닫힌 방문 밖에서 TV도 켜지 않고, 숨죽여 기다리고 계시는, 어느새 하루만큼 더 주름져가는 엄마의 손을 잡고서.

2023년 8월 정해연

구원의 날

초판 1쇄 발행일 2021년 2월 4일
개정판 1쇄 발행일 2023년 8월 28일
개정판 2쇄 발행일 2023년 10월 23일

지은이 정해연

발행인 윤호권
사업총괄 정유한

편집 이원석 **디자인** 정효진 **마케팅** 정재영, 윤아림
발행처 ㈜시공사 **주소** 서울시 성동구 상원1길 22, 6-8층(우편번호 04779)
대표전화 02-3486-6877 **팩스(주문)** 02-585-1755
홈페이지 www.sigongsa.com / www.sigongjunior.com

글 ⓒ 정해연, 2021

ISBN 979-11-7125-134-6 03810
ISBN 979-11-7125-135-3 (세트)

*시공사는 시공간을 넘는 무한한 콘텐츠 세상을 만듭니다.
*시공사는 더 나은 내일을 함께 만들 여러분의 소중한 의견을 기다립니다.
*잘못 만들어진 책은 구입하신 곳에서 바꾸어 드립니다.

WEPUB 원스톱 출판 투고 플랫폼 '위펍' __wepub.kr
위펍은 다양한 콘텐츠 발굴과 확장의 기회를 높여주는
시공사의 출판IP 투고·매칭 플랫폼입니다.